Collect 25

혼자 떠나는 게
뭐 어때서

이소정 지음

Why not travel alone

동양북스

차례

‖ **2장** ‖   ## 낭비할수록 선명해지는 취향

배낭을 챙기며

19세, 남들이 평생직장이라 부르는 대기업 취업

25세, 연간 퇴사율이 1%도 되지 않는 그곳을 퇴사

26세, 평생 비혼주의라고 외치고 다니다가 돌연 결혼

27세, 남편을 두고 홀로 배낭여행

29세, 여전히 방황 중

열아홉에 집을 떠나 ○○면 ○○리에 위치한 회사에서 첫 사회생활과 자취를 시작했다. 3천 명이 조금 안 되는 회사 인원 중 사무직 고졸은 내가 유일했다. 괄시받는 시선, 인지하지 못할 정도로 도처에 널린 성희롱, 미숙한 탓에 쌓여가는 오해, 매일 같은 자기혐오, 다를 것 없이 반복되는 업무. 나의 세계는 사무실 공간만큼이나 좁아지고 있었다. 대신 돈은 많이 벌었다. 어린 나이에 외제 차를 타고, 비싼 레스토랑을 경험했고, 나에게 주는 선물이라며 분기마다 명품을 샀다. 새로운 레스토랑과 신상품은 매일 쏟아져 나왔고, 사도 사도 부족하고 그럴수록 나는 허기졌다.

그 시절 유일하게 배부른 날은 여행을 떠났던 시간이었다. 도피처 삼아 떠난 곳에서 샌드위치를 먹고, 가만 앉아 햇빛만 받아도 만족스러웠다. 짧으면 이틀, 길면 열흘간의 여행이 끝나는 마지막 쯤엔 나의 일상으로 돌아가는 것이 항상 불안했다. 돌아가는 비행기에서 다음 여행을 계획하고, 또 그것만 바라보며 살았다. 비싼 사치품이 주는 풍요로움은 유효기한이 짧았다. 일상은 무료했고, 그때의 나에겐 여행만이 특별했다.

강제로 타인과 비교하며 나를 좀먹던 회사를 마무리하는 날, 옆팀의 차장님이 나를 불러놓고 이야기했다. "소정 씨, 미리 나한테 상담했으면 세상이 얼마나 차가운 곳인지 이야기해 줬을 텐데. 이 회사가 얼마나 큰 방패막인데 그걸 두고 떠난담… 안타깝네요."

또래 친구들이 차곡차곡 경험을 모아 취업할 때, 나는 정년 보장의 안전한 직장을 나와 아르바이트를 시작했다. 6년이 넘게 큰 단체생활 속에서 정해진 틀에 박혀 수동적으로 일하는 삶에 익숙해져 있었다. 혼자 하는 모든 것을 잊은 나는 내가 무엇을 갈망했는지, 그것을 찾기 위해 무엇을 해야 하는지 전혀 알지 못한 채 새로운 시작점에 머물렀다. 사회적으로 정해진 '방황이 용인되는 나이'가 아닌 시점에 시작된 나의 방황. 어디에도 속하지 못한 나는 남들과 함께 있어도 겉돌고 외로웠다.

외로움을 떨쳐내려 하고 싶은 것을 모조리 다 했다. 외제 차를 팔고 걸었다. 비싼 핸드백을 팔고 백팩을 멨다. 복층 집에서 반지하로 이사를 했다. 소속감이라는 방패막이 없는 세상은 그분의 말대로 차가웠다. 그러나 그럴수록 나는 숨통이 트였다. 바람에 흔들리고 눈, 비에 쓸리고 무더운 햇빛에 녹아내리는 변화무쌍한 날씨를 온몸으로 느끼는 것에 자유를 느꼈다. 더 다양한 온도를 느끼고 싶었다.

장기 여행을 꿈꾸고 가장 걱정되었던 건 역시나 외로움이었다. 일찌감치 나는 외로움을 극복하겠다는 무모한 결심은 하지 않았다. 6년간 일했던 회사를 그만둔 것도 사람 때문이었지만, 오래도록 일했던 것도 사람 때문이었다. 함께 있어도 그들이 떠나가고 난 뒤를 생각했고, 혼자 있을 때는 이 외로움이 영원할 것 같아서 두려웠다. 어릴 적부터 사람을 유달리 좋아해서 모르는 사람까지 따르는 내가 걱정돼 사주를 본 엄마는 말했다. '네 이름이 외로울 이름이래. 너처럼 사람 좋아하는 애가 그러면 안 되지. 이름을 바꿔야겠다.' 그렇게 초등학교 때 나의 외로움이 걱정되었던 엄마에 의해 나의 이름은 밝을 소에 정할 정, 소정으로 바뀌었다.

혼자 여행하게 되면 외로움을 직면할 수 있을까? 밝은 길을 스스로 선택할 수 있을까? 무수한 실체 없는 걱정은 핑계를 만들었다. 어느 땐 새로 시작한 일 때문에, 어느 땐 부모님의 반대가 걸려서, 어느 땐 남자친구가 있어서……. 회사를 나왔지만, 여전히 타인을 중심으로 결정하는 일이 많았다.

남자친구의 프러포즈를 거절했다. 나의 외로움을 그와 함께 감당하고 싶지 않았다. 나는 이번에야말로 장기 여행을 하기로 했다. 그는 며칠 뒤 내게 배낭을 선물했다. 네가 하고 싶은 여행, 결혼하고도 할 수 있는 것이라며.

외로움은 꼭 극복해야만 하는 것이 아니다. 결혼했다고 꼭 모든 것을 함께 해야 하는 것도 아니다. 그는 한국에 있겠다고 했다. 그렇게 나는 내 안의 외로움과 공존하는 여행을 하기로 했다.

> 이때부터 내 여행에 두 가지 원칙을 세웠다.
> 첫 번째는 늘 새로운 선택을 할 것.
> 두 번째는 첫 번째 원칙을 따를 것.

1장

계획은 없지만
오히려 좋아

달콤한 시작, 쌉쌀한 헤어짐

✳

파리로 향하는 비행기에서 머리를 쥐어뜯고 있는 한 여성, 바로
나다. 혼자 1년이나 여행을 계획하고 있으면서 남편과의 진한 키
스는커녕 뽀뽀도 못하고 헤어졌으니, 그럴 만도 하지. 코로나로
썰렁하긴 했어도 사람이 있는 공항에서 뽀뽀하자니 남사스러운
마음도 있었지만, 내가 헤어지기 아쉬워하면 그가 더 아쉬워할 것
같아서 괜히 쿨한 척, 전우애 가득한 포옹만 하고 돌아선 것이 헛
헛한 마음으로 남아서 애꿎은 사진첩만 뒤적여 보았다.

'에잇, 됐다. 사진은 봐서 뭐하나.' 타지에서 갓 취업한 열아홉부
터 결혼 전인 스물여덟까지 자취를 했으니 혼자 생활하는 것쯤은
식은 죽 먹기이지만, 언제든 연락하면 술 한 잔 할 수 있는 동네 친
구와 힘들다는 말 대신 밥 먹으러 가도 되냐고 전화할 수 있는 부

모님, 언제든 연락 한 번에 만날 수 있는 사람들이 있었기 때문에 내가 온전한 1인분의 삶을 살지 못해도 수월하게 지낼 수 있었다. 하지만 이제부터 오롯이 내 힘으로 외로움을 견뎌야 한다. 사람에 둘러싸여 혼자 있는 법을 모른 채로 커버린 어른이라 어떻게 하는지는 전혀 알 수 없지만, 여행하다 보면 곧 알게 되겠지. 마지막으로 시간이 맞지 않아 끝내 얼굴을 보지 못했던 친구들과 영상통화로 아쉬운 인사를 나누고, 비행기 모드로 전환했다.

주위를 둘러보니 작정하고 편하게 입은 나와 같은 여행자는 몇 되지 않았다. 코로나가 한창인 터라 선과 같은 시끌시끌한 기운은 전혀 느낄 수 없었고, 출장 가는 것으로 보이는 사람들과 외국인들만 드문드문 보일 뿐이었다. 나 역시 해외여행을 나가는 건 코로나 이후로 처음이니 햇수로 3년만, 파리는 무려 5년만이다. 마치 첫 해외여행을 나갔을 때의 기분처럼 설레기도, 긴장되기도 해서 차갑고 건조한 기내 공기를 마스크 안쪽으로 크게 들이마셨다.

여행의 시작지로 파리를 선택한 이유는 두 가지인데, 첫 번째는 내가 원하는 날짜에 파리가 아주 저렴했고(무려 35만 원이었다.) 두 번째는, 이게 무척 중요한데, 5년 전에 먹은 치즈케이크의 맛을 잊을 수 없었기 때문이다. 정말 파리에 가는 사람들은 꼭 그 빵집을 가야만 한다. 그 빵집을 가지 않는다는 건 죄악이다. 이름도 잊을 수 없다. 유토피아, 이름부터 유토피아라니!

그러니까, 내가 파리행 비행기를 끊고 이 여행을 시작한 건 순전히 당에 취한 선택이었다.

*France

빵야, 빵야

*

목이 말라 물을 사러 들어선 작은 마트의 입구는 총알 자국과 그에 따른 큰 빗금과 실금으로 가득했다. 하나, 둘, 셋, 넷… 어후, 대체 몇 발을 쏜 거야. 오소소 소름이 돋은 팔을 문지르며 유리가 잔뜩 갈라진 입구에서 들어갈까 말까 망설였다. 지금은 안 되겠다고 생각하며 돌아서서 물 대신 침을 꿀꺽 삼키고 마트는 다음에 조금 더 용기를 가지고 오기로 했다.

파리 북역에 있는 호스텔을 예약했는데, 알고 보니 주변 치안이 최악인 곳이었다. 왜인지 유난히 싸고 한국인 후기가 없더라니! 낮은 가격순으로 보고 예약했던 것이 화근이었다. 조식까지 포함된 이 숙소의 가성비는 완벽했지만, 가슴이 떨리는 위치에 있다는 것은 미처 확인하지 못했다. 제대로 알아보지 않은 나를 탓하며 발걸음을 옮겨 파리 중심으로 향했다.

여행에 대한 준비성이라고는 제로에 가까운 나지만 단 하나 준비해둔 것이 있다면 바로 '파리 빵 맛집 리스트'이다. 숙소의 치안 같은 건 생각하지도 않았지만 빵 맛집 목록은 며칠 전부터 온갖 블로그와 카페를 뒤져서 만들어 놓았지!

누군가 '빵만 먹고 살래? 밥만 먹고 살래?'라고 물어보면 망설임 없이 빵이라고 답할 정도로 빵을 사랑한다. 어느 지역을 가도 꼭 그 지역의 맛있는 빵집을 찾아가는 것은 나의 오래된 여행 루틴 중 하나이고, 만드는 것도 좋아해서 퇴사 후에는 제과제빵 학원에 다닌 적도 있다. 사랑하는 사람들에게 직접 만든 케이크를 선물하는 건 정성스럽고 귀한 일이다. 사람들은 파리가 낭만이 가득 찬, 명품이 즐비한 쇼핑의 도시라고 하지만 나의 파리는 매일 새벽 골목에 진동하는 바게트 냄새라거나 아무 빵집에 들어가서 먹어도 실패 없는 크루아상 같은 걸로 기억한다.

일단 시작은 가볍게 커피와 슈를 먹을 수 있는 '오데트'를 찾아가기로 했다. 파리에서 가장 맛있는 슈라고 자부하는, 수십 가지 종류의 슈를 파는 슈 전문점이다. 오데트에서 파는 슈는 한국의 것을 상상하고 먹었다가는 큰 코 다친다. 베이직한 바닐라와 초콜릿부터 캐러멜, 레몬, 피스타치오, 카페 등 궁금증을 자극하는 다양한 맛이 있는 슈는 마치 빵이나 도너츠 같은 두께감을 가지고 있지만 바삭하고 안에는 차갑고 달큰한 크림이 꽉 차 있다. 한 입 베어 물면 시원한 크림이 호록 넘어와서 입안이 꽉 차는 행복감을 느낄 수 있다.

다음은 파리에서 시작해서 유럽 곳곳에서 사랑받고 있는 머랭 디저트 전문점 '오 메흐베이여 드 프레드 파시 16구'는 머랭케이크가 시그니처 메뉴이다. 머랭의 겉에 초콜릿이나 너트 등을 덮어 복슬복슬 보기에도 귀여운 비주얼을 가졌으며, 입에 넣는 순간 달달한 여운만을 남기고 사라져버렸다. '최소 두 개는 먹어야 하는 맛이잖아?' 하지만 이미 나와 버린 가게 앞에는 명성답게 긴 줄이 이어져 있었다. 아쉬움을 남기고 가야 또다시 올 수 있겠지.

연어가 들어간 특이한 컵케이크를 파는 가게와 파리에서 빼놓을 수 없는 에클레어에 마카롱까지 욱여넣었는데도 어니언 수프에 바게트까지 부지런히 먹어가며 빵 투어를 하느라 10km씩 걸었음에도 아직 파리에 왔다는 실감을 할 수가 없었는데, 유토피아를 향해 가는 순간 드디어 실감이 나기 시작했다. 죽기 전 먹을 수 있는 딱 한 가지 디저트를 고르라고 하면 나는 유토피아의 클래식 치즈케이크를 선택할 것이다.

현란한 디저트가 가득한 쇼케이스 사이에서 하얗다 못해 순수해 보이는 클래식 치즈케이크를 사 들고 서둘러 근처 벤치를 찾아가 자리를 잡고 크게 한 입 넣었다. 마치 구름을 먹으면 이런 느낌일까? 입안에서 사르르 녹아버리는 이런 치즈 필링은 대체 어떻게 만든 거야? 계피 향이 나는 바삭하면서도 뭉근하게 부서지는 파이지는 또 어떻고? 비행기 티켓을 끊은 순간부터 혀끝에서 맴돌던 그 맛이다.

나이도, 외모도, 가치관도, 심지어 결혼까지 해버린 나는 이토록 변했는데, 파리는 5년 전과 크게 다를 게 없다. 관광객이 가장 많은 도시 중 하나이면서도 관광객을 환영하지 않는 분위기, 여전히 지하철에서는 데이터가 잘 터지지 않으며 불쾌한 냄새가 나고, 부랑자와 집시를 늘 경계해야 하는 도시. 하지만 황홀한 맛의 치즈케이크를 파는, 단돈 3.5유로로 입 안 가득 행복감을 취할 수 있는 도시.

파리는 내게 그런 곳이다. 누군가에게는 낭만이고, 누군가에게는 평범할 수 있지만, 지구 반대편에 변하지 않는 달콤한 유토피아가 존재한다는 사실이 언제나 위로가 된다.

계획은 없고 그냥 놀고 싶습니다

*

1월의 파리는 춥고 회색이지만 자유로운 파리지앵들의 형형색색 스타킹과 자기 키만 한 코트 위 제멋대로 멘 목도리를 뽐내는 계절이기도 하다. 그 사이에서 내가 가진 옷이라고는 얇은 후리스 점퍼와 체크무늬 목도리, 줄무늬 바지 그리고 상의 몇 벌….

한국에서는 늘 독립적인 척 했지만, 사실은 은근슬쩍 옆 사람에게 선택이나 책임을 미루고는 했다. '나는 뭐든 좋아', '나는 다 괜찮으니, 하고 싶은 대로 해'라고 말했다. 안 괜찮은 건 아니었다. 진심으로 괜찮았다. 다만 나는 선택하는 것이 두려웠다. 타인의 선택으로 비롯된 결과는 이미 내 손을 떠났기 때문에 관망하거나 원망하기 쉬운데, 내가 결정했다가 결과가 좋지 않으면? 상대방이 만족하지 못하면? 내가 선택한 반대편이 더 나은 선택이라면?

이와 같은 생각이 끊임없이 내 선택을 방해한다.

한국을 떠나기 전 친한 언니들과 함께한 국내 여행에서 나는 이런 마음을 고백했다. 언니는 내게 "어렸을 때부터 실패를 많이 경험해 보지 못하거나, 늘 잘해왔던 애들이 완벽한 또는 좋은 선택을 하길 원해서 선택을 망설이더라"라고 했고, 나는 그때 정확하게 느꼈다. 그렇다. 나는 내 선택이 '잘된' 선택이었으면 좋겠다는 마음에 결정을 미루고 또 미루는 것이다.

그리고 언니는 말을 덧붙였다. "나는 너를 전적으로 믿고 있고, 네가 하는 어떤 결정도 따를 준비가 되어있어. 너를 만날 때 장소도 무엇도 따지지 않고 그저 너를 만난다는 사실만이 중요해" 곰곰이 생각해보니 부끄러운 마음이 들었다. 나는 타인보다 나를 덜 믿고, 덜 사랑하고 있었다.

그리고 지난 3일간 미루고 미뤄뒀던 결정, 빵과 함께 삼켜버리고 애서 무시하려 했던, 다음 목적지에 대한 고민을 오늘은 끝내야 한다. 누군가 속 편하게 '이렇게 해라, 저렇게 해라' 하면 얼마나 좋을까. 4인실 호스텔에 나 혼자밖에 없으니 '어디가 좋았냐?'라고 슬쩍 물을 같은 입장의 여행자도 없다. 대신 결정을 해줄 사람도, 조언을 해 줄 사람도 없으니, 오직 나만의 결정을 믿고 따라야 한다.

내일 오전 체크아웃을 위해 무의식적으로 손은 짐을 싸고 있었지만, 마음속엔 여러 가지 생각이 동시에 떠오르기 시작했다. 그냥 파리에 조금 더 있으면서 루트를 다 정하고 갈까? 하지만 지금 가진 옷도 몇 벌 없고, 추위를 견디는 것도 싫으니 따뜻한 나라로 가보는 건 어떨까? 스페인에 한 번 가봤으니 익숙하기도 하고, 좀 더 따뜻하지 않을까? 그러다 마지막으로 어렴풋이 몇 년 전에 인터넷에서 본 사진 한 장이 머릿속에 생각났다. 눈덮인 설산을 배경으로 김이 폴폴 나는 야외 스파를 하고 있는 여유로운 등짝, 멋드러진 가운과 샴페인, 바로 '샤모니 몽블랑' 지역의 모습이다.

빠르게 인터넷에 정보를 찾아보기 시작했다. 스위스, 이탈리아, 프랑스의 접경지역에 위치해 있는 서유럽 최고봉으로 브랜드 '몽블랑'의 로고도 샤모니몽블랑에서 따왔다는 흥미로운 사실도 알게 됐다. 보자, 파리에서 기차로 7시간… 내일 오전에 출발하는 기차가 100유로가 넘는다고? 날씨는 영하 12도, 게다가 눈까지 펑펑 온다는 예보도 있다. 내가 가지고 있는, 몇 벌 되지도 않고 두껍지도 않은 옷들을 한 번씩 쳐다봤다. 분명 나는 추운 게 싫어서 따뜻한 나라로 가고 싶었는데, 왜 자꾸 샤모니를 알아보고 있는 거지? 내가 스페인에 가고 싶은 이유가 정말 따뜻하기 때문인지 혹은 그저 새로운 결정을 피하고 있는 것이 아닐까? 나도 모르게 조금이라도 익숙한 것을 찾기 위해 안전한 선택을 하려는 것이 아니었을까.

혹시나 하고 오늘 출발하는 교통편을 보았는데, 23시 20분에 출발하는 야간버스가 있다. 가격도 기차의 반값인 50유로! 물론 새벽에 환승도 해야 하고 대기도 해야 하는 극악무도한 스케줄의 열두시간짜리 버스이지만, 아무렴 어때! 결정을 미루는 이 지긋지긋한 습관보다는 낫지 않겠어? 지금 시간은 21시, 버스 정류장까지 한 시간이 더 걸린다고 해도 여유로운 시간이다. 카드를 꺼내 서둘러 결제를 하고, 배낭에 넣으려고 열심히 압축팩에 넣어뒀던 옷들을 모조리 꺼내서 바지는 두 겹, 상의는 반팔, 맨투맨, 셔츠에 후리스 점퍼까지 겹겹이 껴입었다. 가보자, 그게 어디든 나의 결정으로!

오전 11시 반쯤 도착한 샤모니의 첫인상은 '대체 어디까지가 산이고 어디서부터가 구름인 거야?'였다. 분명 방금까지 눈이 왔을 거라고 생각되는 흰 바닥과 안개가 잔뜩 낀 시야에는 고개를 위로 들어봐도, 옆으로 돌려봐도 끝없이 높은 설산이 펼쳐져 있었다. 유럽 최고봉이라는 명성에 걸맞게 뾰족한 정상보다 훨씬 아래부터 구름이 얹어져 있었다.

나와 같은 버스에서 내린 사람들은 저마다의 목적지가 있어 보이는 차림이었다. 스키 장비가 들었을 법한 기다란 가방과 두꺼운 스키 장갑을 나란히 낀 커플들, 패딩과 목도리로 둘둘 싸맨 아기와 함께하는 가족들은 마치 테니스 라켓의 헤드 부분만을 잘라낸 것 같은 생김새를 가진 물체를 가지고 내렸는데, 알고 보니 눈 위를 걷는 전용 신발이라고 한다.

다들 삼삼오오 무리 지어 온 사람들이었다. 우리나라에서는 샤모니가 유명 관광지는 아니지만, 유럽에서는 스키어들의 성지로, 또 겨울 가족 여행으로 유명한 스폿이라고 하니, 혼자 온 여행자가 나밖에 없는 게 딱히 이상하지 않았다. 환승지에서 새벽에 막 예약한 숙소는 버스터미널에서 2km쯤 걸어야 했는데, 구글 지도에는 어떠한 교통수단도 나오지 않았다. (나중에 알았지만, 샤모니에서만 사용할 수 있는 교통 확인 어플이 있다고 한다.) 어쩌겠어! 걸어가야지….

있는 옷을 탈탈 털어 껴입고 앞뒤로 배낭을 메고 걸어가는 모습에 혼자 겸연쩍은 웃음이 났다. 배낭여행자는 시간이 지나면 패션에 신경 쓸 겨를이 없다고 하던데, 그게 꽤 일찍 왔구나. 그래도 하필 요란한 줄무늬 모자에, 체크무늬 바지에, 목도리는 힙함을 잔뜩 뽐내는 체커보드에 안쪽에 껴입은 바람막이는 밀리터리무늬로 이 구역 패턴은 모조리 흡수해버린 듯한 모습이라니, 혹여나 누가 볼까 무서워 다리에 모터라도 단 듯 빠른 걸음으로 숙소를 향해 찾아갔다.

숙소에서는 기차와 버스를 탈 수 있는 교통 패스를 무료로 제공

했다. 스키를 탈 줄 아는 것도 아니고 딱히 하고 싶은 게 있어서 온 것도 아니니 교통 패스를 가지고 산책이나 할 요량으로 밖을 나섰는데, 세상에! 어느새 하늘에서는 온통 솜처럼 뭉친 함박눈이 펑펑 오고 있었다. 곧고 시원하게 뻗은 길옆에 지어진 갈색 통나무 집과 베이지 톤의 단독주택들 위로 쌓이는 눈을 보니 겨울을 배경으로 하는 어느 영화 세트장에 와있는 듯한 착각을 주었다.

지도를 보고 눈을 맞으며 십 분 정도 걸어가 가장 가까운 기차역을 찾아갔다. 노선도를 보니 편도로 운행하는 한 가지 노선만 있었다. 기차를 타고 끝까지 갔다가 다시 반대편에서 타겠다는 간단하고 완벽한 계획을 세웠다.

눈이 쌓이는 소리가 들릴 정도로 조용한 소도시 특유의 한적함, 나무로 만들어진 삼각형 지붕을 가진 아무도 없는 기차역, 함박눈 사이를 지나 들어오는 빨간 기차를 바라본다. 유럽의 기차는 제멋대로 지연되거나 취소되는 일이 아주 비일비재 한데다가 도난 사건이 가장 많이 일어나는 곳이기도 해서 늘 신경을 곤두세워야 하는 장소이지만 목적지도, 짐도 없는 지금은 그저 큰 창을(유럽 기차의 유일한 장점이다.) 바라보고 여유롭게 즐기기만 하면 된다.

애초에 목적지가 없으니 길을 잃을 일도, 기차를 잘못 탈 일도 없다. 어떤 유명 관광지를 가는 순간보다도 순수하게 설레었다.

계획과 목적이 없는 여행은 종종 두려움을, 때로는 불안을 부른다. 하지만 가끔, 어딘지 모를 길 위에서 찾아오는 선물 같은 자유로운 순간이 있다. 기차의 큰 창으로 보이는 설산에는 크리스마스트리가 빼곡하게 차 있었고, 빠르게 지나는 건물을 배경으로 남편과 가족들에게 간단한 안부를 전했다. 비록 다음 도시는 어디로 가냐고 묻는 남편에게 대답을 해줄 수는 없었지만…….

 설산의 웅장한 풍경도 20분 정도 지나니 금세 적응이 되어 따뜻한 커피 한 잔이 간절했다. 혼자 하는 여행의 매력이란 이런 것 아니겠어? 종착역은 아직 멀었지만, 시내에서 내려 커피를 마시고 집으로 돌아가기로 했다. 이 여행에 정해진 게 어디 있던가. 마음 가는 대로, 하고 싶은 대로 하면 그만이다. 파리에서 이곳에 온 것처럼.

*France

여행의 두 가지 원칙

✳

배낭여행자가 한 번에 쓸 수 있는 금액은 얼마일까? 확실히 100 유로는 아니라고 생각한다. 파리에서 떠올린 사진 한 장, 샤모니를 오게 만든 바로 그 사진 속 멋들어진 스파는 예약제였는데, 홈페이지에 들어가서 보니 입장료가 무려 100유로였다. 그걸 여기서, 이제 와서 알게 되다니! 기껏해야 50유로 정도 하려나 싶었던 나는 눈을 의심했다.

"후회하려나……."
어떤 방향으로든 후회할 것이다. 100유로면 분명 며칠의 숙박비이고, 몇 번의 든든한 식사를 할 수도 있는 금액이며, 다음 도시로 가는 경비가 될 수도 있다. 하지만 샤모니를 떠올리게 만든 야외 스파를 하지 않는다면 그것 또한 꽤 오랜 시간 후회할 것이 분

명했다. 해도 후회 안 해도 후회라면 언제나 하고 후회하는 쪽을
선택하는 나다.

그래, 언제 또 프랑스에서 고급 스파를 할 기회가 있겠나. 온 김
에 하자며 짧은 고민을 끝내고 이른 오후 시간으로 예약했다. 한
국인이라면 모두 앓고 있는 '김에 병'은 여행할 때 특히 많이 발병
한다. 김에 병의 증상은 온 김에, 하는 김에, 내친김에, 말 나온 김
에…로 다양하며, 치료법은 한 가지, 눈 딱 감고 해버리기이다. 다
만, 주머니가 가벼워진다는 치료법의 부작용은 있지만 말이다.

스파 시설이 워낙 깊숙한 곳에 있어서 버스도 다니지 않고, 숙
소에서 40분 정도 걸리는 위치에 있기 때문에 여유 있게 출발해
천천히 걸어가기로 했다. 밤사이 두꺼운 솜이불처럼 쌓인 눈으로
바지 밑단이 축축하게 젖어와도 곧 뜨끈한 스파를 한다고 생각하
니 절로 신이 났다.

경쾌한 걸음으로 도착한 스파는 상상한 것 이상이었다. 마치 리
조트를 연상시키는 2층짜리 모던한 건물과 낮은 조도의 리셉션이
풍기는 심상치 않은 고급 스파 시설의 깔끔함! 본격적인 스파 전
건물 안을 둘러보니, 각종 테마를 가진 릴렉싱룸이 즐비해 있었
다. 심지어 방마다 향기도 달랐다. 자체적으로 만든 화장품을 무
료로 사용할 수 있게 비치해놓은 페이스룸은 백화점에서 맡을 법

한 향기가 그대로 났고, 숲을 테마로 만들어 놓은 캠핑룸에서는 시원한 흙냄새가, 누우면 눕는 대로 변하는 출렁한 물침대가 있는 룸에서는 축축한 물 향기가 났다. 각종 사우나와 우리나라 사람들에게 익숙한 얼음방까지 구경하고 나니, 가벼워진 주머니 사정 따위는 잊은 지 오래고 얼른 나가 파리에 도착하면서부터 추위에 얼어 있던 몸을 가볍게 하고 싶었다.

알프스산맥의 핵심인 샤모니몽블랑에 둘러싸여 설산과 빼곡한 초록의 싱그러운 기운을 동시에 즐길 수 있는 야외 스파를 상상하며 야외로 향하는 문을 열이 재꼈다. 물론 열자마자 김빠진 콜라처럼 기대는 사라졌지만 말이다.

일단 너무나도 추웠다! 게다가 내가 본 사진의 모습과는 전혀 다르게 온통 회색, 초록 대신 자욱하게 낀 안개와 스파에서 나오는 김으로 앞도 잘 보이지 않았다. 하지만 이내 '그래! 이래야 1월의 프랑스지!'를 외치며 코끝을 차갑게 하는 영하의 공기와는 상반된 따뜻한 물 속으로 들어갔다…가 30분도 안 되어 항복을 외치며 다시 따뜻한 실내로 들어갔지만 말이다.

실내에는 나무 장작을 태워 따뜻한 큰 난로와 어떤 고민도 다 품어줄 것처럼 생긴 푹신한 소파가 있었다. 소파에 몸을 맡기고 온통 유리로 되어 실내에서도 야외 스파와 똑같은 풍경을 바라 볼 수 있으니 오히려 좋다는 생각을 하며 내일의 도시를 떠올렸다.

샤모니는 프랑스, 이탈리아, 스위스 세 국가의 접경지역이라 어느 지역으로 이동해도 용이한 위치에 있다. 샤모니로 가는 버스에서만 해도 스위스 혹은 이탈리아로 가려고 생각했었는데, 현재의 스위스는 샤모니보다 춥다는 이야기를 듣고는 포기했다. 프랑스의 다른 도시와 이탈리아가 남아있었는데, 바로 눈앞에 절경을 가진 야외 스파도 나가지 않는 마당이니 프랑스는 더 이상 보지 않기로 했다. 이탈리아는 전에 여행해 본 경험이 있어서 둘 다 끌리지 않았다.

소파에 몸을 아예 눕다시피 해서 타닥타닥 타들어가는 장작과 불을 보고 있자니 다시금 따뜻한 나라에 대한 열망이 피어오르기 시작했다. 지도를 켜고 슬쩍 스페인을 따라 가보니 한 번도 생각해보지 않은, 길게 늘어선 대륙 포르투갈이 보였다. 포르투갈에 대해 아는 것이라곤 포르투 와인과 에그타르트밖에 없지만, 돌고 돌아 소기의 목적대로 따뜻한 나라만 찾아가면 되는 거 아닌가. 샤모니를 오지 않았더라면 아마도 나는 스페인에서 전에 했던 여행과 똑같은 여행을 했을 것이다. 하고 싶은 것, 좋아하는 것을 찾기 어려울 땐 싫어하는 것을 먼저 생각해보면 된다. 샤모니에서 더욱 극한의 추위를 맛보았기 때문에 원하지 않은 다른 길을 아예 삭제할 수 있었고, 새로운 여행지를 발견했다.

이때부터 내 여행에 두 가지 원칙을 세웠다.

첫 번째는 늘 새로운 선택을 할 것.

두 번째는 첫 번째 원칙을 따를 것.

*France

인생 여행지

✳

누군가에게 인생 여행지가 어디냐는 질문을 했을 때 가장 많이 들었던 답변은 바로 '포르투'였다. 여행깨나 다녀 봤다고 자부하던 나는 포르투에 대해서는 아는 게 없었기에 딱히 유명한 것이라고는 와인과 에그타르트밖에 없는 작은 도시가 어떻게 인생 도시가지나 되냐며 절대 공감할 수 없었다. 인생 도시라 하면 자고로 볼 것도 많고 먹을 것도 많은 나라여야 하는 거 아니냐는 말을 덧붙이면서 파리, 스페인, 방콕, 런던, 뉴욕 같은 유명 여행지를 떠올렸다. 그럴 때마다 그들은 곤란한 표정으로 본인들도 설명할 수 없다고 가봐야 안다고 이야기했다. 나는 입을 삐쭉거리며 그걸 어떻게 꼭 가봐야만 아냐고 놀리기 일쑤였다. 그래 봤자 뭐 대단한 게 있겠어?

포르투 시내에 도착했을 때는 오후 6시가 다 되어가는 저녁 시간이었다. 언제나처럼 전날 예약한 숙소로 가는 길에서 늘 그렇듯 길을 잃었다. 익숙지 않은 포르투갈어에 내려야 할 정류장과 이름이 비슷한 다른 정류장을 착각하고 두어 정거장 전에 내렸다. 가벼운 산책이라고 생각하고 (그러기에는 13kg씩이나 되는 배낭을 메고 있었지만) 언덕을 천천히 내려가기 시작했다.

포르투의 하늘은 프랑스의 회색 겨울 하늘과는 명확하게 달랐다. 모두 저녁 식사를 하러 간 것인지 어두운 언덕 골목을 내려가는 동안 들리는 소리라고는 하늘을 보고 내는 나의 작은 감탄 소리뿐이었다. 이제 막 해가 져서 오렌지빛을 약간 머금은 은은한 푸른색 하늘과 선명한 구름은 여행을 시작한 후로 처음 본 풍경이었다.

그러다 골목이 끝나고 큰 길이 나오는 언덕의 어느 지점, 도우루강과 동 루이스 1세 다리가 한눈에 보이는 담 앞에서 나는 멈춰 섰다. 그것은 내가 버스에서 내려 걷기 시작한 지 10분도 채 되지 않은 시간이었고, 포르투에서 본 첫 야경이었다. 얇게 뜬 초승달이 도우루강에 비춰 잔잔하게 흐르고 있었고, 강줄기를 따라 빛나는 가로등이 마치 달 옆에 뜬 별처럼 보였다. 담 위에 배낭을 올려두고 그 옆에 앉아서 하늘의 빛이 모두 사그라들고 컴컴해질 때까지 바라보았다. 어둠이 내려왔지만 샛노란 존재감을 뿜으며 존재하는 동 루이스 다리를 보고 있자니 포르투에 어둠이란 영원히 찾아오지 않을 것 같았다.

번뜩 정신을 차려보니 이미 나는 포르투와 사랑에 빠져있었다. 평생 이 장면을, 이 도시를 아주 많이 그리워하게 될 것이다. 누군가 내게 인생 여행지가 어딘지 물어보면 나도 포르투라고 말할 준비가 되었다. 왜냐고 묻는다면 짐짓 곤란한 표정을 지으며 '가봐야 안다'라고 대답할 것이다.

혹은 그저 '포르투의 밤은 아름답다'라고 단조로운 말로 표현할 수밖에 없다. 그 말 안에는 매일 일몰이 지는 시간에 맞춰 헐떡이며 올랐던 언덕정원, 돗자리도 없이 털썩 앉아 구색만 갖춘 플라스틱 와인 잔에 따라 마시는 짙은 농도의 포르투 와인, 바이올린 연주가와 기타 치며 노래하는 가수에게 잠시라도 한눈을 팔고 있으면 나 좀 보라는 듯 그새 다른 하늘이 되어 한시도 눈을 뗄 수 없게 만드는 그 마법 같은 경험이 담겨있다.

정말, 내 말 믿어봐. 가봐야 안다니까?

털털한 밤

*

도착한 숙소는 와이너리에서 운영하는 호스텔이다. 늦은 밤임에
도 스텝인 그헤이가 친절하게 맞이해주었다. 그헤이가 안내해준
방은 16인실 도미토리치고는 아주 쾌적하고 멋들어진, 특히나 와
인을 보관하는 오크통을 형상화한 침대가 매력적인 방이었다. 거
울 앞에 모여 이야기하던 대여섯 명의 친구가 배낭을 푸는 내게
관심을 보였다.

"이제 막 도착했구나! 어디서 왔어?"

"프랑스에 잠깐 머물다가 방금 막 넘어왔어."

"오, 나 프랑스 사람이야. 반가워."

그들은 프랑스, 독일, 미국, 인도 등 모두 다양한 나라에서 온 여
행자였다. 저녁 식사를 하러 나갈 참이었다면서 같이 먹으러 가

지 않겠냐고 제안하는 친구들의 모습은 아마 이 구역에서 제일가는 힙쟁이들이지 않을까 싶었다. 각양각색의 매력을 뽐내며 타이트한 원피스, 빛이 나는 구두와 가죽 재킷을 걸친 멋쟁이들 사이에 끼려니 거울에 비친 내 운동화와 후드집업이 유난히 회색으로 보였다. 갈아입을 옷도 없는데 무슨 방법이 없을까? 잠깐 고민하는 사이에 이놈의 주둥이는 머리도 거치지 않고 따라가겠다고 대답했다.

골목을 걸으면서도 느꼈지만, 펍의 문을 열고 들어가는 데에도 여러 개의 눈이 우리를 따라 같이 들어왔다. 키도, 머리 스타일도, 피부색도 모든 게 들쭉날쭉한 다인종이 섞인 무리가 우리밖에 없기도 했지만, 친구들의 모습이 워낙 튀어서 쳐다보지 않을 수 없었을 것이다. 그것을 의식한 미셸이 어깨를 으쓱거리며 말했다.
"여기서 우리가 제일 예쁜 것 같아. 들어올 때 사람들이 다 쳐다보는 거 봤어?"
미셸의 발언에 나는 저항 없이 웃어버렸다. 누군가는 시선이 집중되는 상황이라면 움츠러들거나 기분 나빠하기 마련인데, 미국 드라마에 나올 법한 당당한 대사를 들으니 마치 하이틴 장르의 주인공 친구가 된 기분이었다.

잔뜩 시킨 안주와 와인을 들이키며 우리는 끊임없이 새로운 주제를 꺼내 이야기했다. 여행자들 사이에서 단연 인기 있는 주제는

'서로에 대한 다름'이다. 비슷한 나이대가 모여 있지만, 우리는 지구 반대편에서 자라 또 그 반대편 어딘가에서 만났으니 서로가 신기할 수밖에 없다. 인도에서 학창시절을 보낸 에바가 털에 대한 주제를 꺼냈을 때 의외로 우리는 모두 같은 생각을 하고 살았다는 것을 알았다. 아마 그때는 펍에서 우리 테이블이 가장 시끄러웠을 것이다.

"나는 학교 다닐 때, 옆에 있던 남자애보다 팔에 있는 털이 더 많았었어. 그래서 그걸 밀 때마다 나 자신이 너무 싫었어. 하지만 이제 내 털들은 자유야."

이야기를 들은 사라가 재미있다는 듯이 웃으며 말했다.

"독일에서는 무조건 여자가 남자보다 털이 더 많을 수밖에 없어! 남자애들이 팔부터 다리, 배, 그리고 거기까지 다 밀거든!"

"뭐라고?"

"정말이야, 목 아래로 싹 다 일주일에 두 번씩 밀걸?"

그 말을 들은 나는 "말도 안 돼! 누가 독일 남자 재미없다고 했지? 나도 당장 보고 싶어!"를 외치며 독일로 이민을 가겠다고 했다. 사라의 말에 따르면 모두는 아니지만, 본인이 알고 있는 대부분의 독일 남성이 제모를 하고 있으며, 깨끗한 몸을 유지해야 한다는 인식이 있다고 한다. (하지만 털은 물론 몸에 어떠한 것도 건들지 않는 자연주의를 추구하는 친구들도 있다고 한다.)

이번엔 내가 말했다.

"중학생 때 친구가 내게 엄청난 비밀을 알려주듯이 털을 어느 방향으로 밀어야 하는지 알려줬어. 나는 그 배움을 손가락 털 하나하나에까지 적용하면서 유용하게 썼다니까! 지금 생각하면 바보 같고 웃긴 일이야."

윤기 나는 곱슬머리를 가진 샤모니가 나의 말에 공감한다는 듯 말했다.

"팔이나 손가락만이면 다행이게, 나는 심지어 발가락도 밀었다고! 그리고 내 머리 좀 봐. 나는 매일 아침 머리 피는 데만 몇 시간이 걸렸어. 하지만 지금은 내가 가장 사랑하는 부분이야."

고작 어린 시절 털에 관한 이야기로 시작했지만, 사실은 우리가, 내가, 타인을 얼마나 신경 쓰고 살았는지 새삼 느끼게 되었다. 이제 친구들은 그것을 이겨내고 살아내는 듯 보였는데, 아직도 나는 얽매여있었다. (이 자리에 참석하기 전에도 내 행색이 신경 쓰였으니 말이다.) 내가 받은 성격검사에서는 '고전적 여성 역할을 중시한다'와 '탐색적 흥분과 충동성이 높다'가 동시에 적혀있다. 같이 존재하기 어려운 이중적인 기질을 가지고 어떤 상황이 닥치면 나를 저울질하다 남들이 보기에 적당히 멋져 보이는 나를 꺼내 보여줬다.

나의 시선은 내 안을 향하기보다 밖을 향해 있었다. 누군가의 말, 누군가의 평가가 내가 살아가는 데 있어서 가장 중요하다고 생각했다. 물론 보통 때라면 그렇다는 말이다. 그러나 이 여행에서는 누구에게 잘 보일 필요도, 나를 꾸며낼 필요도 없다. 내가 그들을 평가하지 않는 것처럼 그들 또한 나를 함부로 평가하지 않는다.

미셸은 또 다시 어느 하이틴 영화 주인공처럼 외쳤다.
"건배하자, 우리를 위하여!"

낯선 이를 만난다는 것. 거리낌 없이 나의 약한 부분을 테이블 위에 내놓고 대화하는 순간들, 이떤 해방감이 나를 감쌌다.

카보 다 로카

"여기 땅이 끝나고, 그리고 바다가 시작된다."
– 루이스 드 카몽이스(Lu s de Cam Es)

유라시아 대륙이 끝나는 곳 '카보 다 로카', (편의상 '호카곶'이라
고 하겠다.) 거칠게 깎아진 아찔한 절벽 위에는 카보 다 로카를 상
징하는 웅장한 십자가 돌탑이 있고, 돌탑에는 포르투갈의 시인 루
이스 드 카몽이스의 문구가 새겨져 있다.

차에서 내려 돌탑이 위치한 절벽 끝을 향해 걸어가는 동안 엄청
난 바람이 반겨주었다. 바닥에 마치 다육이처럼 생긴 선인장이 납
작 누워있는 것을 보니 몸을 숙여 앞으로 걷고 있는 내 모습과 다
를 게 없어 보였다. 사람들이 모여 있는 절벽 끝에 서니 그 가늠할

수 없는 대서양이 광활하게 펼쳐져 있었다. 바다 위를 가득 채운 물안개와 먹구름이 낀 듯한 하늘이 수평선의 경계를 허물어뜨려 파도가 물안개 사이로 물결치는 모습만이 가끔 보일 뿐이었다.

지구가 네모나다고 믿던 시절 유럽 사람들이 서쪽의 끝이라고 생각했던 이곳, 누군가 내가 있는 곳에 똑같이 서서, 내가 바라보고 있는 수평선을 바라보며 저 망망대해 너머는 절벽으로 되어있다고 주장하고, 누군가는 저 너머에 끝이 없는 바다 혹은 다른 대륙이 존재한다고 주장했다. 아무것도 증명된 것이 없던 시대에 나의 길을 개척하겠다고 떠난 이들은 얼마나 두렵고 또 설레었을까, 돌아올 수 있을지 없을지 장담할 수 없는 이별을 했던 장소. '여기 땅이 끝나고, 그리고 바다가 시작된다' 아까 탑에서 읽은 문구를 몇 번 중얼거렸다.

절벽에 부딪히는 파도가 처연한 느낌이 들어 자꾸 눈물이 나려는 걸 참고 있었는데 같이 간 동생이 "누나 울면 나도 울 거 같으니까 울지 마요"라고 하는 바람에 참았던 눈물이 왈칵 쏟아졌다. 뿌옇게 변한 시야가 창피해서 눈물을 닦아내며 동생에게 말했다.

"끝이 주는 슬픔이 있지 않아? 괜히 그 시대를 상상하게 만들고, 그때 새로운 길을 발견하려고 떠난 사람들과 남은 사람들의 마음이 모두 이해가 가."

금세 우울의 기운을 감지한 동생은 가판대에서 파는 맥주 한 병을 사서 앉아있자고 제안했다. 그리고 효과는 엄청났다! '세상 끝에서 맥주라니, 낭만이다. 낭만이야' 하이네켄을 한 병씩 사 가지고, 돌담에 기대어 일몰을 기다리기로 했다.

돌담에는 우리처럼 일몰을 기다리는 수십 명의 여행자가 가족들, 친구들과 각자의 방식으로 세상 끝의 낭만을 즐기고 있었다. 그중 내 눈에 띈, 손가락 두 개보다 훨씬 두꺼운 시가를 물고 책을 읽는 어떤 여행자. 바이크를 타고 왔음이 분명한 까만 가죽재킷을 입은 그의 옆엔 까만 헬멧이 마치 그의 동료처럼 자리하고 있었다.

그 모습에 홀린 듯 셔터 몇 번을 누른 뒤 그에게 다가가 말을 걸었다. "뒷모습이 너무 멋있어서 사진 찍었는데, 네게 보내줘도 될까?" 고맙다고 하는 그와 짧은 대화를 시작했다. 프랑스에서 포르투갈로 이사한 지 며칠 되지 않았고, 바이크를 타고 포르투갈 일주를 시작할 예정이라고 했다. 나는 왜 하필 여기, 세상의 끝에서 시작하는 이유를 물었고, 그는 입에 문 시가를 손으로 옮기며 대답했다.
"그 사람들도 여기서 시작했잖아."

그는 옛 포르투갈 사람들이 대항해의 시대를 열었던 것처럼 자신의 새로운 길을 이곳에서 시작하려고 하는 것이다. 잠시 멍하게

그의 손에서 타들어 가는 시가를 바라보았다. 나는 막연히 끝이라
는 단어에 취해 끝의 다음 단계를 잊고 있었다. 땅이 끝나고 바다
가 시작되는 것처럼 끝은 또 다른 시작이다.

물안개에 가려져서 보지 못할 거라고 생각했던 노을이 존재감
을 나타내며 지기 시작했고, 인사를 나눈 우리는 다시 각자만의
방식으로 세상 끝을 즐기기 시작했다. 나는 맥주 한 잔, 그는 시가
한 대와 책 한 권.

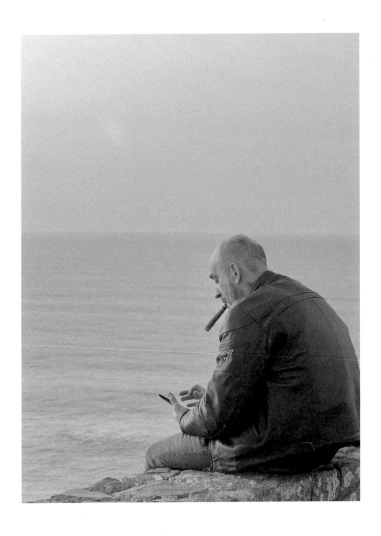

Portugal

유난 떨기

＊

포르투갈에 있는 동안은 비가 자주 내리기로 유명한 런던을 여행
했을 때보다 더 잦은 비를 맞고, 바람막이의 지퍼를 끝까지 올려
야 했다. 테라스에서 문어 요리를 먹거나, 얇은 차림으로 산책하
는 일은 어려웠지만 우중충하고 추운 날씨를 핑계로 빈티지 가게
를 몇 번이나 들락거리면서 재킷을 사야 하나, 패딩을 사야 하나
고민했다. 빈티지 가게에서 그 나라의 분위기와 가장 잘 맞는 옷
을 골라 여행하는 나를 상상하는 일. 오늘같이 날씨가 좋지 않아
서 할 일이 없을 때, 가장 여행자답게 시간을 보내는 방법 중 하나
이다.

  만약 이곳이 파리의 빈티지 가게라면 색이 선명하고 원단이 좋
은 셔츠를 한 벌 사서 근처 공원을 산책하면 좋을 것이다. 혹은 런

던의 빈티지 가게라면 말간 코트를 사서 카페에서 스콘과 따뜻한 커피를 마시면 완벽하겠지. 스페인의 빈티지 가게라면 얇은 민소매 원피스와 챙 넓은 모자를 사서 해변으로 간다면 끝내줄 거다. 사실 나의 48L 배낭엔 코트와 챙 넓은 모자는 들어갈 공간이 없어서 실제로 구매하는 일은 일어나지 않지만, 상상만으로도 입꼬리가 내 의지를 벗어나 씰룩거린다.

빈티지 가게로 향하는 일은 긴 여행에 루트를 정하고 나오지 않은 무계획여행자가 향할 수 있는 최적의 선택지이기도 하다. 일반적인 옷 가게에서는 현재가 가장 중요하지만, 빈티지 가게에선 현재와 미래, 과거가 동등해서 어떤 취향을 가졌는지가 중요할 뿐이다. 계절을 떠나보내기 아쉽다거나, 미리 준비하고 싶다거나, 변덕스러운 기분, 예기치 못한 날씨를 대비할 수 있는 것들이 언제나 반기고 있다. 나의 옷들은 당장 내일, 다음 주, 다음 달의 어디에, 어떤 날씨에 있을지 모르니 얇은 긴팔 맨투맨, 약간 두꺼운 듯한 반소매, 짧은 바람막이, 덥지도 따뜻하지도 않은 봄용 긴바지, 겹쳐 입기 좋은 레깅스 같은 어정쩡한 옷밖에 챙길 수밖에 없었으므로 어떤 나라에서도 꼭 몇 번씩 빈티지 숍을 들리게 되었다.

빈티지 가게에서만 나는 특유의 눅눅하고 뜨듯한 냄새를 좋아하는 것도 자주 들락날락하는 데에 한몫했다. 좋은 냄새가 나는 빈티지 숍은 오히려 서운하기까지 할 정도니까 말이다. '세월'이라는 단어를 향으로 만들면 그런 향이지 않을까?

　포르투갈에서 빈티지 숍을 찾아 걷다 보면 카페만큼 많이 발견할 수 있는 건 바로 로컬 스몰 숍이다. 판매하고 있는 물건들은 인간이 삶을 영위할 때 꼭 필요한 물건만 남기고 사라지게 된다면 모두 사라질 정도로 무용해 보이지만, 여행지에서 보면 그것만큼 특별한 게 없다. 지금이 아니면, 이곳이 아니면, 영원히 소유할 수 없을 것처럼 생긴 모양새의 것들이다. 미술관의 장식으로 써도 손색없을 정도로 우아하게 포장된 비누, 감히 뜯을 수도 없이 귀여워서 어떤 내용물이 들어있는지도 모른 채로 평생 간직할 수밖에 없는 통조림 캔, 유기농 면으로 제작된 말도 안 되게 비싼 티셔츠, 다른 지역으로 수출하지 않아서 먹고 싶다면 다시 찾아오도록 만드는 자부심 강한 와인, 할머니네 집 외벽에서 떨어진 걸 주워 온 것 같은 아줄레주 타일 조각… 그중에도 가장 작고 부피를 차지하지 않는 것을 엄선해서 배낭에 넣어 간다. 그것을 나의 일상으로 옮겨 두는 것만으로도 한순간에 언제나 그 시간으로 다시 돌아갈 수 있는 타임 루프 버튼인 셈이다.

　그 물건이 딱 한 시간의 이동을 허락해 준다면, 망설임 없이 노을 지는 포르투 언덕정원이라고 대답할 것이다. 아니, 다리 밑이라도, 강 옆이어도 좋으니 대신 손에 와인이 없다면 가지 않겠다. 나는 아주 어린 시절부터 노을을 짝사랑해 왔다. 계기도 없이 좋아하게 되었고 매일 봐도 질리지 않았다. 앞에 두면 무슨 말을 해야 할지 모르겠고, 하루에 한 번, 그것도 잠깐 볼 수 있으니 애가 탄다. 포르투갈에서 세운 계획은 오직 하나, 매일 노을을 보는 일이었다. (나의 여행 대부분이 그렇듯) 생산적인 일이나 유명 관광지를 보았던 기억은 거의 없지만 언제나 노을을 향해 성실하게 언덕정원을 오르내렸던 것을 포르투갈 여행이 끝나자마자 구멍 난 나의 뉴발란스 운동화가 증명해 준다.

언덕정원은 포르투갈 여행자에게 가장 유명한 노을 포인트다. 날씨가 좋지 않아도 언제나 노을을 감상할 수 있는 것은 물론, 수많은 여행객 사이에 내가 혼자라는 사실이 여실히 느껴지는 점도 매력적이다. 처음 마주한 언덕정원의 노을은 매 순간이 하이라이트라 주변을 돌아볼 틈도 없을 것이다. 그러길 며칠, 빈손으로 오는 사람이 거의 없다는 사실을 알았다. 나처럼 모르고 온 사람들은 호객하는 맥주 상인을 그냥 지나치지 않았다. 종류와 개수만 달랐지 국적과 성별, 청년과 장년을 가리지 않고 그들의 옆자리를 한 자리씩 차지하고 있는 건 모두 술병이었다. 그사이에 섞여 함께 앉아 포르투 와인을 마셨다. 기타를 치며 노래하는 싱어송라이터는 유명 영화의 OST를 연달아 불렀고 마치 콘서트에 온 것처럼 다들 조용히 노래를 듣거나 속삭이며 대화했다. 모든 것들이 절묘하게 만들어진 여행의 호시절 같아서 바람과 공기 한 점까지 벅찼다. 내일의 계획도 없으면서 매일 어딘가에서 노을을 보겠다는 계획 하나는 기가 막히게 잘 지키는 여행자는 뻔뻔하다. 어제 본 노을도 마치 처음 보는 것처럼 감동한다.

내가 여행에서 느끼는 것들은 누군가 옆에 있었다면 유난스럽다고 했을 법하다. 현재 느끼는 감정과 영감을 어디까지 끌고 갈지 타인에 의해 제어되지 않는다는 건 혼자가 주는 이점이자 단점이다. 외로움과 새로움은 한 끗 차이라 외로울수록 주변의 새로운 점을 더 많이 주시하고, 천천히, 더 깊게 흡수하게 되니까. 사소한 것들로 채워진 나의 세계는 더 선명해진다.

*Portugal

아무튼 도착

*

"그러니까 너 지금… 어딜 가고 있다고?"

"아프리카 탄자니아!"

"…너 아빠한테 절대 말하지 마라. 아빠 뒤집어져서 당장 너 있는 데로 갈지도 몰라."

"그게 뭐 별거라고~ 알겠어. 또 연락할게!"

아무렇지 않은 척 오빠와의 짧은 통화를 마쳤지만, 사실 뒤집어질 사람은 아빠가 아니라 나다. 여전히 아무것도 알아보지 않은 채로 리스본 공항에 덜렁 도착한 나는 미뤄뒀던 걱정들을 슬쩍 다시 꺼내 이것저것 검색해 보기 시작했다.

[아프리카 여자 혼자]

좋아. 나 말고도 이미 선구자들이 많다. 이 부분은 걱정할 필요

없겠군. 역시 블로거님들 감사합니다!

[아프리카 여행 안전]

첫 검색 결과부터 외교부 여행 주의 표시인 적색 표시가 눈에 띄었다. 손가락을 움직여 스크롤을 내릴수록, 페이지를 넘길수록, 무서움을 가중시킬 데이터만 쌓였다.

'아.프.리.카'라는 글자가 주는 실체 없는 위협감은 대륙의 크기만큼 크게 다가왔다. 비행기 표를 끊은 후부터 마음 한 편에 돌멩이가 있는 듯했다. 태어나서 처음 밟는 아프리카 대륙에 대한 걱정에 머리는 무거운데 발은 이미 비행기를 탑승하는 줄을 따라 들어가고 있었다.

충동적으로 표를 끊은 건 며칠 전, 리스본의 어느 술자리에서였다. 다음 행선지를 고민하고 있던 내게 '천국은 아프리카에 있다' 자랑하던 어느 세계여행자의 속삭임은 내가 아는 아프리카와는 사뭇 달랐다. (물론 아프리카에 대해 전혀 아는 게 없긴 했다.) 유럽인들이 사랑하는 휴양지, 끝내주는 물빛을 가진 동아프리카의 진주, 심지어 안전하다고? 끝없이 칭찬을 늘어놓은 그의 앞에서 나는 호기롭게 비행기 표를 끊어버렸다. 인도양의 보물이라 불리는 탄자니아의 섬 '잔지바르'는 그렇게 나의 다음 목적지가 되었다. 미래의 나는 인터스텔라의 그것처럼 '생각 좀 하고 행동하란 말이야!'라고 외쳤지만, 그 순간만큼은 어벤져스의 히어로처럼 적절한 타이밍에 등장한 최고의 선택지였다.

잔지바르까지의 비행은 리스본-파리-나이로비-잔지바르, 총
네 번의 환승과 꼬박 하루가 넘는 비행을 해야 하는 일정이었다.
희한한 동선이었지만, 그도 그럴 것이 누가 포르투갈에서 잔지바
르로 넘어가겠는가? 효율적인 여행이라고는 진작 포기했기 때문
에 동선 생각은 잠시 제쳐두고 당장 직면한 두 가지 문제를 해결
해야 했다.

첫 번째 문제는 지금 눈앞의 승무원이 내게 아프리카 아웃 티켓
을 요구하고 있다는 것이다. 당연히 그런 게 있을 리가 없는 나는
애절하게 말했다.

"나 장기 여행 중인데, 아프리카를 언제 빠져나갈지 몰라서 나
가는 비행기 표를 끊을 수가 없어. 아웃 티켓이 꼭 필요할까?"

티켓이 없으면 비행기를 태워줄 수 없다던 승무원은 이내 형식
적인 내용을 몇 번 이야기하다 눈을 흘기며 "도착지에서 리턴 당
해도 그건 우리 책임 아니야. 비행기는 태워줄게"라고 말했다. 유
럽 승무원들의 무심한 서비스가 도움 되는 날이 있을 줄이야! 그
의 마음이 바뀔까 오브리가다!(고마워!)를 외치며 뒤도 돌아보지
않고 뛰어 들어갔다. 두 번째 문제는 내가 가진 여름옷이 반팔 티
셔츠 단 한 벌이라는 것이다. 이렇게 갑자기 아프리카에 갈 줄은
꿈에도 몰랐으니, 마음만 준비되지 않은 게 아니라 복장 또한 준

비되지 않은 것이다. 하지만 승무원의 말대로 아웃 티켓이 문제가 된다면 여름옷은 필요 없을 테니 옷 정도는 도착해서 사기로 했다.

나이로비 조모 케냐타 국제공항에서부터는 아무도 마스크를 쓰고 있지 않았고, 예상치 못하게 두 번째 문제가 직격으로 다가왔다. '아니 세상에, 너무 덥잖아?' 공항 어디에서도 에어컨을 튼 것 같지 않았다. 처음 맞이하는 아프리카 대륙의 공기는 당황스러울 정도로 후끈해서 입고 있던 맨투맨을 벗어 던졌다. 나를 제외한 공항의 현지인들은 이 정도 더위쯤 아무것도 아니라는 듯 온몸을 둘러싼 전통복이나 재킷, 심지어 패딩 비슷한 걸 입고 있는 사람도 있었다. 여기는 내가 살던 세계와는 다른 세상인가?

탄자니아 입국 비자는 어느 나라보다 또박또박, 정성스럽게 작성했다. 혹시나 리턴 당할 경우를 대비해 '캐나다를 갈까, 아니면 호주나 갈까'라는 생각을 하며 입국 심사를 기다렸다. 더운 공기 때문인지, 긴장한 탓인지 그나마 한 장 있는 반팔 티셔츠가 땀으로 젖어갈 무렵 나의 차례가 다가왔다.

"너 한국 사람이네, 한국 좋아?"

"(?) 한국 좋지?"

"남자친구 있어?"

"(??) 나 남편 있어."

"남편은 어디에 있는데?"

"(???) 한국에 있고, 나 혼자 여행 왔어."

"그래, 숙소는 어디야?"

"파제(Paje)!"

"오! 재미있는 여행되길 바라. 하쿠나마타타!(다 잘될 거야!)"

쾅.

그러니까, 지금 내 생에 가장 긴장됐던 입국 심사가 끝났다. 나는 그저 유난히 하얀 이를 드러낸 입국 심사 직원의 시답지 않은 농담을 들었을 뿐이다. 대답하기 전에 물음표가 뜨지 않는 질문 다운 질문이라고는 '숙소가 어디야?' 밖에 없었던 것 같은데, 이게 끝이라고? 그리고 마지막에 들은 말은 라이온 킹에서나 듣던 그 '하쿠나마타타'인가? 미끄러지듯 빠져나온 입국 심사 이후로는 더욱 수월했는데, 왜냐하면 선택지가 없었기 때문이다. 간이 책상 위에 '익스체인지'와 '유심'을 대충 써 붙여둔, 딱 한 군데의 환전소 겸 유심 판매소가 있었고 필요한 외국인들은 모두 그곳에 줄을 서 있었다. (나중에 알았지만 절대 이곳에서 사면 안 된다. 시내에서는 3배는 더 저렴하게 유심칩을 구매할 수 있다.)

대충 적혀있는 환전율과 사만 원에 육박하는 유심칩의 가격을 믿을 수는 없었지만, 공항 안에 이 간이 가판대 말고는 선택지가 없으므로 그들에게 나의 핸드폰과 달러를 맡겼다.

"라피키!(친구!), 숙소까지는 어떻게 가?"

"아직 몰라, 계획 없어."

"우린 친구니까, 내가 저렴하게 소개해줄게."

"얼만데?"

"40달러. 이게 제일 싼 가격이야."

"너무 비싼데? 35달러!"

환전소였다가, 유심 판매소였다가, 택시중계소로 변한 간이 가판대는 내게 택시요금까지 벗겨 먹을 작정이었다.

"전화해봤는데, 40달러 아니면 거기까지 안 간다는데? 지도를 봐. 네 숙소까지 무려 1시간은 더 걸려!"

다른 외국인들은 모두 호텔 픽업 차량 혹은 미리 예약한 택시를 타고 떠났고 이제는 공항에 가판대 직원 셋과 나만이 남아있었을 뿐이다. 괜히 마음이 급해진 나는 흥정을 포기했다.

"40달러, 좋아."

"그래. 공항 밖에서 기다리면 돼."

"기사 이름 알려줘."

"너는 기사 이름을 알 필요 없어. 내가 기사한테 네 이름 알려줬으니까. 돈은 지금 낼래?"

"아니, 이따 기사한테 낼게."

"알겠어."

남편과 가족, 친구들에게 무사 도착을 전하며 공항 밖을 나섰다. 나온 순간부터 시작된 택시 호객꾼은 똑같이 40달러를 불렀고, 나는 '예약한 택시가 있다'며 거절했다. (이때 까지만 해도 나는 택시 중계소로 변한 간이 가판대를 철썩 같이 믿고 있었다.) 다음 비행기가 올 때까지 하릴없는 택시 기사들과 예약한 기사가 올 때까지 공항 붙박이 신세인 나는 통성명을 시작했고, 이십 분쯤 지나니 기사들은 슬슬 본인과 가지 않겠냐고 제안했다. 사십 분쯤 지났을 때부터는 '네 기사는 아마 오지 않을 거야'라고 했다. 한 시간쯤 지났을 때 나는 공항에 들어가서 간이 가판대를 찾았지만 이미 그들은 사라지고 없었다. 대체, 타지에서 처음 본 사람의 무얼 믿고 나는 이 뙤약볕에 한 시간을 허비하고 있었는가.

"걔네 없지?"
"하하, 그래! 그런 것 같네"
"35달러에 네 숙소에 데려다줄게, 하쿠나마타타."

맹목적이고 바보 같은 믿음으로 기다린 나 자신에 대한 어이없음과 천연덕스러운 하쿠나마타타(다 잘될 거야)에 자꾸 웃음이 나왔다.

아무튼, 아프리카의 시작이었다.

하쿠나마타타

✳

오전 6시 24분, 눈이 떠졌다. 이것이 신성한 아프리카의 기운…일리는 없다. 이글거리고 습한 방에 선풍기 하나 없으니 매일 아침 땀에 흠뻑 젖어 오븐 안에 잘 익은 치킨처럼 얼굴이 붉어진 채로 눈을 뜬다.

방에서 나와 스무 걸음만 걸으면 바다가 나오는 이곳은 리셉션과 식당이 모두 야외에 있다. 모래사장 위에 해먹과 테이블, 손으로 만들었음이 분명해 보이는 엉성한 흔들 그네가 있는 숙소는 과일과 오믈렛, 무제한 커피가 있는 조식을 포함해서 1박에 무려 10달러! 배낭여행자에게 선녀 같은 숙소이다. 나무와 짚으로 엮은 소파에서는 은퇴한 유럽인 커플이 밤이건, 낮이건 스도쿠 대결을 펼치고 있다. 사근사근하고 부드러운 모래를 밟으며 곧장 바다로 향했다.

잔지바르의 물빛은 듣던 대로 환상적이었다. 보기에만 좋은 것이 아니라 이른 오전의 바다는 한낮의 뜨거운 바다보다 시원하고, 둥둥 떠다니다 보면 호스텔 안의 침대보다도 푹신한 기분을 주었다. 아프리카의 기후가 만들어 낸 강제 알람이 나쁘지만은 않았다. 에어컨 없는 게 대수냐, 침대에 가득한 모래로 온몸이 서걱서걱한 것이 대수냐. 아프리카에 도착한지 사흘 만에 찾은 고요하고 소중한 평화.

아프리카에서 보낸 첫 며칠은 내가 27년간 가지고 살아온 한국인으로서의 관념을 바꿔놓기 충분했다. 우리는 배달의… 아니 빨리빨리의 민족 아니겠는가. 빨리빨리의 민족과 절대 가까워질 수 없는 상극이 있다면 바로 이 폴레폴레(POLE POLE)의 민족, 아프리칸일 것이다. 폴레폴레는 '천천히, 천천히'라는 뜻으로 하쿠나마타타만큼 많이 들을 수 있다. 내가 시킨 음식이 늦게 나와서 직원에게 물으면 '폴레폴레'라고 대답하거나, 겨우 나온 음식에 벌레가 함께 토핑되어 나와 직원에게 물으면 '하쿠나마타타'라고 대답하는 일이 다반사다. '내가 계산할 돈이 없다고 해도 그놈에 하쿠나마타타 할거냐!'며 소리치고 싶었지만, 여기는 아프리카고, 이곳뿐 아니라 다른 가게의 태도도 모두 마찬가지였다.

내가 5일을 예약한 파제의 숙소는 어렸을 적 아빠가 데리고 간 해수욕장의 판자로 대충 세워진 샤워실 같았는데, 실제로 샤워실에 차가운 물밖에 나오지 않는다는 점에서 더욱 비슷했다. 열고, 닫는 것이 제 기능인 줄 모르는 무거운 나무문짝은 달려있다는 것에 의의를 두었는지 종일 제대로 열리지도, 닫히지도 않았다. 어느 날은 밀어도 꿈쩍하지 않아서 몸을 옆으로 비스듬히 기울여서 지나가거나, 어느 날은 운이 좋아 문이 밀리면 저만치 날아가 반대편 벽과 부딪쳐 폭탄을 투하하는 소리를 내서 방 안 사람들을 모두 깜짝 놀라게 했다.

예약한 날을 채 채우지 못하고 숙소에서 도망친 건, 밤새도록 열리는 디제이 파티가 가장 큰 역할을 했다. 하필 또 〈오징어 게임〉이 한창 유행인 시기라 노래는 '무궁화 꽃이 피었습니다'의 클럽 리믹스 버전으로 '무궁화 꽃이 피었습니다. 무궁화 꽃, 꽃, 꽃, 꽃, 꼬꼬꼬꼬! 꽃,꽃!'을 들으며 드라마 속 영희 인형이 쫓아올 것 같은 기분으로 이틀 밤을 새고, 삼일차가 되는 날 리셉션에 문의했다.
"혹시 오늘도 디제이 파티해?"
"그럼! 이거 일주일 동안 열리는 파티야! 엄청 신나지?"

나머지 이틀을 견디는 것이 456억의 상금이 걸린 게임이라고 해도 나는 포기할 셈이었다. 그러니 이틀 치 숙박비 정도는 정신

건강을 위해 포기하고 이 동네를 벗어나기로 했다. 숙소를 찾기 위해 지푸라기라도 잡는 심정으로 탄자니아 여행자 커뮤니티에 문의하니, 웬걸. 지금 숙소와 몇 km 떨어지지 않은 곳에 혼자 여행 온 한국 여성분이 있다는 게 아닌가? 게다가 숙소의 컨디션도, 가격도 지금보다 훨씬 좋아서 당장 짐을 싸서 떠나기로 했다. 운명과도 같은 명해 언니와의 첫 인연이었다.

언니는 친절하게 버스정류장의 위치와(나는 버스가 다닌다는 사실조차 몰랐다.) 버스 요금을 정확하게 낼 것이 아니면 거스름돈을 꼭 받으라며 버스비를 알려주었다. 아프리카 버스는 말은 버스지, 9인승 봉고차에 사람들이 창밖으로 삐져나오지 않을 만큼 콩나물시루처럼 끼워 타는 것이다. 슬쩍 운전석을 보니 안전벨트는 기대하지도 않았지만, 사이드미러가 있어야 할 자리에 어떤 흔적조차 보이지 않았다. 문도 닫지 않고(애초에 닫히지 않는 것으로 추정된다.) 쌩쌩 달리는 봉고차에 아슬아슬 손잡이만 잡은 채로 발판에 걸터앉은 버스 수금원의 뒤로는 한국어와 일본어가 쓰여 있는 봉고차도 가끔 보였다. '너네도 나처럼 어쩌다 보니 여기까지 흘러들어 왔니?' 생각하며 목적지에 도착했다.

수금원에게 손을 내밀어 거스름돈을 두 번 요구할 때까지 그는 모르쇠로 일관했으니 언니의 조언이 아니었다면 몇 배는 더 주고왔을 게 뻔했다. 파제에서 고작 몇 km 벗어났을 뿐인데 이토록 한

적하다니! 숙소에 제대로 된 문이 달렸는지 확인하고 바다에서 즐기는 조식의 소식까지 들었을 땐 행복은 가까이에 있다는 게 이런 것이구나. '하쿠나마타타!' 하고 외쳤다. 그렇게 만난 명해 언니와 유유자적 바다 앞에 누워 며칠을 보냈다. 어느 날 저녁을 먹으러 꽤 멀리까지 나갔다가 부른 배를 둥둥 두드리며 돌아오니, 원래라면 숙소 앞 모래사장에 환하게 켜있어야 하는 불과 노랫소리가 모두 꺼져있었다. 맥주를 홀짝이는 이들은 일렁이는 촛불 하나만을 의지한 채로 조용히 속삭이고, 어떤 이들은 까만 바다를 밝히듯 캠프파이어를 하고 있었다.

고개를 들어 보니 구름 한 점 없는 깨끗한 하늘에 둥근 보름달이 걸려있었다. '아, 이 낭만적인 아프리카. 이 환상적인 보름달을 조명 삼아 밤을 즐기라고 노래와 조명 모두 꺼두었구나.' 감동에 가득 차 해먹에 누워 바다를 감상한 지 십 분쯤 지났을까? 갑자기 조명과 노래가 번뜩하고 들어오더니 사람들이 박수를 치기 시작했다. 그렇다. 그냥 전기가 나간 것뿐이었다. 낭만 정도는 상상으로 만들어 내는 초보 여행자의 아프리카 뽕. 어느새 나 또한 '폴레폴레'로 시작해서 '하쿠나마타타'로 가득 채워져 있었다. 그들 누구 하나 전기를 고치려고 하는 사람이 없었다. 급할 것 없다는 듯 모두 전기가 나간 순간마저 즐기고 있었다.

그렇게 걱정하던 입국 심사 때도 입국 심사원은 별일 아니라는 듯 "하쿠나마타타"라며 도장을 쾅 찍어줬고, 이유 없이 택시가 오지 않았을 때도, 다른 택시가 나타나서 "하쿠나마타타", 음식에 나오는 벌레쯤 치우면 되지 "하쿠나마타타", 밤새 '무궁화 꽃이 피었습니다'를 하는 문 따위는 없는 숙소, 옮기면 되지 "하쿠나마타타"

그날 밤, 전기가 나간 건지 알지도 못할 정도로 밝은 보름달 아래에서 관념과 신념을 바꿔놓은 저주인지, 축복인지 모를 하쿠나마타타의 마법에 걸렸다.

*Tanzania

언니 예찬

＊

숙소 앞 바다엔 매일 치워도 물살에 밀려온 미역이 쌓여있었다. 해변을 까맣게 뒤덮은 그것이 정확히 미역인지는 모르겠지만 그 줄기들과 나는 크게 다르지 않은 시간을 보냈다. 눈이 떠지면 그것이 곧 조식 시간이고, 밥을 먹은 이후에는 바다에 떠다니며 시간이 흐르는 대로 중천에 뜬 해를 보며 '정오쯤 됐으려나' 하고 들어가서 낮잠을 잤다. 늘어지게 자다 배가 고프면 또다시 나와 근처 식당에서 식사를 했다. (잔지바르는 90% 이상이 무슬림으로 식사 또한 90% 확률로 해산물이나 생선이다.) 시계를 보지 않는 삶이라니, 상상해 본 적 없는 짜릿한 미적거림이었다.

그렇게 일주일을 미역처럼 살다 보니 은퇴한 커플들이 왜 매일 스도쿠를 하는지 알 것 같았다. 그것이 아니면 도저히 머리 쓸 일이 없기 때문이다! 하지만 나는 미역이 아니라 인간이므로 며칠간의 짜릿한 미역 생활을 정리하고 잔지바르 시내인 스톤타운으로 가서 다음 일정을 위한 재정비를 하기로 했다. 명해 언니와 함께 보내는 마지막 날, 서로 약속한 것처럼 서로의 안위를 걱정하는 쪽지와 필요한 물품을 주고받았고, '언젠가 루트가 맞으면 길 위에서 또 보자'며 언니는 내가 탄 택시가 사라질 때까지 손을 흔들어 주었다.

나는 탄자니아에서부터 남아프리카공화국까지 트럭을 타고 종단하는 트럭킹을 염두에 두고 있었는데, 트럭킹은 일단 트럭을 몰아야 하고, 일행도 구해야 하고, 숙소가 아닌 길이나 정글 등 어디서든 잘 수 있어야 하므로 만반의 준비가 필요했다. 평소처럼 유야무야 준비했다가는 보통 낭패 정도가 아니라 신변의 위험이 있을 수도 있다는 생각에 쉽사리 마음을 결정하지 못했다. 그렇게 며칠을 고민하고 있던 차에 온 명해 언니의 연락은 다른 방향으로 나를 질주하는 트럭처럼 변하게 만들었다.

"소정, 내일모레 탄자니아에서 '킬리만자로 국제 마라톤'이 열린대. 나는 거기에 갈 거야."

매년 3월 1일에 열리는 킬리만자로 마라톤은 2022년 20주년을 맞이한 전통 있는 마라톤으로 코로나 이후로 오랜만에 국제 참가자 신청을 받는다며 언니는 마라톤에 참가할 예정이라고 했다. 더

욱 흥미로웠던 건 그곳에 이미 다른 여성 여행자가 있다는 소식이
었다.

여행은 인생과 마찬가지로 끼리끼리 붙여놓는 어떤 자석 같은
게 있음이 분명하다. 그렇지 않고서야 아프리카의 작은 도시에 혼
자 여행 온 또 다른 여성 여행자를 만날 수 있을까? 게다가 명해
언니와 나, 아직 만나지 못한 그분까지 모두 기혼 여성으로, 나 같
은 운명론자에게는 무슨 계시를 받은 것 같이 느껴졌다.
"그래? 그렇다면 빠질 수 없지, 나도 갈래!"
며칠간의 고민이 무색할 만큼 빠른 결정이었다.

평소에도 나는 유난히 언니들을 따르는 동생이었고, 멘토라고
부를 수 있는 사람들 또한 주로 여성이다. 그들이 주는 풍성한 다
정함, 칭찬과 격려는 나를 완벽하지는 않지만 조금은 어른의 모습
을 흉내 낼 수 있게 만들어주었다. 나의 목표는 그들이 자랑스럽
게 여길만한 사람이 되는 것, 혹은 받은 것을 똑같이 사람들에게
나눠줄 수 있는 삶을 사는 것이다. 이처럼 나의 무의식에는 여성
에 대한 환대가 각인되어 있기 때문에 잔지바르 공항 간이 가판대
에서 만난 그들도 별다른 보증 없이 의심하지 않고 몇 시간을 기
다렸고, 만난 지 얼마 되지 않은 언니를 따라, 또 다른 모르는 언니
를 만나러 가겠다는 결정을 내린 것이다.

이런 무모한 결정은 어떤 때엔 가뭄이 든 마음을 더욱 척박하게 하기도 하지만, 가뭄이 들면 나무는 필요한 영양분과 수분을 위해 깊은 뿌리를 내려 버티는 법이다. 그러다 보면 뿌리가 튼튼해져 가뭄이 끝난 뒤에 더 빠르게 자랄 수 있다고 한다. 결국 가뭄이 든 해 또한 그다음 해를 더욱 단단하고 풍요롭게 만들어 준다.

*Tanzania

디스 이즈 아프리카

*

잔지바르에서 아루샤로 들어가는 국내선 비행기는 오전 9시였지만, 전날 확인하니 별 공지 없이 7시 30분으로 바뀌어 있었다. (이제 이 정도는 흔한 일이라 신경도 쓰지 않는다.) 낮은 천장에 칠 벗겨진 노란 페인트 벽을 가진 공항 안에는 체크인 데스크라고 정해진 것이 대여섯 개 정도 있었는데, 모두 나무로 만들어진 데스크와 의자를 두고 있었다. 수화물 무게를 확인하는 저울은 옛날 시장에서 보던 과일 저울의 큰 버전이었다. 당연히 컨베이어 벨트도 없었고, 배낭이나 수화물을 바닥에 놓으면 손수레로 옮기는 아날로그다운 방식을 고수하고 있는 소박한 공항이었다.

직원은 탑승 시간이 9시로 되어있는 얇은 종이를 주며 7시 30분에 이름을 부르면 탑승하라고 알려주었다. 삼십 분 정도 후에 출발 예정이었기에 공항에 있는 기념품 숍인 '금바우'를 잠깐 둘러 보았다. (왜인지 모르겠지만 한국어로 금바우, 영어로 GOLD ROCK 이라고 써 있다.) 그러나 7시 45분이 지나 8시가 다 되도록 이름이 불리기는커녕 언니와 나, 그리고 우리의 배낭은 바닥에 방치되어 있었다.

하쿠나마타타.

그 덕에 여행을 시작하고 한 번도 재보지 못했던 체중을 수화물 인 척(?) 과일 저울에 몸을 맡겨 대충 몇 파운드쯤 되는지 잴 수 있 게 되었다. (체중계가 귀한 아프리카에서는 길거리에 체중계를 가지 고 나온 사람에게 200원 정도 지불 한 뒤 재볼 수 있다.) 애초에 알려 줬던 시간은 한참이나 지났고, 우리보다 늦게 온 사람들이 떠나가 는 것을 하염없이 지켜보다 직원을 찾아 물어보니 우리 비행기가 다시 9시가 되었단다. 하하.

9시 45분에야 겨우 타게 된 14인승 경비행기는 1시간 30분의 짧은 비행과 마찬가지로 앙증맞은 사이즈에 승무원도, 안내 방송 도 없이 기장이 스윽 뒤돌아서 쿨하게 몇 마디 기내 방송을 하고 출발했다. 잔지바르의 마지막, 마무리까지 완벽한 디스 이즈 아프 리카다.

굿 럭

∗

킬리만자로가 위치한 탄자니아의 도시 모시(Moshi). 우리가 내린 아루샤 공항에서 아루샤 시내로 그리고 모시까지 버스를 타고 하루 안에 도착하려면 몸을 부지런히 움직여야 한다. 일단 도심까지 가는 달라달라(현지 봉고 버스) 정류장까지 약 1km, 이 정도는 걷는 게 당연한 배낭여행자인 우리는 공항의 어마어마한 호객 택시와 뜨겁게 내리쬐는 태양을 뚫고 우릴 놀리듯 빠르게 지나가는 택시를 피해 일렬로 걸었다. '벨지니'가 나타나기 전까지는!

"헤이! 어디까지 가?"
"우리 돈 없는데?"
"하하. 나 택시 기사 아니야. 돈은 필요 없으니 일단 타!"
히치하이킹은 여행 중 흔한 일이지만, 아프리카에선 뭐든 대가

가 따른다고 요 몇 주간 몸으로 배운 우리에겐 더욱 반짝이는 순간이었다. 큰 지프차를 운전하는 '간지나는 언니' 벨지니는 탄자니아에서 7년째 거주하고 있고 한국 음식을 좋아하는 벨기에 사람이었다. 간단한 대화를 하며 몇 분쯤 갔을 때 벨지니는 익숙한 듯 황량한 길 한복판에 차를 세웠다. 그냥 내려주는 걸로는 모자랐는지 지나가는 달라달라를 향해 손을 흔들고 멈춰 세운 뒤 우릴 안아주며 말했다.

"굿 럭!"

미소가 절로 나는 시원하고 다정한 헤어짐이었다.

이젠 모시 시내의 버스터미널을 향해 간다. 보통 달라달라를 타면 여행객을 호기심 어린 눈으로 뚫어지게 쳐다보기는 하지만 말을 거는 경우는 드문데, 그날따라 어떤 현지인이 말을 걸었다. '어디서 왔냐', '아프리카에 얼마나 있었냐', '아프리카가 마음에 드냐' 등 질문 세례를 하던 '바라카'는 우리 아빠뻘 되는 아저씨였는데, 실제로 내 또래의 딸이 셋이나 있었다.

목적지가 같았는지, 우리를 따라 내렸는지 알 수는 없었지만 바라카는 우리의 가이드를 자처했다. 미심쩍은 우리는 처음엔 거절했지만, 곧바로 받아들일 수밖에 없었다. 내리자마자 혼이 빠졌기 때문이다. 도로 양옆으로 노점상이 길게 늘어서 엄청난 소음으로 가득 차 있었고 가운데는 엉망진창으로 들이닥치는 차, 그 사이를 뚫고 지나가는 사람들, 누구 하나 먼저 비키려고 하지 않았다. 자동차와 택시, 툭툭, 오토바이 모두 동시에 울려대는 클랙슨 소리에 응답하듯 머리가 울려댔다. 정신을 놓지 않으려고 노력하며 앞장선 바라카를 겨우 따라가고 있는 와중 옆에 붙은 버스표 호객들은 나의 어깨에 자연스럽게 손을 올리며 '헤이, 마이 프렌!'을 외쳤다. 초면입니다만… 떠난 지 하루도 채 되지 않았는데 조용한 햇볕과 잔잔한 파도, 모래 해변을 구르는 고양이와 함께했던 잔지바르의 숙소가 벌써 그리워졌다.

우리뿐 아니라 바라카에게도 "저 외국인들을 소개해주면 게런티를 주겠다"며 호객이 붙었지만 바라카는 대꾸도 하지 않았다. 우리에게 자기 뒤만 쫓아오라고 주의를 단단히 주고 버스표를 정가에 살 수 있도록 도와주었다. 버스 출발 시간까지 많이 남았으니 배고프겠다며 현지인이 운영하는 깔끔한 식당에 데려가서 이천 원짜리 카레를 먹으며 가족 또는 여행 이야기 같은 일상을 나누었다. 버스에 탑승할 땐 안까지 따라 들어와 자리까지 꼼꼼하게 봐주고 주변에 이상한 사람이 있는지 훑어보는 모습이 영락없이 멀리 딸을 보내는 아빠의 모습이었다. 인사를 나누고 작별 사진을 찍으며 바라카는 말했다.

"갓 블레스 유."

행운은 언제나 우리 곁에 어떤 모습으로든 존재한다. 낯선 길 위에서도.

한국에서의 나도 벨지니와 바라카처럼 낯선 친구들을 도와주고는 했다. 20대 초반 본격적인 해외여행을 시작하기 전엔 주변만 기웃대며 망설였지만 몇 번의 여행 경험으로 비추어보아 현지인의 도움은 여행자에게 꽤 간절하다는 것을 알게 되었다. 이제는 지하철 같은 대중교통이나 길에서 헤매고 있는 외국인들을 보면 좀처럼 가만두질 못한다. 자잘한 도움은 물론 가방과 휴대폰을 모두 도둑맞은 크로아티아 친구를 경찰서에 데려다준 적도, 경복궁에서 만난 홍콩 친구를 데리고 투어를 시켜준 기억도 있다.

그들에게 나도 길 위의 행운이라는 이름으로 기억되었으면 좋겠다.

*Tanzania

야성과 여성

*

킬리만자로 국제마라톤 시작점 옆에 숙소를 잡은 우리(나와 명해 언니 그리고 새로 만난 H 언니)는 부스 설치 관계자에게 물어 현장 접수대의 위치를 알아두고 일찍 잠을 정했다.

어제 안내받은 대로 새벽부터 나와 현장 접수대를 찾기 시작 했지만, 웬걸? 전혀 찾아볼 수 없었다. 누구는 저기로 가라, 누구 는 여기로 가라, 같은 말을 하는 사람 하나 없었다. 다른 관계자에 게 물어보니 '현장 접수 안 해~ 그냥 라인에 들어가서 알아서 시 간 맞춰서 뛰어'라고 알려주었다. 마라톤이 생전 처음인 나는 아 주 중요하게 생각했던 것이 딱 하나 있었는데, 그것은 복장도 아 니고, (큰 박스티를 입고 운동화도 없어서 샌들을 신었다.) 기록도 아 니고, (평소 1km 14분의 기록을 가지고 있다.) 완주도 아닌 바로 번호표였다.

"안돼! 나는 꼭 그 번호표가 필요하다고! 왜냐면…! 인스타그램
에 인증사진을 올리고 싶어!"

포기를 모르고 그놈의 SNS를 울부짖으며 번호표를 찾는 내 덕
에 언니들은 분주하게 돌아다니며 접수대를 찾아 한참이나 돌아
다녔지만, 현장 접수는 없다는 결론만 냈을 뿐이었다. 그러다 웬
동양인 여자들이 번호표를 찾는다는 것이 소문이 났는지(우리가
유일한 동양인이었다.), 길에서 마주친 한 무리의 여성들이 번호표
를 팔겠다는 사람을 내 앞에 세웠다.

"나는 오늘 10km 뛸 건데, 5km짜리 번호표도 나한테 있거든?
10달러 주면 내가 번호표 줄게."

번호표를 손에 들고 달랑달랑 흥정을 시작한 그를 보고 나는 어
이가 없었다. 3달러인 마라톤 참가 비용에 함께 증정하는 기념 티
셔츠도 없이! 번호표만 가지고 세 배를 더 받으려고 하다니, 창조
경제의 표본이다.

"참가비 3달러인 거 알거든? 기념 티셔츠도 없잖아. 안 사!"

제아무리 주변에 소문이 다 나도록 애절하게 찾아다니던 것이
라도 세 배를 주고 구매하는 것은 자존심(?)이 허락하지 않았다.

"번호표 가지고 출발선 쪽으로 가면 티셔츠로 교환해줘!"

*Tanzania

다시금 거래를 시도하는 그와 한참의 씨름 끝에 결국 5달러에 번호표를 구매했다. (물론 티셔츠 교환대 같은 건 어디에도 없었다.) 시무룩한 나를 보고는 아까 번호표 판매인을 데리고 와 주었던 무리에서 이번엔 주황색 참가복과 닮은 형광 안전 조끼를 입혀주었다. 세상에, 다정하기도 해라. 땡큐를 외치며 신이 나서 그들과 한바탕 트월킹 대결을 벌인 것은 비밀이다. (물론 내가 한 건 몸통 흔들기 정도였고, 그들이 한 것이 진정한 트월킹이었다.) 대충 걸친 반팔 티셔츠와 샌들이라도 번호표와 주황색 안전 조끼까지 걸치니 얼추 그들과 비슷한 모양새가 갖춰졌다.

겨우 시간에 맞춰선 출발선에서는 몸을 푸는 간단한 체조나 스트레칭 대신 귀가 터질 듯한 정체 모를 음악에 맞춰서 모두 저마다의 춤을 추고 있었다. 마라톤이 처음인 내가 본 마라톤의 모습은 인터넷 뉴스 기사 사진이 전부였지만, 분명 이것과는 다름을 확신했다. '아프리칸 흥'은 마라톤에서도 예외가 없었다. 둥글게 모인 사람들 사이로 들어가서 하이파이브하고, 정신없이 춤을 추며 출발 신호를 기다렸다. 엄청난 리듬의 음악 때문인지 함께 춤을 추고 있는 사람들 때문인지 나의 심장도 터질 듯 크게 뛰었다.

"셋, 둘, 하나!"
카운트다운과 함께 큰 총소리를 내며 시작된 마라톤. 코로나 이후 처음으로 받은 외국인 참가자 사이에 유일한 동양인 그룹인 우리, 탄자니아의 총리와 그를 보좌하는 군대, 그리고 수십 명의 기자들까지. 이토록 다양한 사람을 만날 기회가 흔하지 않은 동네 아이들은 어른들의 다리에 매달려 고개를 빼꼼 내밀고 구경했다. 나라고 아이들과 크게 다르지 않았다. 사람 구경을 하는 건지, 뛰는 건지 집중하지 못하고 달리니 뛰는 속도가 점점 뒤처지고 있었다.

그때 누군가 내 팔을 툭툭 치며 같이 속도를 맞춰주었다. 생면부지의 사람이었지만 환하게 웃는 얼굴에 나도 실없이 같이 웃으며 달렸다. 아이들과 함께 달리는 엄마, 대학교 동아리, 봉사 단체에서 나온 아이들과 그를 이끄는 사람들, 셀 수 없이 많은 사람이 서로를 응원하고 달리고 있었다. 정해진 길을 걸었을 뿐인데, 저마다의 속도로 달리는, 또는 걷는 서로를 응원하다니. 우리는 모두 다른 속도를 가지고 있는 각기 다른 사람들이었는데, 오늘 이 장소에 함께 있는 것만으로도 서로를 환대하고 받아들이는 것이 자연스러웠다.

인생은 마라톤이다. 운동화도, 번호표도 없이 뛰어도 서로를 향해 웃어주는 것.

*Tanzania

나의 첫 아프리칸 친구

✳

마라톤 이후 거의 이틀을 누워 지냈다. 앓아누운 건 아니고 혼자
알아서 누웠다. 계획이 없기도 했지만 편안한 숙소 생활에 등이
침대에 붙어버렸다. 식사는 숙소 옆에 위치한 모시 공립 대학교에
학식을 먹으러 가고는 했는데 갖가지 종류의 치킨 수프와 바나나
후식까지 포함해서 2천 원으로 즐길 수 있었다. 식사 후에는 마라
톤이 끝나 한적해진 동네를 산책하고 돌아오면 낮에 할 일을 끝낸
숙소 스텝 존이 우릴 반겨준다. 북적거리던 숙소도 우리를 제외하
면 한두 명의 손님만 있을 뿐이라 존과 이야기 할 기회가 많았다.
우리는 (약간 악덕인) 사장님의 눈을 피해 조식 재료를 손질하는
척 주방에서 대화(를 가장한 사장님 뒷담화)를 했다.

"존, 숙소 사장님이 좀 너무한 것 같아. 너 여기서 24시간이나

일 하잖아. 어제 새벽에 나 화장실 가는데, 그때도 재료 손질 중이었어. 대체 잠은 언제 자?"

"틈틈이 자. 오전에 조식 다 하고 화장실 청소랑 숙소 정리한 다음에?"

'아니 내 말은 진짜 제대로 된 잠 말이야!'라고 하려다 나보다 얇은 존의 팔목이 빠르고 익숙하게 주변을 정리하고 있는 모습에 말을 삼켰다. 존은 다섯 명의 동생을 두고 있는 맏형인 동시에 이제막 스무 살이기도 했고, 매일 유튜브를 보며 영어 공부를 하는, 대학에 다니고 싶은 청년이기도 했다. 우리 대화의 시작은 비슷하다가도 끝에는 늘 어딘가 서로 다른 방향을 향하고 있었다.

"존, 탄자니아 말고 다른 나라 여행해보고 싶지 않아?"

"나는 다른 나라에서 일해보고 싶어. 거기는 돈 더 많이 주잖아."

24시간 일하는 존의 한 달 월급은 15만 원도 채 되지 않는다. 잠금 장치가 있는 대문을 시도 때도 없이 열어줘야 함은 물론이고, 장보기, 조식과 석식, 청소, 빨래까지 스무 명은 족히 수용 가능한 호스텔을 혼자 관리한다.

존이 내게 한국의 평균 월급과 우리 경제를 물었을 때 나는 한참이나 망설였다. 최저임금이 190만 원이 넘는 2022년의 대한민국은 집을 사려면 꼼짝없이 숨만 쉬고 모아도 몇십 년이 걸리고, 물가는 연일 치솟고 있다. 게다가 서울에 집중된 일거리에 경기

*Tanzania

도민인 나는 서울까지 출퇴근하는 교통비 문제도 상당하다고 설명하고 싶은데, 그저 입을 달싹거리다가 100만 원 언저리 되는 것 같다고 대답하고 말았다. 존은 무척이나 놀랐고, 기회만 되면 가고 싶다면서 꿈꾸듯이 말했다. 그럴 때면 나는 "너 어제 아침에도 패딩 입었으면서! 한국 겨울이 얼마나 추운지, 너 오면 아마 얼어 죽을걸!?" 하고 장난으로 넘겼다.

명해 언니와 장을 본 후 간단한 저녁 식사와 맥주를 먹고 잠에 들었던 다음 날 아침, 일어나길 기다렸다는 듯 존이 다급하게 다가와 내게 물었다.

"도미! 혹시 어제 맥주, 냉장고에서 꺼내 마신거야?"

"아니 우리는 어제 마트에서 사온 걸로 마셨지."

숙소 냉장고에는 한 병당 2천 원에 파는 사파리 맥주가 있었는데, 투숙객 무리가 어제 새벽에 몰래 잔뜩 마시고는 일찍이 체크아웃을 했다는 것이다. 사장은 곧 존에게 책임을 물을 것이고, 존은 꼼짝없이 한 달 월급의 20%나 내야 하는 상황이었다. 우리가 아니라는 것을 확인하고 상황을 수습하러 존이 떠난 후 언니들과 나는 곤란한 존을 위해 일정 금액을 보태주기로 했다. 그날따라 바빴던 존에게 우르르 모여서 가게 되면 부담을 느낄까 싶어 가장 큰 언니인 H 언니가 전달을 맡았다.

늦은 저녁, H 언니가 나와 명해 언니 방에 찾아와 우리에게 다시 돈을 돌려주며 말했다.

"내가 물어봤어. 오늘 일 잘 해결됐냐고."

"잘 해결했대?"

"아니. 자기가 다시 채워 넣기로 했대."

"근데 왜 다시 돈을 돌려줘?"

"내가 돈 들고 우물쭈물하니까 존이 말하더라. 'H, 우린 친구니까. 나한테 돈 주지 않을 거지?'라고…."

뒤통수를 얻어맞은 느낌이었다. 나는 존을 친구라고 생각하고 있었음에도 은연중에 도와줘야 하는 존재라고 인식하고 있었던 것이다. 존이 한국에 대해 물었을 때도 나는 최선을 다해 돈에 대한 주제를 피했고, 내가 여행한 이야기를 듣던 존이 '세계여행하려면 얼마쯤 들어? 그거 비싸잖아'라고 했을 때도 보통 친구들에게 하는 대답처럼 '대충 얼마쯤 드는데, 생각보다 할만 해'라고 대답하지 못했다. 누구보다 정직하게 일하고 사람을 진심으로 대할 줄 아는 존에 비해 나의 마음은 얼마나 간사했던 걸까.

다음 날, 나는 존의 빛나는 눈을 똑바로 볼 수 없었다. 하지만 우리의 대화는 같은 방향을 향해 흘러갔다. 우리는 각자의 미래를 이야기했고, 다른 나라의 평균임금을 함께 검색해 보기도 했다. 그리고 다른 친구들에게 이야기했던 것처럼. 언젠가, 언젠가 기회가 되면 한국에서 존을 보고 싶다고 이야기했다.

*Tanzania

호스텔을 떠나는 날, 나는 그와 찍은 사진을 전송했고 그는 음성 메시지로 답장을 보냈다.

"감사합니다."

내 친구 존.
내가 더 고마워, 우리 언젠가 또 보자.

맑이 시스터즈

＊

자리를 옮겨 2주간 지낼 새로운 롯지를 구했다. 호스텔에 비해 시설은 좋지만, 모시 시내와 약간 떨어진 위치라 필요한 것이 있으면 일주일에 두 번, 롯지의 매니저인 월터가 외출할 때 부탁하거나 툭툭을 불러 나가야 했다. 와이파이도 느리고 하루에 꼭 한 번은 정전이 일어나는, 선풍기도 없는 방. 하지만 1박에 4만 원도 안 되는 가격에 조식과 빨래는 물론 주방도(하지만 벌레들이 여럿 나오는 주방이라, 흐린 눈으로 식사를 하고 빠르게 나가는 게 신상에 좋다.) 사용할 수 있었다. 날이 좋으면 킬리만자로와 그 꼭대기 위에 붙어있는 초승달까지 감상할 수 있는 낭만적인 곳.

우리가 묵은 롯지에서는 물을 먹으려면 두 가지의 선택지가 있다. 뜨거운 해를 등에 업고 흙먼지 도로를 한참이나 걸어 판자로 대충 지어진 간이 슈퍼에서 생수를 사 먹거나(물론 이것도 어느 시절 물인지 장담할 수 없다.) 킬리만자로에서 내려오는 지하수(라고 월터가 주장하는 수돗물)를 떠먹어야 했다. 월터가 몇 번이나 깨끗한 물이라고 장담했기에 우리는 곧장 그 지하수를 마시고, 그것으로 요리를 하기 시작했다.

숙소 주변에 식당이라고는 없었으므로 특별한 외식 계획이 없다면 우리끼리 저녁을 해결해야 했다. 꼼꼼한 H 언니는 재료 손질을 담당하고 명해 언니는 보조와 설거지, 메인 셰프는 내가 맡았다. 현지 재료로 고국의 맛을 비슷하게 내서 숙소의 스텝들과 나누어 먹고, 가끔은 숙소의 다른 외국인 친구들까지 초대해서 함께 식사하는 것이 우리 아프리카 일상 속 소소한 행복이었다.

나는 3일치 식단표를 짰고, 그것에 맞춰서 장을 보러 나갔다. 처음엔 우리끼리 뭣도 모르고 이것저것 비싼 가격에 사 왔다가 월터의 이마를 짚게 했고, 두 번째 함께 갔을 때 '마중구 프라이스'에 대해 알려줬다. (스와힐리어로 마중구는 외국인을 뜻한다.)
"외국인에게만 적용하는 마중구 프라이스가 있어. 현지 가격의 적게는 두 배에서 많으면 열 배까지 뻥튀기해. 그러니까 내가 알려주는 곳에서만 사야 해. 알겠지?"

월터의 소개로 우리의 단골 가게가 생기기도 했고, 우리는 자신감에 가득 차 우리끼리 장을 보러 나가기로 했다. 단골 가게에서 채소를 사고, 가격표가 붙어있는 닭집에서 닭을 구매했다. 하지만 우리가 자주 가는 가게에서 취급하지 않는 품목을 시장에서 구매할 때가 문제의 시작이었다.

"우리 이거 마늘 천 원인 거 안다니까?"
"아니, 삼천 원. 아니면 안 팔아."
어딜 가도 이런 상황이 펼쳐졌다. 버젓이 우리 다음에 온 현지인에게는 천 원에 판매하면서 우리에게는 삼천 원이 아니면 팔지 않겠다는 배 째라 식이었다. 어느 가게도 우릴 환영하는 곳은 없었으니 이천 원, 삼천 원에 골이 잔뜩 나서 '안 사고! 안 먹고 말지!'를 외치며 돌아갔다. (다음 날 월터에게 부탁해서 다시 샀다.)

같이 지낸 지 일주일쯤 지났을 때 우리는 월터를 삼촌이라고 부르기 시작했고, 언니들과 내가 몹시 아프기 시작한 것도 그즈음이었다. 위로, 아래로 모든 게 나와서 거의 30분에 한 번씩 화장실을 갔고, 돌아가면서 열이 나기 시작했다. 지금 생각해 보니 아마도 장티푸스 증상이었는데, 모두 미련하게 (사실 병원에 갈 힘조차 없었다.) 누워서 거의 나흘을 보냈다.

요리는 고사하고 원인으로 추정되는 지하수를 생으로도, 끓여서도 마시지 않기로 했다. 오이나 토마토 같은 생식만 했다. 그때

빛을 발한 게 H 언니의 캐리어였다. 언니의 캐리어는 도라에몽 마법 주머니 같아서 별별 것이 다 나왔는데, 그중 보리차 티백이 우리의 속을 편안하게 해주었다.

하루에 꼭 한 번씩 동네 전체에 정전이 나고는 했는데, 고급 숙소나 별장에는 보통 발전기가 있었다. 하지만 저렴한 우리 롯지에 그런 게 있을 리가 없었다. 그땐 언니의 캐리어에서 꺼낸 엄청난 밝기를 가진 손전등으로 또 다 같이 버텼다. 그런 심심한 밤이면 손전등 하나와 킬리만자로의 밝은 달을 조명 삼아 다 같이 테라스에서 요가를 했다.

여느 날과 같이 정전된 그날은 다 같이 H 언니의 캐리어를 열어보기로 했다. 두 개의 캐리어는 우리의 좋은 놀잇감(놀림감)이었다. 전기 파리채, 천장에 설치하는 모기장, 카레, 김, 차, 된장국과 같은 식재료, 도시락통을 포함한 여러 식기 등 여기까지는 이해할 수 있다. 하지만 어그부츠(탄자니아만 계획하고 나온 사람이 대체 이걸 왜 가지고 나왔나 싶다.), 각종 기계류(노트북은 물론 멀티탭까지 있었다.)와 운동화부터 각 종목에 맞는 신발 등 집에 있던 언니 방을 옮겨 온 게 아닐까 싶은 정도였다. 나는 H 언니를 '짐 많이' 언니로 부르기로 했다.

'짐 많이' 언니와는 다르게 10kg도 안 되는 배낭을 메고 털레털레 다니는 명해 언니는 가진 것도 없으면서 계속 뭘 흘리고, 잃어버리고, 뭔가를 자주 까먹었다. 늘 '아휴, 손 진짜 많이 가!'라고 나는 입버릇처럼 이야기했으니, 명해 언니에게 '손 많이' 언니라고 지어주고 뿌듯한 미소를 지었다. 그러자 언니들은 나를 두고 '밥 많이'로 할지 '말 많이'로 할지 토론하다 '말 많이'로 지어주었다. 자기 전까지 입을 다물지 않는다나 뭐라나.

우리 '많이 시스터즈'는 모시 곳곳을 돌아다녔다. 가장 기억에 남는 곳은 툭툭을 타고 무려 왕복 네 시간을 갔던 '챔챔 온천'. 온천? 아프리카에 온천이라니! 세 명이 택시를 타고 갈 수도 있었지만, 툭툭의 두 배 이상을 주고 가야 했으니 당연하게도 툭툭을 타고 갔다. (아시다시피 툭툭은 오토바이보다 약간 더 편한 수준이다.) 우리 숙소에서 온천까지는 46km, 왕복 100km에 달하는 여정을 우리는 툭툭과 함께하기로 한 것이다. (제발! 누군가 그런 결정을 할 예정이라면, 그러지 말기를 바랍니다. 당신의 소중한 엉덩이와 기관지를 위해.)

집 앞의 흙먼지 구간을 지나 시내를 통과해 잠깐의 고속도로를 달린다. 차들이 뿜어대는 매연은 가림막 따위 없는 우리가 탄 툭툭에 그대로 들어왔고 옷을 코까지 끌어올려 먼지와 매연과의 사투를 벌였다. 고속도로를 지나면 나오는 비포장도로는 인간에게 퉁명스럽기 그지없다. 또 물웅덩이와 바위, 염소 떼 같은 장애물은 시시때때로 피해야 한다. 하지만 이곳은 차도 쉽게 들어갈 수 없는 곳이므로 그들을 장애물이라고 부를 수 없다. 되려 우리가 불청객이겠지. 매연으로 지끈거리는 머리, 울퉁불퉁 성난 도로, 우리는 멀미로 딱 토하기 직전에야 내릴 수 있었다.

'이런 황무지에 온천이 있다고?' 의구심이 든 채로 조금 걸어 들어가면 (외국인에게만 받는) 입장료 간판을 만날 수 있다. 수영복으로 갈아입고, 드디어 기대했던 '온천'을 마주할 차례! 아무리 아프리카의 찌는 더위라도, 온천에 몸을 지지는 것은 한국인에게 또 다른 피로 회복이니까. 수영을 못 하는 나는 바다나 계곡보다 가만 앉아있을 수 있는 온천을 선호하기 때문에 누구보다 날랜 걸음으로 온천을 향했다.

하지만 눈앞에 마주한 계곡에서 나는 눈을 얇게도 떠보고, 크게도 떠봤지만 김이 나는 온천은 어디에도 찾아볼 수 없었다. 잔뜩 실망한 나를 지나 누군가 물에 들어갈 때마다 신이 난 닥터피시가 폴짝거렸다. 발을 담가보지 않아도 물 온도를 알 수 있었다. 그래, 닥터피시가 온천에 살 리는 없겠지. 인생은 늘 배신의 연속이라고 윤여정 선생님이 말씀하셨던가. 궁둥이가 박살 나고, 거친 매연을 삼켜가며 온천만을 생각하고 왔는데! 나는 지금 흙먼지에 뒤덮여 있는 상태였고, 당장 온몸을 적실 물이 필요했기에 일단은 뛰어들었다. 해를 머금은 계곡은 수영장 정도의 미지근한 온도였다.

내게 대학 시절 수영 동아리에서 활동했던 수영 실력을 자랑하던 명해 언니가 당장 저쪽에 깊은 물속을 꼭 봐야 한다며 나를 이끌었다. 언니의 손끝을 잡고 따라간 물속은 내가 물 위에서는 상상도 할 수 없는 광경이었다. 지구에서 오직 탄자니아 북부의 탄광에서만 발견되는 보석 '탄자나이트'의 빛나는 푸른색을 가진 물결, 사이사이 커튼이 쳐진 것처럼 들이치는 볕은 해가 지나는 자리를 그대로 보여주고 있었다. 볕이 물결을 따라 유연하게 움직이는 모습은 마치 오로라의 움직임을 보는 듯했다. 하늘과 땅의 모습을 모두 품고 있는 물속을 헤엄치는 황홀한 경험. 어느새 온천이 아니라며 실망했던 마음은 온데간데없이 즐기고 있었다.

또 챔챔 온천 볼거리 중 최고는 터줏대감인 동네 청년의 다이빙이다. 높은 나무에 달린 줄을 이용해 인간의 몸을 써서 할 수 있는 모든 수준의 곡예를 보여주며 뛰어드는 현란한 다이빙은 올림픽에서는 절대로 금지될 법한 위험한 모습이었는데, 그들에게는 별것 아닌 놀이처럼 보였다.

수영을 마치고 시장에서 사 온 삼천 원짜리 수박을 나눠 먹으며 오후의 해를 보내준 우리는 떠날 채비를 했다. 툭툭을 타는 중에 어린아이 몇몇이 몰려와 과자 봉투를 엮어 만든 작은 가방을 보여주며 판촉을 하였다. 어디에서나 이방인인 우리는 언제나 호객행위의 대상이었다. 이골이 나 자리를 뜨며 빠르게 툭툭을 타는 나와 달리 명해 언니는 물건을 살펴보다가 이내 아이와 높이를 맞추고, 눈을 똑바로 바라보았다.

"너 정말 잘 만들었다! 나한테 멋진 가방 보여줘서 고마워. 그리고 네 눈, 정말 예뻐."

나는 그제야 아이의 작은 손에 들려있는 물건에 시선을 돌렸다. 직접 만든 가방. 과자봉지를 깨끗하게 씻어 말린 후 정성스럽게 엮은 아이의 시간, 제법 가방다운 모양을 만들어 꼼꼼하게 이어놓은 어깨 줄에 달린 아이의 노력, 아이의 팔에 달린 각기 다른 디자인의 가방과 그에 담긴 고민이 함께 보이기 시작했다.

'손 많이' 언니는 다른 사람에게도 손을 내밀어 줄 줄 알았다. 귀신같이 아이가 필요한 게 돈인지, 다정함인지를 알아차리는 사람. 나는 매일 겪는 이방인으로서의 부당함과 지독하게 겪었던 아픔, 더위와 열악한 환경에 질린 상태였다. 내가 좋아하는 것만큼 주지 않는 아프리카가 미웠다. 그러나 나와 그 모든 힘든 순간을 함께 한 언니는 어떤 순간에도 다정함을 잃지 않았다.

아프리카가 싫은 점을 나열하라면 몇 초 만에 수십 개는 나열할 수 있을 것이다. 좋은 점은 아마 더듬더듬 서너 개쯤. 하지만 매일 끼니를 나누던 롯지에서의 일상, 나의 첫 아프리카 친구 존, 가족처럼 챙겨주던 매니저 월터, 일상 속 파랑새처럼 찾아온 잊을 수 없는 물빛, 아이가 만든 멋진 가방과 그보다 예쁘던 명해 언니의 마음, 살면서 다정함을 잊어갈 때마다 떠올릴 나의 에너지.

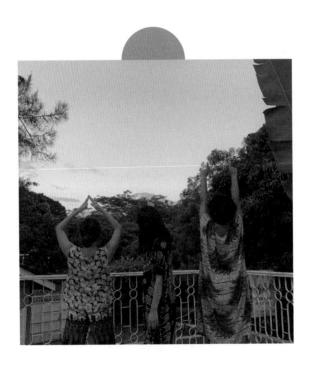

＊Tanzania

호화 배낭여행자

*

아프리카에 온 목적이자 아프리카의 마지막 일정 사파리 투어. 비행기 티켓을 살 때도, 숙소를 예약할 때도, 투어를 정할 때도 '가장 저렴한 순' 정렬을 애용하는 배낭여행자인 내가, 원래라면 했을 사파리 투어의 옵션은 지프의 수용인원만큼 들어찬 인원과 함께 텐트 혹은 사파리 외곽의 롯지에서 묵는 것, 그러다 가끔 오래된 지프차가 흙탕물에 빠지면 모두 내려 다 같이 밀어서 빠져나가고, 매일 새로운 미션을 받는 것처럼 날마다 다른 변수가 주어지는 그런 사파리 투어였을 것이다.

하지만 나는 알아버렸다. 사파리 투어에도 초호화, 최고급 투어가 있다는 사실을. 시원한 맥주와 콜라가 가득 찬 냉장고가 있는 최신식 지프를 타고 매일 한식으로 된 도시락과 간식을 오직 나만을 위해 준비해 준다. 세렝게티 초원이 훤히 보이는 야외 수영장을 가진 호텔에서 자고, 종류별로 준비된 빵과 치즈, 바삭한 베이컨과 부드러운 스크램블드에그가 더해진 조식을 먹고 다시 투어에 나서는, 일생의 한두 번쯤 할까 말까 한 일이었다.

어떤 고민도 하루 이상을 넘기지 않는 급한 성격답지 않게 거의 일주일을 고민했다. 고작 3일 하는 투어에 삼백만 원을 지불할 가치가 있을까? 다음 목적지는 없지만, 마음만 먹으면 어디로든 향할 수 있는 충분한 여행비용이니 쉽게 결정할 문제가 아니었다. 하지만 유의미한 고민의 시간이 아니었다. 고민하는 시간이 길어질수록 나는 단맛에 눈을 뜬 아이처럼 다른 건 눈에 들어오지 않았다. 고민하는 시간의 절반은 세렝게티 한가운데에 있는 호텔에서 유영하는 나를 상상하거나 '월터한테 롯지에서 일 시켜달라고 해서 돈을 벌어서 갈까' 같은 생각만 했기 때문이다. 비수기에도 1박에 최소 백만 원쯤 한다는 세렝게티 포시즌스 호텔을 추천하던 사장님의 말이 머릿속을 계속 맴돌았다. 코로나로 급감하는 관광객을 잡기 위한 프로모션으로 1박에 백만 원이 채 되지 않는 가격으로 묵을 수 있다고 한다. 점점 더 나는 '무려 1박에 백만 원?'에서 '고작 1박에 백만 원!'으로 바뀌었다.

돈 걱정에 복잡하던 머리가 말끔하게 정리되던 그날은 평소처럼 정전이 됐고, 특별한 것 없이 침대에 누워 눈을 감고 나의 아프

리카를 복기하고 있었다. 마늘 한 봉지에 오백 원을 깎으려 기분
이 상했던 날, 슈퍼 직원이 가로챈 잔돈 천 원에 속상했던 날, 툭
툭 기사와 이천 원을 두고 소리치며 싸우던 날, 맥주 몇 병의 보증
금을 돌려받으려고 맥주병을 들고 한 시간이나 걸었던 날, 먹지도
않은 음식을 껴놓은 영수증을 보며 한참이나 씩씩댔던 날.

값진 경험을 위해 나온 여행이 돈에 얽매여 스스로 인색해지고
있음을 깨달았다. 절약하고 포기하려고 시작한 여행이 아니었는
데… 그런 것들은 한국에서 충분히 겪어왔던 일이다.

"언니, 세상에 제일 쉬운 고민이 돈으로 해결할 수 있는 고민인
거 알지? 나 사파리 투어 해야겠어."

옆자리에 누워있던 명해 언니한테 하는 말이었지만, 사실 나에
게 하는 다짐 같은 말이었다. 나 자신에게 친절이 필요할 때라고
판단했다. 그것이 사치면 좀 어쩌랴.

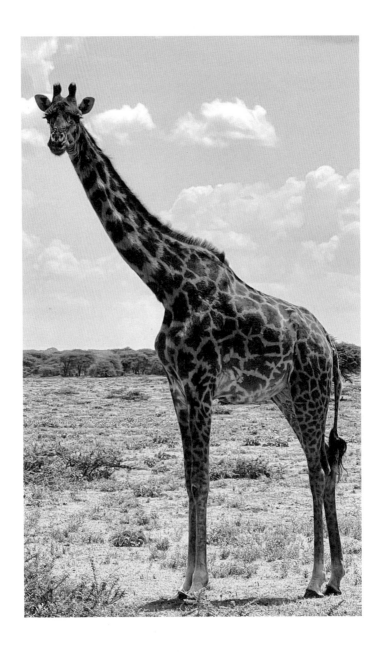

*Tanzania

사파리

＊

쏜살같이 지나간 삼백만 원, 아니 삼일…. 지난 삼일은 세상에서 가장 중요한 사람이 된 것 같은 날이었다. 세렝게티에 뛰노는 동물들을 보는 것보다 기대했던 포시즌스 호텔은 가히 내 인생에서 경험한 시설과 서비스 중 최고라고 말할 수 있다. 세렝게티 초원 가운데에 방갈로 형태로 꾸며져 있는 높은 천장의 호텔, 자연 친화적인 테라스에는 원숭이가 들어올 수 있으니, 안전장치를 꼭 확인하라는 내용이 적혀있었다. 틀기만 하면 따뜻한 물이 펑펑 나오는 화장실과(아프리카에서 나는 매일 찬물로 샤워했다.) 두 명은 들어갈 듯한 욕조, 문을 열고 나가기만 하면 웃으며 필요한 게 있냐며 맞아주는 직원들, 이름 모를 새들이 지저귀는 탁 트인 초원 뷰의 수영장은 운이 좋으면 물을 마시러 오는 코끼리를 바로 위에서 볼 수 있다.

사파리 투어 차량에 있는 미니 냉장고에는 무제한으로 꺼내서 마실 수 있는 음료와 맥주가 있었고(물론 세렝게티 초원 안에 화장실이 없기 때문에 자제해야 했다.) 투어 중간엔 한식 도시락과 함께 사파리를 즐길 수 있었다. 세렝게티를 본격적으로 둘러보는 중엔 가이드인 '리치'가 전담으로 나를 맡아주었다. 그는 다른 건 몰라도 동물 이름 하나는 기가 막히게 한국말로 할 줄 알아서 지나가는 새 한 마리까지도 놓치지 않고 '독수리!' 하고 외친다거나, 내가 조금이라도 궁금해하는 것이 있으면 재빠르게 동물 사전을 펼쳐서 보여주었다.

360도로 펼쳐진 끝이 가늠되지 않는 세렝게티 초원엔 차와 관광객이 가득했지만, 그보다 얼룩말이 압도적으로 더 많았다. 때때로 코끼리 무리가 지나가면 모두 시동을 끄고 그들이 지나가길 숨죽여 기다린다. 인간을 위한 길이 아니기에 차를 위해 깔린 도로도 없고, 화장실도 딱 필요한 만큼만 있다. 보이지 않는 질서와 경계가 존재한다. 차마 가까이 다가갈 수 없어 멀리서 망원경으로 지켜본 거대한 코뿔소, 민첩하고 간결한 몸놀림을 가진 표범, 물을 찾아 이동 중인 버펄로 떼, 놀랄 만큼 큰 울음소리를 내는 하마, 듣도 보도 못한 가장 작은 영양의 종류인 딕딕, 〈라이온 킹〉의 그 '품바' (나는 품바가 동물의 종류인 줄 알고 30년을 살았지만, 사실 품바는 흑멧돼지였다!), 경중경중 뛰노는 새끼 기린 뿐 아니라 나열하기도 지치는 많은 동물 사이를 매일 쉴 새 없이 파고들었다.

매일 이른 오전부터 오후까지 지프차 안에서 동물만 관찰한 나는 사파리의 꼭 봐야할 BIG 5 '코끼리, 표범, 사자, 버펄로, 코뿔소'를 모두 보았고, 점차 사진을 찍지도 않았다. 약간은 시시해질 무렵 가이드 리치가 조용히 속삭이며 가르쳐 준 곳에서 비공식 BIG 6를 본 순간 나는 소름이 돋은 팔을 문지르며 인상을 찌푸렸다.

하이에나가 무성한 그곳 한가운데에는 매섭게 사냥한 버펄로를 천천히 뜯어먹는 사자가 있었다. 우리는 그것을 한참이나 멍하니 바라보았다. 물론 초원 곳곳은 늘 쿰쿰한 냄새의 동물 사체와 뼈가 나뒹굴고 있었지만, 직접 사냥한 그것을 먹는 모습을 보는 건 다른 충격이었다. 한참의 식사를 끝내고 배가 부른 사자의 턱이 멈추자, 식사 내내 주위를 맴돌던 하이에나가 기다렸다는 듯 달려들었다.

대적할 수 없는 힘에 굴복하는 살벌한 날 것 그 자체의 야생과 약육강식으로 철저하게 정해진 순서는 절대 인간과 공존하며 살 수 없음을 보여주는 듯했다. 아마도 섭리에 순응하지 않는 자의성을 가진 인간은 이 지프차 밖에서 살아남기 어려울 것이다. 반면 배부름을 느낀 사자가 더 욕심내지 않는 모습 또한 감탄스러웠다. 강자(라고 착각하는 인간) 중엔 배가 불러도 주린 이들에게 나눠주기를 꺼리고, 네 떡이 큰지, 내 떡이 큰지 비교해 가며 탐내기도 하지 않는가.

투어를 끝내고 세렝게티에서 네 시간여를 달려 다시 시내로 복귀한 나는 아프리카의 마지막 날을 투어 사장님의 가족들과 함께 보내기로 했다.

"소정 씨! 그렇게 고민하더니 투어 어땠어요? 괜찮았어요?"

"저요? 제가 고민을 했다고요? 전혀 기억 안 나는데요? 제가 태어나서 쓴 삼백만 원 중에 가장 가치 있었어요."

우리는 한바탕 웃으며 한참 맥주를 마셨다. 탄자니아의 대표 맥주인 'Safari', 'Serengeti', ' Kilimanjaro'를 줄 세워 마시다 사장님이 safari를 가르치며 말했다.

"사파리 있잖아요. 이게 다들 영어로 알고 있는데, 사실 스와힐리어거든요. 아프리카 말로 '여행'이라는 뜻이에요."

"와, 처음 알았어요!"

"내일 남미로 넘어간다고 했죠? 저는 여기서 앞으로의 소정 씨 Safari를 응원할게요."

아프리카 사파리 투어의 끝이었지만, 또 다른 사파리의 시작을 알리는 말이었다.

고민의 시간, 여행 중 겪은 고난과 역경의 순간 그사이에 내린 어떤 선택들이 나를 어디로 이끌어 줄지는 모른다. 아끼고 아껴 더 긴 여행을 할 수도 있었고, 아프리카는 이방인에게 야박한 곳이라고 생각하며 다른 곳으로 떠날 수도 있었지만, 오히려 돈을 더 써버리는 기막힌 방법을 선택했다. 그리고 아깝다는 생각이 들

지 않도록 순간을, 최선을 다해 즐겼고 곧 그것은 '네 방식대로 잘
하고 있어'라고 보듬어 주듯 내게 돌아왔다.

이것은 며칠 뒤 받은 메시지 일부이다.
'안녕하세요. JTBC '특파원 25시' 작가입니다. 아프리카 사파리
여행한 것 보고 연락드렸는데요.'

Tanzania

사람은 둘, 담력은 하나

✳

탄자니아에서 도하, 도하에서 런던, 런던에서 리스본, 리스본에서
상파울루까지 총 네 번의 경유와 인내의 50시간 비행을 마치고
도착한 브라질 상파울루 구아룰류스 국제공항. 남아메리카 여행
은 결혼 전까지 7년간 룸메이트였던 십년지기 친구 승현과 함께
했다. 상파울루에 큰 관심이 없던 우리는 바로 '리우데자네이루'
라는 도시로 넘어가기로 했다.

"소정, 우리 버스 탑승 시간까지 많이 남았는데 시내 구경하고
올까?"

시내에서 필요한 것도 사고 요기를 하기로 했다. 하지만 우리가
간과했던 사실 두 가지가 있었으니, 첫 번째는 이곳이 남아메리카
라는 것. 두 번째는 둘 다 아무것도 알아보지 않는 무계획 인간이

라는 것이다.

그거 아는가? 영어는 만국 공통어가 아니다. 그것은 당연한 사실이지만 우리는 이제껏 '여행한다=영어를 써야 한다'라고 생각하고 살았다. 게다가 10년간 다수의 여행 경험을 가진 우리의 여행 모토는 '어떻게든 된다'이니 백지로 시작한 남아메리카 여행이었다.

다시 한번 첫 번째 문제를 떠올려보자. 이곳은 에스파냐어를 쓰는 남아메리카다. 그것도 브라질은 포르투갈어를 쓴다. 우리는 설명서 잃어버린 가구를 조립하는 사람들 같았다. 조립이 완성된 모양은 아는데, 처음부터 하나하나 끼워 넣으려니 막막했다. 분명 우리 앞에 있는 지하철역은 여느 여행지와 같은 모습이었지만 역 이름조차 읽을 수 없으니, 어디서부터 시작해야 할지 알 수 없었다. 목을 길쭉하게 내밀어 옆 사람을 따라 눈치로 표를 구매했다.

"승현, Centro, 저게 생긴 게 센트럴 같지? 시내 아닐까?"
"맞는 것 같아. 저기서 내려보자."
넓은 역 안에 공허하게 울리는 사람들의 발소리를 따라 출구로 이동했다. 에스컬레이터를 제외한 계단은 모두 철창으로 통제되어 있었고 철창 옆엔 누군가 엉덩이를 반쯤 드러내고 잠을 청하고 있었다.

"나 남의 엉덩이 되게 오랜만에 본다?"

내가 던진 한마디에 승현은 킥킥대다 곧이어 다다른 에스컬레이터의 끝에서 표정이 굳어졌다. 여기가 성당 앞 공원인지 과수원인지 바닥엔 잘 익은 복숭아처럼 엉덩이가 몇 쌍이나 더 굴러다니고 있었다. 주위를 둘러본 우린 동시에 서로에게 기대어 팔짱을 꼭 꼈다. 센트로역 중심에 자리 잡은 성당은 관광지의 흔한 모습이었지만, 흔들리지 않는 편안함을 느끼는 듯 보도블록을 베개 삼아 편안하게 누워있는 노숙인과 소리치며 길을 뛰어다니는 노숙인이 반쯤 벗은 진격의 거인처럼 공존하는 모습은 흔하지 않은 광경이었다.

그래도 무서울 게 없(다고 생각했던)는 둘이고, 상파울루는 부루마블에서만 듣던 그런 신기한 도시 아닌가. 우리는 시선을 끌지 않도록 주의하며 성당 주변을 천천히 걸었다.

"여기 부랑자가 너무 많지 않아? 무서워…"

그 말을 들은 나는 괜히 더 의기양양하게 행동했다. 아프리카를 막 떠나온 후라 마치 게임의 끝판왕을 깬 것 같은 기분이었기 때문이다.

"야! 내가 여기서 제일 부랑자야! 무서울 거 없다고!"

하지만 운전도 초보 딱지를 막 뗐을 때가 가장 위험한 때인 것처럼, 방심하고 있을 때가 가장 위험한 법이다. 성당 사진을 찍던 승현과 그것을 뒤에서 지켜보던 나는 곧 꽥! 하고 소리를 질렀

다. 누군가 자전거를 타고 빠르게 지나가며 승현을 밀쳐내고 손에
있던 핸드폰을 낚아채려 한 것이다.

"으악, 승현! 괜찮아?"

허둥지둥 승현에게 가는 동안 우리 사이로 또 다른 자전거 괴한
이 지나가며 한 번 더 핸드폰을 노렸다. 한 번도 아니고 두 번이라
니! 더욱 놀라운 것은 우리의 소란에도 불구하고 광장에 있던 수
많은 사람 중 우리를 주목하는 사람이라고는 유유히 자전거를 타
고 뒤를 돌아보는 괴한들뿐이라는 사실이었다.

성당 근처를 도망치듯 벗어나 상점들이 모여 있는 거리로 들어
선 나는 좀처럼 진정할 수가 없었다. 오히려 승현은 담담하게 유
심칩을 갈고 있었고, '무서워, 무섭다고!' 되풀이하는 나를 어르며
말했다.

"괜찮아, 이럴 줄 알고 왔잖아."

"아니! 이럴 줄 모르고 왔어!"

알긴 개뿔, 너도 모르고 왔으면서! 애는 왜 이렇게 아무렇지 않
아 보이는 거야! 세상에나, 이게 바로 남미구나. 나는 속으로 어느
나라로든지 다시 돌아갈 궁리를 했다. 그동안 승현은 애써 높은
목소리로 '괜찮아, 괜찮아'라고 말하면서 작은 유심칩을 몇 번이
나 떨어뜨렸다. 핸드폰을 꼭 쥐고 있는 승현의 손은 아직도 작게
떨리고 있었다.

지난 10년간 우리가 함께한 여행은 넘쳐나는 정보와 관광객을 많이 찾아볼 수 있는 그런 곳들이었다. 새로운 도시에서 여행은 낡은 관계에서도 새로운 모습을 발견할 수 있구나.

"이제 누가 자전거 타고 다가오면 내가 먼저 발로 찰게. 그럼 너는 도망가!"

유심을 구매한 슈퍼를 나서며 뱉은 승현의 허세 가득한 말에 잠시 간의 정적을 깨고 웃어댔다. 나의 여행 허세는 줄어들었지만, 그녀는 되려 허세를 부릴 줄 알게 되었으니 적당히 평균이 맞춰진 셈이다.

이제 겨우 남미의 첫 나라, 첫 도시. 앞으로 남은 여정은 정상이 보이지 않는 높은 산처럼 아득하게 느껴졌지만, 자전거를 발로 차줄 친구와 함께 간다면 길을 잃더라도 재미 하나는 보장됨이 분명했다.

신라면과 타코

＊

세계 7대 불가사의 '예수상'은 리우데자네이루 코르도바도 언덕 700m에 자리 잡고 있다. 크고 흰 거대 석상은 한참 아래인 시내에서 바라보면 마치 예수가 내려다보고 있는 듯한 착각을 자아낸다. 그런 예수상을 가까이 볼 수 있다는 들뜬 마음과 이전에 있던 핸드폰 강탈 미수 사건, 미디어로 접한 각종 브라질 범죄 영상의 잔상을 떨치며 긴장감으로 예수상 행 셔틀버스를 올라탔다. 예수상 언덕 주변은 리우에서도 흉흉하기로 소문난 빈민가인 '파벨라'이기 때문에 가방의 지퍼를 손으로 꼭 쥐고 쉴 틈 없이 주변을 살피며 올라갔다.

"예수상이 크긴 큰데… 이게 다 뭐야?"
'세계 7대 불가사의'는 인간이 만든 경이로운 일곱 개의 건축물이라는데, 확실히 경이로운 광경이기는 했다. 길거리에서는 보기 어려웠던 관광객 모두 여기 모인 듯 빽빽하게 차 있었고, 그 사람들 대부분이 거대한 예수상을 찍으려 바닥에 누워있거나 혹은 예수상과 마찬가지로 두 팔을 활짝 펴고 있는 모습이었다. 예수상 대신 이 모습을 '세계 7대 볼거리'와 같은 목록으로 만들어야 하지 않을까?

가득한 인파를 피해 예수상의 등 뒤로 피신해 오니 언덕 아래를 감상할 여유가 생겼다. 예수상이 굽어보고 있는 방면은 세계적인 미항이라 불리는 리우항과 해변을 따라 형성된 부촌으로 빛나는 도시인 반면 석상 등 뒤의 절벽에 관광객만큼 빽빽하게 집이 찬 달동네가 파벨라임을 알 수 있었다. 예수상의 거대한 크기만큼 그 늘진 동네였다. '예수도 등진 동네'라는 말이 괜히 나온 말이 아니구나.

다소 시시했다는 평을 남기며 예수상 구경을 마치고 찾아간 마트에서 우리는 오늘 저녁 메뉴인 라면을 앞에 두고 토론 아닌 토론을 했다. (아마 예수상을 구경한 시간보다 더 길었을 것이다.)
"진라면이지! 수출용 신라면은 한국이랑 맛이 다르다고!"
"그래도 한국인이라면 당연히 신라면이지 무슨 소리야!"
"할 말 없게 만드네!"

신라면 두 봉지와 함께 돌아간 숙소의 주방은 스페인어로 꽉 찬 파티가 벌어지고 있었다. 아직 우리에게 '남미 사람'은 경계의 대상이었으므로 라면을 끓인 뒤 조용히 식사를 하(려던 계획이었지만)기도 전에 우리를 발견한 그들은 말도 통하지 않는 우리의 입에 수제 타코를 하나씩 넣어주었다.

그 타코 한입에 '남미 사람은 위험해!'의 경계신호가 '이 타코는 위험해!'의 신호로 바뀌었다. 세상에, 삼시 세끼 일주일은 먹을 수 있는 맛이었다. 이런 위험한 맛을 내는 사람들이라니! 알맞게 익은 부드러운 닭고기와 신선한 채소 위에 직접 끓인 매콤달콤한 소스의 조합이라니, 세계 7대 타코로 이 타코를 넣어주세요. 우리는 제물을 바치듯 기꺼이 신라면을 내어주었다.
"이거 먹어봐. 코리안 스파이시 누들이야."
"코리아 스파게티 누들?"
"응! 스파이시!"
"오케이, 스파게티!"

스페인어만 가능한 그들과 나의 구린 발음의 콜라보로 '코리안 스파게티 누들 신라면'을 포크로 돌돌 말아 겁 없이 한입에 넣고 나니 거구의 장정, 웃옷을 입지 않은 자유로운 영혼, 타코 요리사 모두 하나같이 울상이 되어 붉어진 얼굴로 마실 것을 찾았다. 맥주던, 우유던, 물이던 손에 잡히는 대로 입에 넣은 후 '이게 대체 어떻게 스파게티라는 거야?'라는 원망의 눈길을 보냈다.

"muy picante!(엄청 매워!)"

"그러니까, 스파이시라고 했잖아!"

붉어진 서로의 얼굴을 보며 누가 먼저랄 것도 없이 낄낄대며 시작된 우리의 대화는 80%는 번역기로, 20%는 의성어로 이루어졌다. 말도 통하지 않는 친구들과 이렇다 할 내용도 없이 뭐가 그리 재미있었는지, 광대가 아플 정도로 웃어대다가 나중엔 번역기 없이 서로의 언어만으로 대화해도 어렴풋이 이해할 수 있게 되었다.

"우리 고향은 아르헨티나 '코르도바'야. 언제든 놀러 와."

"우리는 서울에 있으니까, 한국에 오면 연락해!"

여행자들이 흔히 나누는 인사말이었다. 서로 마지막임을 알고 있지만, 언제나 각자의 자리에서 기다리겠다는 의미를 담뿍 담은 작별의 인사. 하지만 이상하게도 이번 헤어짐은 어느 때보다 아쉽지 않았다. 왜인지 다시 볼 것처럼 한바탕 웃으며 헤어졌다.

안녕을 바라는 일

*

하나의 교통수단을 가장 오래 타 본 기억을 되짚어 보라면 단연
비행기이지 않을까? 유럽 같은 곳으로 향하는 장거리 노선 말이
다. 남미 여행 이전이라면 당연히 나도 '비행기'라고 답했겠지만
이제 나는 '버스'라고 답한다. 남미를 여행하는 여행자는 누구라
도 장시간 버스를 타지 않고서는 여행할 수 없다. 그에 걸맞게 우
리의 첫 번째 장시간 버스는 브라질 리우데자네이루에서 아르헨
티나 이구아수로 향하는 서른두 시간 여정의 버스였다.

"승현아, 알아듣지도 못하면서 자꾸 고개 끄덕이지 말라고!"
"그럼, 말하는데 그냥 쳐다보기만 하냐?"
포르투갈어로 설명하는 기사의 말을 들으며 티격태격 중인 우
리를 유심히 쳐다보던 옆자리의 '브루나'는 영어로 우리에게 통역

을 해주겠다며 말을 걸어왔다.

"내 고향이 이구아수 근처라서 부모님 뵈러 가고 있어, 너희는 여행 중이야?"

"응. 나는 도미, 얘는 효니, 잘 부탁해 브루나!"

리우에서 대학교를 다니고 있는 브루나는 우리를 위해 자신이 알고 있는 단어와 번역기를 써가며 열심히 통역해 주었다. 버스의 쉬는 시간을 알리는 말이나, 어디쯤 지나왔는지, 목적지까지 얼마나 남았는지를 알려주는 브루나와 우리는 수학여행 가는 여고생들처럼 휴게소마다 같이 과자를 나눠 먹고, 시시콜콜한 이야기를 나눴다. 스무 시간쯤 지났을 깊은 새벽, 브루나는 이제 곧 내려야 한다며 자신의 번호와 함께 긴 메시지를 주었다.

'친구들, 꼭 기억해. 누군가에게 여자들끼리 여행한다고 말하지 않기. 항상 친척 집에 방문한다고 할 것. 특히 남자들에게 길을 묻지 말 것. 무슨 일이 있으면 꼭 내게 연락해, 도와줄게. 너희들의 이 여행이 평화롭고 행복하기를 바라.'

함께 수학여행을 떠난 여고생의 모습이 아닌 여고생을 보내는 부모의 모습으로 우리를 걱정하는 모습의 부르나에게 감사 인사를 전하며 배웅해 주었다.

"고마워 브루나, 너를 만나 행운이었어."

"나의 나라에 방문해 줘서 내가 더 고마워."

며칠 뒤 다시 리우로 돌아가는 그녀는 버스에서 강도를 만나 가방을 빼앗겼다. 어느 때는 마음가짐이나 의지대로 따라오지 않는 일이 일어나기도 한다. 사람과 장소를 가리지 않는 우연한 행운과 우연한 불운의 연속, 삶을 여행하는 누구에게나 적용되는 한 끗 차이.

'다치지 않았으니 괜찮아. 그저 너희에게 조심하라고 알려주고 싶었어.'
'다행이야. 브루나, 너의 일상이 평화롭고 행복하기를 바라.'

우주먼지

*

아르헨티나 이구아수 국립공원의 크기는 여의도의 630배에 다다른다. 온종일 걷기만 해도 모자를 크기이지만 국립공원을 순환하는 열차를 타고 메인 폭포인 '악마의 목구멍'까지 한 시간 정도의 짧은 트레일 코스와 열차를 이용해 구경하기로 했다.

걸어가는 동안엔 기대하지 않았던 동물들이 불쑥불쑥 튀어나왔다. 잠시 쉬어갈까 싶어 앉은 의자에서 긴코너구리가 풍성한 꼬리를 살랑대며 다가오고 있었고, 그 모습이 꼭 강아지처럼 귀여웠다. "소정! 그거 만지지 마!" 승현이 소리치며 가리킨 팻말엔 '가까이 가지 마시오', '만지지 마시오' 표시와 함께 담뱃갑의 경고 그림처럼 뜯어진 살점의 사진들이 붙어있었다. "하여튼 사람이고 동물이고 다가오면 다 좋아하다가 살점 뜯길 뻔했네!" 승현에게 너스

레를 떨고 얼른 엉덩이를 일으켰다. 긴코너구리도 공손하게 두 손을 모으고 몇 걸음 종종 쫓아오다 곧 다른 사냥감을 찾아 떠났다.

겹겹이 쌓인 나무 사이에 자리 잡고 사람을 구경하는 오동통한 작은 새 플러시볏여치(Plush-crested Jay)는 8시 40분을 가리키는 억울한 파란 눈썹을 가지고 있어 '파란 눈썹 새'라는 애칭도 붙여주었다. 돼지만큼 큰 크기의 카피바라와 악어, 거북까지 심심찮게 발견할 수 있는 아마존강을 따라 걷다 보면 어디선가 서로의 목소리가 들리지 않을 만큼 큰 굉음이 여행객들의 귀를 먹먹하게 한다. 하지만 소리가 들려오고 나서도 한참을 걸어가야 거대한 물안개의 축축한 기운이 피부에 내려앉는다.

브라질과 아르헨티나, 파라과이를 관통하고 있는 이구아수의 메인 폭포. 나는 사람들 틈에서 아래를 잠깐 보았다가 금방 저 멀리 도망쳤다. 땅이 울릴 정도의 진동을 내며 초 단위로 쏟아지는 수만 톤의 폭포와 어마어마한 물안개를 두고 여러 나라의 언어로 감탄하는 소리가 들렸다. 나는 한마디도 뱉지 못한 채 어떤 환영에 사로잡혔다. 저 아래 끝을 가늠할 수 없는 블랙홀 같은 물안개 속으로 뛰어들고 싶었다. 몇 년 전에도 이런 경험을 한 적이 있다. 아이슬란드에서 예기치 못한 순간 까만 하늘을 섬광 같은 초록빛으로 물들이는 오로라를 마주쳤을 때, '너 같은 건 그저 우주먼지야'라고 속삭이는 듯한 오로라의 춤사위를 보고 눈물을 흘렸던 기억이 되살아났다. 하지만 오로라는 조용하기라도 했지, 폭포는 압도적인 크기에 천둥보다 큰 소리까지 내며 이 구역의 주인이 누군지 맹렬하게 각인시켰다. 잠시 마음을 가다듬고 주위를 둘러보았다.

승현은 셔터를 누르는 손을 멈추지 않았고, 화려한 드레스와 잘 갖춰진 정장을 입은 커플은 샴페인을 따고 있었다. 이구아수 폭포 티셔츠를 맞춰 입은 아이들은 티셔츠를 팔락거리며 뛰어다니고, 카메라를 든 해외 유튜버는 스태프들과 함께 폭포의 굉음보다 큰 함성을 질러댔다.

천천히 심호흡 한 번, 그리곤 허벅지에 힘을 한껏 주며 승현의 옆에 다가가 핸드폰 화면으로 폭포를 바라보았다. 화면 안에 물안개가 피어오르는 모습이 마치 연극 무대 장치처럼 보였다. 생명줄 같은 난간을 꼭 잡고 조금 더 안쪽으로 발걸음을 옮기니 폭포의 물이 튀어 후덥지근한 열기를 식혀주었다. "시원하네!" 한 마디하고 나니 압도된 감정이 탁 트이며 감탄사가 나오기 시작했다. "와, 말도 안 돼" 이구아수 폭포는 1분 동안 보면 근심이 사라지고, 30분 동안 보고 있으면 영혼을 빼앗긴다고 해서 '악마의 목구멍'이라 불린다고 한다. 잘 만들어 낸 관광지 명칭 정도로 생각했는데, 폭포를 마주한 순간 느껴지는 공포와 경이로움, 모든 걸 관통하는 이름이었다. 지구 한가운데에 뚫린 구멍, 이것을 악마의 목구멍이 아니면 어떤 다른 단어로 표현할 수 있을까. "이러다 다 젖겠다!
이제 가자" 구경을 마친 승현이 나를 끌었다. "그래, 빨리 가자"

폭포 소리는 잦아들었고, 온몸은 젖어있었다.

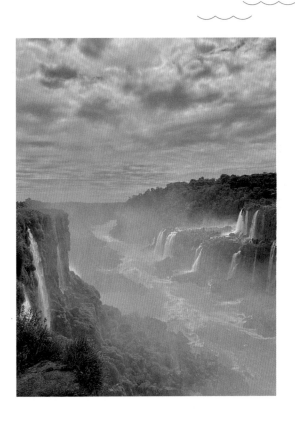

＊Argentina

오늘은 오늘치 걱정만

✳

이구아수 국립공원 열차의 크기는 놀이공원 꼬마 기차 정도였지만 작은 철제의자에 네다섯 명씩 끼어 앉아 갔으니 그 안에 탄 사람 수만큼은 실제 기차 못지않았다. '아까 그 긴코너구리 진짜 귀여웠지?' 하며 떠드는 우리에게 앞사람들이 곧장 말을 걸었다.

"¿Eres coreano? sur? norte?"

아빠 또래로 보이는 인상 좋은 아저씨는 기차에서 간식을 발견한 어린이처럼 초롱초롱한 눈으로 질문을 시작했다. 물음표가 가득한 우리의 표정을 본 아저씨의 딸과 아들이 인사하며 영어로 전달해 주었다.

"나는 파로마. 우린 가족끼리 여행 왔어. 여기는 엄마, 아빠, 그리고 우리 오빠 곤자야. 반가워!"

"반가워 파로마! 혹시 아저씨가 뭐라고 하는지 알려줄 수 있을까?"

"sur은 south, norte는 north야. 우리 아빠가 평소에 북한 뉴스를 많이 봐서 한국에 관심이 많대."

북한의 정치세습에 대해 어떻게 생각하는지, 한국 사람이 가지고 있는 북한에 대한 감정이나 통일에 대한 의견을 묻는 등 한국어로도 대답하기 어려운 질문을 쏟아냈다. 우리는 파로마와 함께 진땀을 빼며 간신히 대답과 통역을 하다가 결국 파로마의 이를 꽉 문 '아빠, 그만해' 덕분에 아저씨의 질문 폭주 기관차를 멈출 수 있었다. 이후로 파로마와 그녀의 엄마는 〈오징어 게임〉을 재미있게 봤다며 '시바~ㄹㄹ'를 외쳐대는 통에 웃어야 할지, 울어야 할지 헷갈렸다.

작은 기차를 꽉 채운 우리의 소란은 내린 후에도 이어졌다. 파로마의 눈에 띄게 예쁜 미소 때문인지 유일한 동양인인 우리 때문인지 지나가다 옆을 머물며 잠시 구경하거나, 우리의 국적을 묻는 사람들도 있었다. 사람들의 관심이 지나칠 즈음 우리는 그만 헤어지기로 했다.

"우리 집은 '코르도바'에 있어. 다음에 놀러 와!"

익숙한 그 도시는 리우에서 만난 친구들의 고향이었다. 재미있는 우연이라고 생각하며 '코르도바'를 지도에 검색했다. 유명 관광도시도 아닐뿐더러 우리의 다음 목적지인 부에노스아이레스,

그리고 예정된 다른 도시와도 거리가 꽤 되는 곳이었다. 내가 아쉬워하는 기색을 드러내자, 파로마 가족은 '몇 년 후 가족 여행을 갈 테니 한국에서 보자'며 우리를 꼭 안아주었다. 햇살 같은 그들의 포옹은 매일 거센 긴장의 파도 속에서 여행하고 있던 나를 잔잔하게 만들어 주었다.

내가 겪은 일뿐만 아니라 남이 겪은 일도 마치 내 것처럼 짊어지고 편견으로 시작한 남미 여행은 매일 밤, 잠들기 전 '오늘은 괜찮았지만, 내일은 나쁜 일이 일어나면 어쩌지?' 하는 걱정으로 눈을 감고, '오늘도 별일 없었으면 좋겠다' 소망하며 눈을 떴다. 도돌이표같이 반복되는 걱정은 길을 걷다가도 자꾸 뒤를 돌아보게 했다. 일어날지도 모를 불확실한 것들 말고 딱 내가 겪은 만큼만 걱정하고 오늘은 그저 최선을 다해 여행하자. 그래야 거센 파도도, 따스한 햇살도 정면으로 마주할 수 있을 테니까.

와인, 소고기, 탱고

✳

승현과 나는 룸메이트 시절 술을 직접 담가 먹는 정성을 보일 정
도로 '밥은 안 먹어도 커피와 술은 꼭 마셔야 한다'를 외치는 주
류… 아니 부류다. 아르헨티나 입성 첫날부터 매일 낮엔 커피 한
잔, 저녁엔 와인 한 병을 비워냈다. 부에노스아이레스에 도착했을
때 가장 먼저 한 일도 주변 마트에서 와인 시세를 파악하는 일이
었다. 세계에 물가를 파악하는 빅맥지수가 있다면 우리에겐 와인
지수가 있다.

 아르헨티나 와인은 한국에서도 저렴하게 구매할 수 있으니 현
지에서는 말할 것도 없이 저렴했다. 와인과 함께 구워 먹을 소고
기를 사려던 나는 승현에게 소고기 팩을 보여주며 물었다.
 "승현 내 눈이 이상한 건가? 이것 좀 봐."

"…소고기 1kg에 만 원도 안 한다고?"

우리는 현지인 거주 지역에 에어비앤비를 잡은 후 소고기와 오천 원짜리 와인을 곁들인 식사를 매일 했다. 질 좋은 소고기와 맛있는 와인 한 병을 같이 먹어도 한 끼 만 원이라니! 이곳에서 우리는 디오니소스가 영혼의 고향이라도 찾은 듯 와인을 홀짝이며 '하루만, 하루만 더!'를 외치며 머무는 날짜를 늘려갔다. 어쩌다 소고기가 물리는 날엔 닭고기나 돼지고기를 먹었는데 눈물을 머금고 소고기의 두 배 가격을 지불했다.

문명을 벗어나 자연과 함께하는 남미 여행을 상상했다면 적어도 이 도시에선 아니었다. 높은 빌딩과 유럽풍 건축 양식이 가득 찬 거리에서 우리는 매일 그저 그날의 기분에 따라 가장 사랑스러운 라벨을 가진 와인을 마시는 것, 매일 다른 부위의 소고기를 적절하게 굽는 것 이외에는 큰 관심을 두지 않았다. 누군가 우리에게 '탱고의 고장에 갔는데 공연 한 번 안 본다고?' 이야기했을 때도 '그게 뭐 어때서?' 하고 눈썹만 올리고 말았다.

여느 날과 같은 일요일, 오랜만에 동네를 벗어나 큰 플리마켓이 열리는 '산텔모 시장'을 찾아갔다. 높은 천장과 넓은 실외의 시장은 마치 대형 창고 같았다. 시장 안은 수백 명의 사람으로 발 디딜 틈 없었고 각종 음식점에서는 손님을 맞이하느라 바쁜 손놀림으로 계속해서 음식을 만들어 내고 있었다. 시장 안을 꽉 채운 고소한 냄새와 후끈한 열기의 근원인 아르헨티나 전통 요리 엠파나다 (empanada: 밀가루 반죽 속에 고기나 채소를 넣고 구운 음식) 가게에 줄을 선 우리는 사람들 틈에 끼어 여행자의 기분을 담뿍 느꼈다.

시장 밖에선 멋진 정장을 입은 신사의 손끝으로 만들어 내는 줄 인형 놀이가 골목 아이들의 시선을 끌었고 그 골목을 따라가면 아르헨티나 예술가들의 작품을 볼 수 있었다. 어떤 그림에서는 노래가 들리는 듯했고 어떤 그림의 댄서들은 튀어나올 듯 살아있었다. 노래와 댄서를 따라간 끝에 만난 작은 광장 안에선 진짜 살아있는 예술을 발견할 수 있었다.

흰머리가 희끗희끗하게 섞인 댄서는 묵묵하고 단호한 손놀림으로 그러나 미소를 잃지 않으며 까만색 드레스와 높은 힐을 신은 댄서를 돌리고, 끌어안고 작은 광장의 이 끝에서 저 끝까지 종횡무진 날아다니고 있었다. 말 그대로, 그녀는 날았다. 온몸을 노신사에게 맡긴 채 그녀의 드레스와 다리는 나풀거리고 그 모습을 지켜보는 내 심장도 나풀거리다 그녀가 땅으로 내려오면 같이 내려왔다. 내 심장에 이렇게 리드미컬하게 뛰는 기능이 있었다니!

격식 차린 어두운 공연장에서 정열적인 드레스의 붉은빛 탱고를 상상하기만 했지, 이렇게 부서지는 태양 아래 신선한 공기를 가르는 푸른색의 탱고를 볼 거라고는 상상도 하지 못했기 때문에 탱고의 마지막을 알리는 키스가 끝난 후에도 우리는 감탄을 멈출수가 없었다. 어느새 바닥에 한자리 잡고 즐기고 있던 승현이 내게 말했다.

"노래도 아니고 탱고 버스킹이라니 말도 안 되게 멋있다."

"승현, 이 옆에 탱고 발상지가 있다고 했지? 우리 거기 가자!"

우리는 서둘러 '라 보카'로 이동했다. 건물뿐 아니라 바닥마저 형형색색의 페인트로 칠해져 있는 라 보카는 이탈리아 부라노 섬의 그것보다 훨씬 쨍하고, 강했다. 긴 골목에 늘어선 수십 개의 식당은 보통의 식당에선 보기 드물게 저마다 무대를 가지고 있었다. 길거리를 활보하고 다니는 댄서들과 식당 테라스의 무대를 장악하고 있는 댄서들 모두 경쟁하듯 각자의 개성대로 탱고를 보여주었다. 우리는 흐르는 탱고의 열정을 정신없이 주워 담았다.

"춤 좋아해?" 한 식당의 직원이 넋 놓고 탱고를 구경하는 우리의 앞을 가로막으며 내게 물었다. "춤? 음… 좋아…할 걸?" 갑자기 들어 온 질문에 한껏 당황한 채로 대답한 나는 어느새 무대를 오르고 있었다. '잠깐, 잠깐만! 좋아한다고 대답만 했을 뿐인데?!' 직원의 손에 끌려가는 나를 보며 승현은 무대 아래서 허리가 젖혀지도록 웃고 있었다. "레이디, 내 어깨에 손을 올려" 섬세하게 올려 넘긴 헤어스타일과 짙은 레드와인향을 가진 댄서가 내게 스텝을 알려주었다. "원, 투, 천천히. 원, 투, 빠르게" 어정쩡하고 엉거주춤한 자세의 스텝을 밟은 후 프로 댄서를 흉내 낸 사진 몇 장을 찍은 뒤 무대를 내려왔다. 식사 중이던 손님들이 박수와 와인잔을 부딪치며 배웅해 주었다. 그날 우리의 식탁엔 여전히 알맞은 굽기의 소고기와 짙은 레드와인 그리고 승현은 안주로 어영부영 탱고를 추는 나의 영상을 함께 올렸다. (며칠간의 놀림거리였다.)

경쾌한 리듬 사이에 온갖 세상 슬픔을 품은 가사를 가진 'Tango'는 '맛보다', '만지다', '마음을 움직이다'라는 뜻의 'Tangere'라는 라틴어에서 따왔다고 한다. 탱고 대신 아르헨티나를 넣어도 뜻은 변하지 않는다.

비글해협 투어

✳

남미 대륙의 끝, 세상 끝의 등대, 세상 끝의 우체국… '끝'이라는 단어가 주는 아련하고 쌉쌀한 기운은 세계 각지의 여행객을 이곳으로 모이게 한다. 열두 시간 시차가 나는 정반대의 나라에서 온 우리도 그중 하나였다. 남미 대륙의 최남단, 일반인이 두 발로 설 수 있는 남극과 가장 가까운 땅 Fin del mundo(세상의 끝), 파타고니아 산맥으로 둘러싸인 우수아이아, 하지만 '끝'을 인증하는 장소에 가는 것보다 해야 할 다른 일이 있었다.

"우리 일단 펭귄부터 보러 가자! 등대와 우체국 그리고 파타고니아는 늘 그 자리를 지키고 있지만, 남극 펭귄을 볼 수 있는 시기는 지금이 마지막이란 말이야!"

완연한 추위가 오기 전 짝짓기와 털갈이를 위해 떼 지어 자리 잡은 펭귄을 일명 '펭귄섬'에서 만날 수 있다고 한다. 여러 이유로 동물원을 좋아하지 않아 어렸을 적 갔던 아쿠아리움 이후로는 다큐멘터리에서만 보았으니, 그 귀여운 야생의 뒤뚱거림을 실제로 꼭 보고 싶었다.

우수아이아에서 펭귄 투어를 진행하는 업체는 단 한 군데로 하루에 한 번, 정해진 짧은 시간에 스무 명의 소수 인원만 펭귄섬에 들어가는 것이 허락된다. (펭귄이 스트레스를 받지 않도록 정부와 협약을 맺었다.) 투어 시기는 1월부터 3월 말까지인데, 우리가 도착한 날은 정확히 3월 31일이었으니 기도하는 듯한 심정으로 투어 회사를 찾아갔다.

"내일 펭귄 보러 갈 수 있어?"

"내일? 시즌 마지막 투어인데 잘됐네."

우리 기도에 응답하듯 직원은 싱긋 웃었다. 우리가 신난 틈을 놓치지 않은 직원은 펭귄을 보기 전 바다사자, 처음 들어보는 이름의 새 그리고 세상 끝의 등대까지 함께 볼 수 있는 비글해협 투어를 묶어서 추천해 주었다. 이 집 장사 잘하네?

오전 일찍부터 오기 시작한 얇은 비는 항구에 도착하자 굵은 비로 변해 우리의 어깨를 세차게 두드렸다. 고도와 온도가 제각기 다른 남미의 여행은 여름, 겨울옷을 모두 준비해야 한다는 것을 몰랐던 우리는 가지고 있던 얇은 옷 몇 벌과 급하게 산 바람막이로 우수아이아의 비바람을 막았다. 첫 일정은 크루즈를 타고 비글해협을 둘러보는 것. 크루즈라는 이름에 비해 소박한 배는 서른 명 남짓한 여행객과 가이드를 싣고 출발했다.

"비글해협의 이름은 이 수로를 처음 발견한 영국의 측량선 '비글호'에서 따왔어. 우리는 오늘 이 비글해협을 돌면서 바다사자와 새, 그리고 세상 끝의 등대를 볼 거야. 배에서는 사진사가 돌아다니면서 사진을 찍어 줄 거야."

가이드와 사진사가 번갈아 가며 인사를 했다. 가이드의 설명이 계속 이어지고 배가 짙은 남색의 바다를 가로지르는 동안 나는 숙소에서 싸 온 도시락을 열었다.

"새벽부터 냄비 밥 지은 보람이 있다. 맛있네"

"그걸 지금부터 먹으면 어떡해!"

아침부터 저녁까지 이어지는 장시간 투어 중 점심 식사를 위해 만든 주먹밥이었지만 소풍 가는 기분이라 지금 먹고 싶은걸! 점심은 이따 생각하지 뭐. 잔소리하는 승현에 입에도 주먹밥을 하나 넣어주면서 창밖으로 시선을 돌렸다. 언뜻 보이는 바위섬엔 모래처럼 가득한 바다사자와 수십 마리의 펭귄이 모여 있다가 바다사자가 다가가자 날아올랐다. 그런데 언제부터 펭귄이 날았지?

가까이 보기 위해 서둘러 선내를 나가 암초 위 잔뜩 군집해 있는 것들을 살펴보았다. 하얀 배와 까만 등, 발에 물갈퀴까지 펭귄과 흡사했다.

"펭귄은 아닌데 펭귄과 똑 닮은 새가 있다더니 그게 저건 가봐. 이름은 '가마우지'래."

승현의 설명에 눈을 가늘게 뜨고 새를 뜯어보았다. 조금 더 긴 목과 얇은 몸통이 펭귄과 다른 점이라고 할 수 있겠다. 특히 저 날개가 가장 큰 다른 점이긴 하지만 몇몇 특징을 빼고는 이름을 '하늘 펭귄'으로 지어도 될 정도로 닮았다. 물론 가마우지와 펭귄은 엄청나게 먼 종족이지만 남극의 생태에 맞는 생김새로 진화하다 보니 펭귄과 닮게 '수렴진화'했다고 한다.

배는 섬의 구석구석을 볼 수 있도록 주위를 돌았고 공기를 꽉 채운 비릿하고 역한 냄새는 바다사자가 모여 있는 곳일수록 더욱 심하게 코를 찔렀다. 게다가 바다사자는 '엉! 엉' 우는 게 아니었나? 실제로는 거인의 트림 소리만큼 크고 괴상한 소리를 냈다. 미국 어디 해변에 있는 바다사자는 뒹굴뒹굴 평화롭게 누워서 지내던데 우수아이아의 바다사자들은 치열한 자리싸움과 암컷을 향한 우렁찬 울음소리로 냈다.

바다 위에서 맞는 차가운 바람과 바다사자의 냄새에도 모두 밖에 서서 이 항해를 즐기고 있었다. 이제 '세상 끝 등대'를 만날 차례였다. 남쪽 끝 홀로 선 빨간 등대는 작은 바위섬 위에 사람도 없이 덩그러니 자리해 쓸쓸해 보였다. 비 온 뒤 구름 한 점 없는 회색

하늘과 허리춤에 안개를 달고 있는 산맥이 세상 끝 등대의 이름값에 한몫했다. 장가위 주연의 영화 〈해피투게더〉에서 '슬픔을 묻고 오는 곳'으로 나왔던 곳이 바로 이 등대이다. 나는 딱히 슬픈 일이 있지는 않았지만 지나가다 소원 탑이 보이면 관성처럼 돌 하나를 쌓은 후 '건강하게 해주세요' 하는 것처럼, 사람들이 두고 간 슬픔 위에 내 것 하나 더 얹어놓고 '앞으로 슬픈 일이 없게 해주세요' 하고 말도 안 되는 소원 하나를 빌었다.

여행객이 각자의 등대를 간직하고 있을 무렵, 우리 배의 사진사가 나타나 모두 일렬로 줄을 세워 등대와의 기념사진을 찍어주기 시작했다. 나와 승현은 거절했지만(사진을 받으려면 구매해야 했다.) 추억이라며 카메라를 드는 그를 막을 수는 없었다. 우리 차례가 지나고 다음 가족은 미리 맞춘 듯 여러 포즈를 취하기도 했다. 키스하는 커플과 다정한 어깨동무를 한 노부부까지 모두 카메라 앞에서 환하게 웃었다. 펭귄과 닮은 가마우지처럼 슬픔을 묻고 오는 세상 끝의 등대도 사실은 전혀 다른 종류이다. 생김새는 외롭지만 그렇기에 세상에서 가장 많은 사람의 미소와 마주하는 등대일 테니.

펭귄섬

*

펭귄섬에 들어가기 위해서는 몇 가지 규칙을 지켜야 한다. 첫 번째, 펭귄에게 가까이 다가가거나 만지지 말 것. 두 번째, 펭귄과 마찬가지로 무리 지어 다닐 것. 세 번째, 펭귄섬에서 어떠한 것도 가지고 나오지 말 것. 하지만 그들이 가르쳐 주지 않은 네 번째 규칙을 알려주겠다. 절대적으로 패딩을 입을 것.

펭귄섬으로 향하는 작은 통통배를 타고 들어가는 동안 느낌이 좋지 않았다. 펭귄은 날씨도, 대륙도 다른 다양한 서식처에 살고 있고, 아무리 남극 펭귄이라도 펭귄섬에 머무는 기간은 따뜻한 시즌이라고 (언뜻) 들었는데, 칼로 베는 듯한 섬의 바람은 우리의 얇은 바람막이 사이 사이를 찢고 들어왔다. 게다가 큰 파도가 일렁이는 해협에 우리의 작고 소중한 배는 금방이라도 파도에 삼켜질 것 같이 흔들렸다. 얼굴과 몸 사방으로 튀는 물에 '내 인생, 이렇게 펭귄 보려다 마감할 수는 없다'며 구명조끼의 위치를 파악하고 있을 무렵 가이드가 섬에 도착했음을 알렸다.

세차게 부는 바람을 정면으로 이겨내고 뒤뚱대며 걷는 우리 모습이야말로 펭귄보다 펭귄 같았다. 우리와는 달리 펭귄은 기가 막히게 빨랐다. 돌고래처럼 물 위로 튀어 육지에 올라온 뒤 재빠르게 무리를 향해 돌진하는 '젠투펭귄'은 인간에 대한 경계심도 없는지 우리를 빤히 쳐다보기도 했다. 우리에게는 성인 두 명이 겨우 다닐만한 길을 줄 맞춰 걷는 일만 허락되었는데, 그 좁은 길에서도 펭귄섬의 첫 번째 규칙을 지키기 위해 펭귄이 세 걸음 다가오면 세 걸음 물러섰다. 그래도 자꾸 다가오거나 앞뒤, 혹은 땅 구멍에서 불쑥불쑥 여러 마리가 자꾸 튀어나와서 우리는 되려 도망다니기 바빴다. 유리 벽 너머 인공 사육장에 있는 녀석들을 관망했던 인간들이 이곳에선 마땅히 그들의 관찰대상이다.

"다들 저것 봐. 젠투펭귄이 구애하는 거야."
가이드의 설명을 따라 여러 쌍의 커플 펭귄 무리를 본 우리는 감탄과 귀여움이 섞인 웃음을 지었다. 펭귄 캐릭터의 대명사 핑구와 쏙 닮은 오렌지색 부리로(요즘은 뽀로로지만 라떼는 핑구였다.) 돌멩이나 나뭇가지를 야무지게 물고 달려가는 게 사람으로 치면 꽃이나 반지를 가지고 프러포즈하는 모습이란다. 어떤 녀석은 유심히 고르고 또 골라 아주 반질반질하고 예쁜 돌멩이를 집어냈다.
돌멩이의 상태를 보고 암컷 펭귄이 거절하는 경우도 있다고 하니
그 작은 생명체가 고민하는 모습이 이해되었다. 아마 내 남편보다
선물 고르는 센스가 좋을 거라는 농담을 했다. (사실 진담이다.)

털갈이로 빠진 펭귄의 털들이 강한 바람을 따라 움직였다. 바람
에 발자국이 생긴 것 같았다. 그 발자국을 따라 쿰쿰한 배설물의
냄새와 온몸으로 맞는 파도 정도 감수해야 그들이 사는 곳에 다다
를 수 있었다. 마지막으로 녀석들을 카메라로 몇 장 담고, 인사를
고했다. 더 이상 그들을 쉬운 방법으로, 유리 벽을 사이에 두고 마
주하는 일은 내 인생에 없을 것이다. 오늘의 이 귀한 자연스러운
장면을 잊지 말아야지.

외로움 부치기

*

칠레와 아르헨티나를 가르는 국립공원 호수 바로 앞, 칠레의 구름과 산을 베개 삼아 아르헨티나 땅에 누워있는 작은 컨테이너로 만든 우체국은 희한한 위치와 희한한 모양새를 갖췄다. 이 은색의 컨테이너를 빛나게 만들어 주는 건 어떤 흔적들이다. 문양도 크기도 제각기인 스티커로 빼곡한 외벽, 수만 명의 손길이 닿아 색이 바랜 손잡이와 이리저리 갈라진 나무문, 그 문을 열고 들어가면 몇십 년간 자리를 지키고 있는 할아버지의 젊은 시절을 벽 곳곳에서 훔쳐볼 수 있다.

두세 평 남짓한 내부에서는 fin del mundo(세상의 끝)가 새겨진 마그넷, 엽서, 도장, 인형, 핀, 열쇠고리 등 본연의 기능보다는 '선물 가게'라는 이름이 더 잘 어울리며 지독한 여행의 향기가 난다.

세상 끝의 우체국에서 파는 엽서 값은 오천 원에서 만 원! 한국까지의 우표 비용도 만만찮아서, 시내에서 구매한 가장 저렴한 엽서를 비장의 무기처럼 가방에서 슥 꺼내 펜을 들었다.

첫 번째는 남편에게, 마치 처음 달에 착륙한 암스트롱이 지구로 보내는 무선처럼 '아, 아, 들리나. 여기는 우수아이아, 세상 끝에서 엽서를 보내고 있다. 이 엽서가 유실되지 않길 바란다' 두 번째는 친구에게 행운의 편지를 '이 엽서는 세상 끝에서부터 시작된 행운의 편지로 앞으로 나와 평생 친구 해야 함. 아무튼 그럼' 세 번째는 부모님께 '마지막에 웃는 놈이 이기는 건 줄 알았는데, 그냥 자주 웃는 놈이 이기는 거더라. 나는 이 문장이 좋아. 그런 사람이 될 거야. 그러니 내 걱정은 말아요'

Fin del mundo 도장 쾅, 우수아이아에서 한국까지 17,764km를 책임질 네 개의 우표가 다닥다닥 붙은 엽서를 들고 컨테이너 앞에 서 있는 노랗고 동그란 우체통에 넣으면 이 기념적인 엽서는 한 달쯤 뒤에 주인을 찾아갈 것이다. '엽서가 유실되지 않고 도착하게 해주세요. 한 장 보내는데 무려 만 원이란 말이에요!' 우체통에 넣기 전에 엽서를 손에 쥐고 소원을 빌었다.

나라를 옮길 때마다 남편과 지인들에게 엽서를 보내는 것이 여행 루틴 중 하나인데, 관광지에서 기념적인 엽서를 보내는 것은 이번이 처음이라 기분이 색달랐다. 좋아서 하는 여행이라도 혼자 다니는 건 외로움을 견디면서 하는 것이니까. 평소에는 외로움을 차곡차곡 모아서 가지고 다니다가 엽서를 쓸 때 '보고 싶음' 혹은 '같이 오고 싶음'으로 표현해서 보내고는 했다. 아마도 외로움이라는 것이 눈에 보였다면 내 엽서에는 외로움이 뚝뚝 흐르는 것을 볼 수 있었을 것이다. 그것을 한국으로 보내고 나면 외로움이 비워진 듯한 기분이 들어서 애용하는 방법이었다.

그런데 이번엔 아직 외로움의 용량이 덜 찼을 때고, 큰 내용도 없는 장난스러운 엽서였는데도 이상하게 마음이 충만해졌다. 자주 마주치던 우체통의 모양도, 색깔도 유난히 사랑스러워 보였다. 외로움 해소가 아닌 애정을 담아서 쓴 엽서가 나를 충만하게 해주었다. 우체통에 엽서를 넣으며 장난스러운 포즈로 찍은 사진과 함께 친구들에게 연락을 남겼다.

"보고 싶다, 나중에 같이 오자!"

우연이 겹치면 우정 1

*

남미에서 유일하게 비자가 필요한 볼리비아. 코로나로 강화된 비
자 신청으로 인해 코로나 확진 시 의료비 지원이 가능한 보험 유
무와 음성 검사 결과지, 서약서 등의 서류와 씨름 후 겨우 얻어낸
신청 완료 종이. 최종 승인을 위해 볼리비아 대사관을 방문해야
한다. 부에노스아이레스로 돌아온 우리의 목적 역시 대사관 방문!
반듯하게 복사한 신청 서류를 들고 대사관을 찾아간 우리를 맞아
주는 건 최종 승인이 아닌 불친절한 종이 한 장. '부에노스아이레
스 볼리비아 대사관에서는 비자 관련 업무를 하지 않습니다'

"…번역기가 잘못된 것 아닐까?"

"그래, 내가 다시 해볼게!"

대사관에서 비자 업무를 하지 않으면 대체 어디서 하나요. 직무
유기 아닌가요. 믿을 수 없는 마음에 중얼거리며 몇 번이나 다시

해본 번역기에서는 야속하게도 같은 말만 뜰 뿐이었다.

"이럴 순 없어! 직원에게 정확하게 물어보자."

비자가 아닌 다른 일로 찾아온 사람을 응대하는 직원은 단 한 명뿐, 긴 줄에 합류한 우리는 그제야 건물에 전등이 반도 켜져 있지 않음을 발견할 수 있었다. 코로나로 인해 비자 업무뿐 아니라 다른 업무 모두 축소된 모양이었다.

어쩐 일이냐는 듯 눈썹을 들어 올린 직원에게 우리는 미리 켜 둔 번역기를 공손하게 보여주었다. '우리는 한국에서 왔습니다. 볼리비아 비자 신청을 하고 싶습니다. 여기서 신청할 수 없습니까?' 번역기의 마이크를 누를 틈도 없이 아주 빠른 스페인어로 쏟아낸 대답에서 받아낼 수 있었던 단어는 두 가지, '노' 그리고 '코르도바'였다. 우리는 의아한 표정으로 다시 한번 물었다.

"코르도바?"

"응, 코르도바! 지금은 모든 비자 업무를 거기서만 해."

지금 귀에 쏙 박힌 그 단어 '코르도바'는 남미 시작의 첫 번째 나라인 브라질 호스텔에서 만나 타코와 신라면을 나눠 먹었던 친구들과 이구아수 폭포에서 만난 가족들이 사는 그 도시. 내 안에 운명찬양론자가 이때를 놓치지 않고 외쳤다.

"당장 가자!"

우연이 겹치면 우정 2

*

다른 아르헨티나 도시와는 다르게 코르도바는 딱히 구경거리가
있는 도시가 아니었다. 좋은 말로 하자면 편안한 도시, 솔직하게
말하자면 따분한 도시였다. 코르도바에 있는 동안 우리는 여행을
잠시 멈추고 볼리비아 비자를 신청하고, 처음으로 큰 쇼핑몰에 가
서 새 옷도 사 입고 느긋하게 동네를 산책하고 친구들을 만났다.

이탈리안 레스토랑에서 한 달 만에 만난 파로마와 조페토는 헤
어질 때와 마찬가지로 우릴 꼭 안아주었고 힘들지는 않았는지, 아
프지는 않았는지, 위험한 일은 없었는지를 물었다. 그들의 난로
같은 물음에 그간의 힘듦 따위는 모두 사소한 것이 되었다.
　"한국에도 시골이 있어?"
　"당연하지! 한국 시골에 비하면 코르도바는 완전 도시야."

"그럼, 직접 농사도 지어?"

"당연하지! 효니네 엄청나게 큰 농장 운영해!"

한국 사람들은 다 도시에 사는 줄 알았다는 친구들의 말이 놀랍지 않았다. 미디어에 노출되는 한국은 서울, 기껏해야 부산, 제주도일 테니까. 게다가 우리도 아르헨티나에 부에노스아이레스밖에 모르고 왔으니까 똑같은 셈이지!

"너희는 언제부터 코르도바에 살았어?"

"거의 태어나면서부터 살았고, 친척들도 다 여기 살아."

토마토파스타로 시작된 식사가 바나나푸딩으로 끝날 때까지 서로를 파헤치고 장난치고 실없는 소리를 했다.

"이건 선물이야!"

"춈…쵸룸? 츔츄…룸?"

의아한 표정과 발음이 어찌나 귀여운지 놀리고 싶은 마음을 꾹 참고 올바른 발음을 말해주었다.

"처음처럼! 이건 코리안 보드카야. 맥주랑 섞어 마시기도 해."

작은 중국 식료품점에 마련된 한국 식품 판매대에서 채식주의자인 파로마와 보드카를 좋아하는 조페토에게 적합한 선물을 고민하던 때를 떠올렸다. 라면도, 과자도, 어떠한 소스도 줄 수 없어서 곤란하던 차에 처음처럼은 그야말로 이슬처럼 빛났다. 이보다 좋은 선물이 또 있을까! 선물을 주고받아 들뜬 마음으로 이탈리안 식당을 나와 공원 옆에 달린 맥줏집에서 맥주를 연거푸 마셨다.

그다음부터는 모르겠다. 분수에서 뿜어져 나오는 물의 모양이 웃기다며 웃었고 넓은 공원에 있는 젊은 연인들을 구경하다 귀엽다며 웃었다. 여름 끝물 소나기가 테이블에 떨어져서 맥주 마시다 말고 어디 처마 밑에 들어가서 또 웃었던 것 같다. 거리를 배회하다 지나치게 컴컴한 밤이 와서 헤어졌지만 그렇게 아쉽지도 않았다. 집 앞 편의점에서 친구와 맥주를 마실 때처럼 특별한 내용 없이 떠들다가 다음 기약 없이 헤어졌다.

코르도바의 다른 날도 여느 여행과는 약간 거리가 있었다. 브라질 호스텔에서 만났던 친구들이 운영하는 펍에서 퍼넷 코크(페르네 브랑카와 콜라를 섞은 술)를 사발로 들이키거나 어떤 날은 친구들과 처음처럼을 병 채 들이켰고, 어쩌다 처음 보는 사람의 생일 파티에 초대받는 일도 있었다. 지도 없이 걸어 다니고, 마트에서 장을 보고 호스텔 공용 주방에 마늘과 파스타 재료를 쌓아두고 요리를 해 먹었다. 잠시간 친구들의 일상에 들어갔다 나왔다는 이유로 따분한 코르도바는 언제든 갈 수 있는 술친구가 있는 옆 동네처럼 느껴졌다.

포기 유발

✳

이까짓 여행, 뭐가 중요하냐며 포기하고 싶은 순간이 종종 온다.
하루에 한 대 있는 기차를 눈앞에서 놓쳐서 모든 일정이 망가졌을
때, 안 그래도 없는 짐을 도둑맞았을 때, 비행기 표를 잘못 예약해
서 수십만 원이 공중분해 될 때, 말 하나 통하지 않는 곳에서 아플
때… 여행은 잠시 내려놓고 침대에 몸을 푹 맡기고 머리끝까지 이
불을 뒤집어쓴 채로 배달 앱이나 뒤적거리고 싶은 그런 순간! 그
중 여행 포기 모멘트 1위는 바로 '고산병', 그 병을 볼리비아에서
만났다.

　길거리에서 쓰레기봉투처럼 바닥에 널브러진 우리는 겨우 몇
걸음 걸을라치면 어지러움과 메스꺼움이 동시에 찾아와 뇌를 두
드려 대는 통에 자꾸 헛구역질이 나왔다. 한라산(1,950m)의 약 두

배의 고도를 가진 우유니(3,650m), 네 시간에 한 번씩 약을 털어넣고 그것도 모자라 약국에서 파는 산소통을 흡입했다. '고산병'이라니 이름도 생소했다. 한평생 고도 100m 이상을 넘을 일이라고는 백숙을 먹기 위해 했던 몇 번의 산책이 고작일 뿐인데! 머리에 진동모드 핸드폰을 넣어놓은 듯 머리부터 눈까지 종일 울리는 기분을 우유니에 오면 체감할 수 있다. (물론 너무 겁먹지 말자. 고산병은 개인차가 있다.) 게다가 일교차가 22도나 나는 소금사막에서 감기는 고산병의 단짝. 코끝이 빨개지고 갈라질 때까지 코를 닦아냈고 코맹맹이 소리가 나서 서로 말만 하면 웃음이 터졌다.

우리의 숙소인 소금 호텔은 아주 구석구석까지 소금으로 이루어져서 벽도 소금, 바닥도 소금, 장식품도 소금, 식탁도 소금, 소파도 소금인 콘셉트에 충실했다. 목욕탕 소금방에서 나는 고소한 냄새와 포근한 기운을 느낄 수 있었고, 소금사막이 보이는 곳에 덩그러니 있어서 위치만으로도 근사하고 낭만적인 숙소였다. 하얗고 폭신폭신한 이불이 있는 침대와 뜨거운 물이 콸콸 나오는 샤워실은 감기에 제격이었다. 샤워실과 변기가 번듯한 유리로 분리된 화장실에서 수증기가 가득 찰 때까지 샤워하고 침대에 한 몸처럼 누워 양쪽 코가 다 막힌 채로 '아프니까 청춘이다' 하고 시답지 않게 말하고 쿡쿡 웃었다. 아프기도 전에 기계처럼 약을 먹어서 그런지 몇 달 만에 쓰는 깔끔한 숙소 덕인지 조금씩 견딜만한 기운이 났다.

노을 시간에 맞춰 호텔에서 나갈 수 있는 가장 끝 모서리까지 나가 턱, 걸터앉아서 코를 훌쩍이며 끝이 보이지 않는 소금사막을 바라봤다. 내가 어찌 됐든 해는 오늘치 선물을 놓고 갔고 노을은 제 할 일을 한다. 고유한 나의 방을 그리워하는 마음, 여행에서 기대하지 않았던 아픔을 장작 삼아 넣으니 노을이 더 진하게 타오르는 듯했다. 하루에 한 번 누구에게나 공평하게 주어진 이 시간을 온전히 나를 위로하는 데에 쓰고 나서 엉덩이를 툭, 털고 일어났다. 저녁으로 뜨끈한 수프 한 그릇을 먹고 할 일을 하면서 내일 치 위로를 기다려야지.

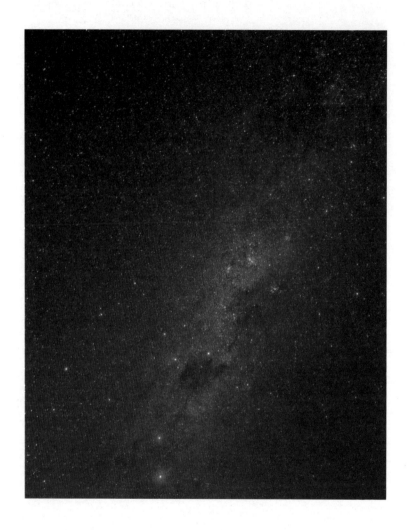

고생 끝에 낙이 우유니

✳

아프리카에서부터 꾸준히 연락해 온 방송국과 드디어 '볼리비아
우유니 소금사막' 편 촬영을 진행하게 되었다. 큰 레퍼런스 아래
초짜인 둘이 촬영하려니 쉬운 것이 없었고 여행과 촬영을 함께 하
는 일은 온전히 여행을 즐기는 것과는 달랐다. 촬영 콘셉트인 '인
생 사진'을 건지기 위해 처음 보는 동행과 다니는 것처럼 평소라
면 절대 하지 않을 일을 했다.

시내에 새벽시장이 열릴 때부터 소금사막에 동이 떨어질 때까
지 이틀간의 촬영 내내 좋은 호텔에서 자고 인증사진 찍기, 이제
는 사용하지 않는 옛 기차 무덤에 가서 인증사진 찍기, 차를 타고
달리다가 멈춰 서서 알파카 무리와 인증사진 찍기, 전통의상 입고
인증사진 찍기, 유치하고 귀여운 공룡 피규어와 원근법 인증사진

찍기 등 모든 행위의 마침표를 인증사진 찍기로 끝맺었다. 원래의 나라면 인증사진은 '공식 인증' 도장 쾅!의 기분이라, 산 정상 표지석과 찍는 게 아니라면 괜히 쑥스럽고 머쓱해 누가 찍어준대도 거절하기 일쑤였지만 이번엔 촬영이니 변화할 좋은 핑계였다.

우리보다 사진에 더 열정적인 사람은 바로 가이드였다. 우유니 소금사막에는 표지판이나 이정표가 존재하지 않는다. 내비게이션마저 통하지 않는 곳이라 정식 가이드 없이는 입장할 수 없다. 가이드는 멀리 보이는 산을 기준으로 자신의 위치를 판단한다. 전라도 면적에 달하는 12,000km의 광활한 소금사막을 오직 감각만으로 다니는 단련된 우유니의 가이드들에게는 운전과 방향 감각말고도 필수 요소가 바로 '사진 실력'이다.

우유니에 대해 들어봤다면 SNS에 유명한 소금사막 인증사진을 한 번쯤은 보았을 것이다. 그것들 모두 가이드의 현란한 솜씨이다. 그날 사진첩에 있는 수백 장의 사진을 보면 나는 처음부터 인생 사진에 적합한 인재는 아니었다. 조금만 걸어도 숨이 헐떡거리는 3,650m에서 점프를 해보라거나, 손을 잡고 뛰어보라거나, 한쪽 발만 들어보라거나 현지 가이드임에도 '다음!', '다음 포즈~', '이쪽 발 들고!'라고 어찌나 정확하게 말하는지 못 들은 채 할 수도 없었다. 촬영 중간엔 3초마다 포즈를 바꿀 수 있는 능력이 생겼고 끝나갈 때 쯤엔 '인생 사진의 생성기'가 되어있었다. SNS의 사진이 모두 이렇게 공들여 탄생하는 거였다.

여행자의 버킷 리스트에 빠지지 않는 '세상에서 가장 큰 거울'이라는 별명을 가진 소금사막의 성수기는 얇은 소금물 호수가 사막 전체에 깔려있어서 구름도, 해도 푸른 하늘도 모두 자신의 모습을 바라볼 수 있게 반영한다. 그렇지만 비수기에 방문한 우리의 소금사막은 손거울 정도로 보는 게 맞겠다. 장화를 신은 발이 멋쩍을 정도로 발에 치이는 건 마른 소금뿐이어서 차를 타고 한참이나 들어가서 발이 찰박거릴 정도의 물을 찾아냈다.

거대한 호수를 기대했던 마음에 살짝 실망감을 가지고 내린 차에서 우리는 정적을 맞이했다. 바람에 흩날리는 나무도, 발가락에 걸리는 모래도, 생명의 기척이라고는 없는 사막의 적막. 카메라를 내려놓고 순간을 음미했다. 성수기였더라면 호수의 크기만큼 사람도 가득 차 있었겠지만, 우리가 찾아온 오아시스 같은 작은 소금호수는 오직 우리뿐이었다. 한 발짝마다 물그림자를 따라 구름이 나선형으로 찰랑찰랑 자박거리는 소리만이 울렸다. 땅과 하늘, 현실과 이상 사이에 몸이 붕 떠 부유하는 듯한 착각을 주었다.

붙잡아 두고 싶은 순간일 때는 평소보다 시간이 조금 더 빠르게 흘러간다. 사랑에 빠진 이의 시선처럼 세상이 온통 분홍빛이었다가 금세 밤이 되었고, 낮과는 또 다른 빛이 찾아왔다. 소금기 가득한 은하수, 물방울이 떨어지는 듯 뚝뚝 떨어지는 별똥별.

고산병으로 겪은 아픔과 촬영의 어려움, 화려한 사진을 찍기 위한 고군분투, 작은 호수, 나의 기대와 성향과는 반대인 우유니에서 나는 힘들지 않기 위해, 실망하지 않기 위해 노력했지만, 이런 실망이라면 기꺼이 몇 번이고, 언제나, 기대하고 또다시 경험하고 손바닥 뒤집듯 마음이 바뀌는 경험을 하리라.

숙소에 가는 길은 차창을 다 내리고 달리며 시내의 빛이 겹쳐 별이 보이지 않을 때까지 머리를 내밀고 사막과 작별했다. 자정이 다 된 시간 침대에서 승현과 주고받은 '공식 인증. 우유니의 왔다 감' 사진 안에는 웃고 있는 우리가 있었다.

당나귀가 여행을 떠난다고
말이 되어 돌아오지 않는다

✳

우유니 방송이 나간 후 커뮤니티와 개인 유튜브 채널에 악의적인 댓글이 천 개 이상 달렸다. 주를 이루는 내용은 '결혼한 여성이 남편을 두고 여행을 간다는 것은 말이 되지 않는다', '그럴 거면 결혼을 왜 했냐'와 같은 내용을 포함한 성희롱 댓글이었다.

일면식도 없는 누군가가 방송에 나온 단편적인 모습만 보고 욕설을 한다니 속상했고, 당신들의 생각은 오해라고 지구 한가운데에서 소리치……기는 개뿔 이것이 연예인 체험? 혹은 인기의 단짠단짠한 맛? 나와 남편은 댓글을 읽고 너무 재미있었던 나머지 소설 한 권은 뚝딱 나올 듯한 자극적인 이야기를 써 내려간 누군가에겐 이달의 작가상이라도 주고 싶은 마음이었다.

첫 방송이 나가고 약 1년간 5회의 추가 촬영(에콰도르, 쿠바, 헝가리, 발리, 베트남)을 하고, 세계 각국을 다니며 괴짜 같은 친구들을 사귀고 지난한 과정을 겪으며 나의 여행을 만들어 가는 동안 그들은 여전히 그 자리에서 나를 헐뜯었다. 같은 내용도 이제 시시해서 레퍼토리에 변화를 좀 줬으면 좋겠다 싶었다.

어느 날 누군가는 이렇게 댓글을 달았다. '당나귀가 여행을 떠난다고 말이 되어 돌아오지 않는다' 아, 위트 있어라! 이 글은 지난날 받은 어떤 비난과 칭찬의 글보다 와닿았다. 당신이 어떤 의미로 남겼든 해석은 제 맘대로 할래요. 일단 당나귀가 여행을 떠난 부분부터 마음에 들었다. 낭만적이지 않은가? 여행을 떠난 당나귀라니. 봇짐과 음식도 충분히 가지고 떠났을까? 게다가 이 글 덕에 내가 여행을 떠나게 된 이유를 다시 한번 깨닫게 되었으니, 진심으로 고마워하고 있다.

한 마리의 당나귀가 말이 되고 싶어서 여행을 떠났는지는 아무도 모를 일이다. 당나귀는 그저 길을 잃고, 방황하고, 길을 찾고, 처음 보는 곳에서 식사하고, 아무렇게나 잠을 자고, 새로운 샘을 발견하고, 다시 한 마리의 당나귀로서 돌아오는 것을, 혹은 돌아오지 않길 바랐을지도 모른다. 내가 나만의 이야기를 가진 내가 되고 싶어서, 지도 없이 길을 잃고 싶어서, 지독하게 외로워지고 싶어서 이 여행을 떠난 것처럼.

이제 내가 묻고 싶다. 제자리에서 본연의 역할을 하는 '말'들은
자신만의 이야기를 가지고 살아가고 있는 게 맞나요?

＊Bolivia

쿠바
· 9박 10일 ·

쿠바 대첩

＊

여행을 시작하고 그와 나는 반년 만에 상봉했다. 콜롬비아에서 출발해 파나마를 경유한 나, 한국에서 출발해서 두바이와 마이애미를 경유하고 꼬박 이틀이 걸려 만난 우리에게 애틋함은 사치였다. 만나자마자 그는 시차와 피곤함에 하루를 통으로 잠으로 때우고, 나는 그의 캐리어에 꽉 찬 떡볶이와 라면, 감자탕을 연속으로 해치웠다. 이후로 며칠 내내 시차보다 적응하기 어려운 쿠바 문화에 정신을 차리지 못했다.

"쿠바는 정말 내가 가 본 나라 중 최악인 것 같아."

노을이 아름답기로 유명한 말레콘 비치에서 우리의 제 n차 쿠바 대첩의 시작을 알린 말. 그렇다, 여러모로 좋지 않았다. 공항에서 유심을 6만 원이나 주고 산 것부터가 시작이었던가? 쿠바에는 공식 환율과 암환율, 두 개의 환율이 있다. 한국에서 가져온 달러를 우리는 공항에서 조금, 에어비앤비에서 왕창 바꿨는데, 왜인지 쿠바의 길거리에서는 은밀하게 다가와 환전을 해주겠다는 사람이 많았다. 왜일까? 궁금해서 물어본 환율은 우리가 에어비앤비에서 바꾼 환율과 거의 두 배 차이가 났다. 그는 충격에 가슴을 팡팡 쳐댔다. 평생 나와 엮인 일 외에는 손해 보고 사는 일이 없다며 급하게 알아보기 시작했다. '공식 환율'은 나라에서 지정한 환율, '암환율'은 실제로 사람들에게 통용되는 환율인데, 2021년에 화폐 개혁을 한 쿠바는 여러 경제적 상황까지 겹쳐서 공식 환율과 암환율이 네 배 이상 차이가 나 공식 환율을 적용하면 손해를 보는 것이다. 우리는 식사도, 유심도 네 배를 지불한 셈이다. 음식이나 물도 배급받는 공산국가라 그 흔한 슈퍼, 마트도 없어서 물을 파는 곳이 보이면 쟁여놓느라 가방도 늘 무거웠다.

지나가면 5초에 한 번씩 말을 거는, 관광객을 절대 가만두지 않는 호객의 나라. 마침 우리가 있던 시기에 시가를 저렴하게 파는 축제를 따라가서 신나게 즐기고, 누군가를 또 따라가서는 체 게바라가 즐겨 갔다는 바에서 엄청나게 달기만 한 칵테일을 10달러나 주고 사 마셨다. 이후에 우리에게 호의적이었던 쿠바인에게 쿠바에서 조심해야 할 세 가지를 들었다. 가짜 환율, 가짜 시가 축제, 가짜 체 게바라 바, 세 가지 모두 우리가 당한 이후였다. 나야 이런 일 당하는 게 일상인 여행이지만, 그는 여전히 억울해했다. 아 맞다, 매일 한두 번 정전이 그가 제일 싫어하는 부분이었다. 35도에 정전이라니 우린 매일 땀을 삘삘 흘리면서 잤다.

인터넷에 나오는 쿠바의 멋진 올드카나 색색의 건물들을 보려면 냄새나고 울퉁불퉁 걷기 힘든 골목을 지나야 하고, 사실 그것도 엄청난 보정이 만들어 낸 결과물이라는 걸 우리는 깨달았다. 빨리 이 나라를 뜨고 싶던 그가 나를 설득하는 데 실패했고, 우린 늘 그렇듯 빈틈없이 서로의 다름을 고집하고 있다.

그런데 말이야, 네가 먹은 랍스터 개수 기억해? 한 마리 팔천 원이던가. 랍스터 타코, 랍스터구이, 랍스터 샌드위치, 랍스터 파스타… 그리고 수도인 아바나만 벗어나면 또 어떻고? 카리브해의 모래는 내가 밟아 본 그 어떤 것보다 부드러웠어. 에메랄드빛 바닷물이 발가락 사이를 사르륵 가르는 느낌이 아직도 생생하잖아. 정전이 난 그날 밤 방안이 찜통인 덕분에 밖에서 한 산책에서 우연히 본 은하수는 행운이었고, 더위를 핑계로 하루에 몇 잔이나 마셨던 모히토와 피냐 콜라타는 유난히 시원했어. 매일 아침 달려가 사 먹었던 한 스쿱에 500원짜리 요거트 아이스크림도 잊기 어려울 거야.

알아, 그래도 넌 절대 다시 오고 싶지 않다고 말할 게 분명해. 그런데도 한 번쯤 뒤돌아보고 싶은 여행지 아니야?

두 번째 신혼여행

＊

모든 것이 정반대인 우리가 친구에서 연인으로 발전하게 된 계기는 바로 여행이었다. 회사 동기로 만나 아이슬란드, 일본, 터키, 뉴욕과 몇 번의 국내 여행까지 우리는 많은 여행을 함께 (물론 여럿이) 했다. 나는 주로 이끄는 편이었고, 그는 군말 없이 따르는 편이었다. 아이슬란드 시골 에어비앤비의 잠긴 문 앞에서 추위에 떨고 있던 때, 국제 전화요금 따위 생각하지 않고 한국 유심을 꺼내 교체 후 주인에게 전화를 걸어 '추워 죽겠으니까 문 좀 확인해 줘!'라고 한 내 박력에 반했댔나.

하지만 여럿이 하던 여행과 둘이 하는 여행은 전혀 딴판이었다. 우리는 모든 것이 서툴고 어려웠다. 편안한 여행을 선호하고 긴 여행을 불편해하는 그와 온몸으로 깨우치며 여행하는 나. 여러 번의 시도(싸움) 끝에 우리는 깨달았다. 우리는 서로에게 좋은 여행 파트너가 아니라는 것을. 남들과는 달라도 서로를 존중하는 법을 우리만의 방식으로 만들어 가기 시작했다. 여행을 함께 하자며 오랜 기간 설득했던 나는 포기했고, 그 역시 혼자 가겠다는 나를 응원했다.

코로나 시기에 결혼식을 올리고 신혼여행을 국내로 갔다. 원래 우리의 신혼여행지로 꼽았던 곳은 '쿠바'. 코로나로 신혼여행을 못 가게 되었으니, 계획을 수정하여 나의 여행 중에 쿠바에서 만나기로 약속했다. 오색 빛깔의 재즈가 흐르는 낭만적인 모습을 떠올리며 우리는 자주 쿠바를 기대했다. 바다가 보이는 멋진 에어비앤비를 예약했고, 1주년을 기념하기 위해 드레스와 정장을 챙겼다. 하지만 우리의 기대는 예기치 못하게 무너졌다. 에어비앤비 주인은 우리에게 암환율의 존재를 숨겼고, 드레스와 정장은 쿠바의 질척거리는 바닥에 뭉개졌다. 쿠바에서는 길을 걸을 때도 용기가 필요했다. 사람을 무시할 용기! 스몰톡을 사랑하는 내게는 가장 힘든 일이었다. 모든 말이 호객으로 끝나기 때문에 다정함이 오가는 여느 여행지처럼 누군가 말을 거는 일이 달갑지 않았다. 신혼여행지로 누군가 쿠바를 오겠다고 하면 나는 '왜 그런 짓을?' 하고 먼저 물을 것이다.

하지만 슬쩍 몇 마디 말을 덧붙일 수 있겠다. 그런데… 혹시 술 좋아해요? 그럼 바다는요?

술과 바다를 빼놓고는 쿠바를 이야기하기 어렵다. 쿠바의 칵테일은 기술이 없다. 그 흔한 빨대 장식도, 이쑤시개 장식도 없다. 예쁜 잔에 넣어주는 서비스도 없다. 그저 아바나 클럽이 적힌 배급 유리잔에 술과 설탕을 휘휘 섞어줄 뿐이다. 그런데 전 세계 어디에서도 강렬한 이 맛을 다시 경험할 수 없으니, 헤밍웨이고 체 게바라고 쿠바에 정착한 이유의 8할은 이 맛 때문임이 분명하다.

투명하게 바닥을 보여주는 바다 앞에 사람들은 솔직하다. 길에서는 볼 수 없는 표정이 바다를 떠다닌다. 우리를 무장해제 시키는 바다는 침대 같았고 일주일간 한 몸처럼 지냈다. 바다를 나와서 시킨 샌드위치는 푸석한 배급 빵에 종이 맛이 나는 치즈가 껴있다. 운이 좋다면 랍스터가 있는 식당을 만날 수 있다. 살갗이 벗겨질 것 같은 더위 혹은 물고기가 산책할 법한 습도의 날씨가 이어진다. 잊히지 않을 거로 생각했던 기분 나쁜 일들은 비에 씻겨 생각조차 나지 않는다. 쿠바는 선명한 복불복이 있는 곳이다. 우리의 두 번째 신혼여행지로 안성맞춤이었다.

첫 번째 결혼기념일

＊

그의 28인치 캐리어 안에는 나를 채워줄 각종 한식과 새 신발, 화장품, 옷이 있었는데 그중 가장 큰 부피를 차지했던 건 바로 드레스였다. 우리는 몇 시간의 결혼식을 위해 드레스와 정장을 빌리는데 큰돈을 쓰는 것이 아까워서 비교적 저렴한 드레스와 정장을 구매했다. 그리고 매년 결혼기념일에 같은 옷을 입고 사진을 찍기로 했는데, 어쩌다 보니 첫 번째 사진을 쿠바에서 시작하게 되었다.

셀프 웨딩 사진? 남들 다 하길래 그거 별거 아닐 줄 알았지…….
우리는 택시에서 내리자마자 운명을 직감했다. 곧장 한여름의 아이스크림처럼 녹아내릴 것이라는 걸. 애써 한 화장이 지워질 정도로 땀범벅이 되었고, 길거리에 낭자한 흙으로 그의 흰색 바지와 나의 드레스 끝단은 이미 엉망이었다.

"왜 자꾸 나랑 떨어져서 걸어?"

"사람들이 너만 쳐다봐…"

새하얀 드레스에 컨버스를 신고 쿠바 시청 앞을 활보하는 여인과 멀찍이 떨어져서 카메라와 긴 삼각대를 들고 가는 남성에게 올드카를 타고 달리는 관광객은 응원을 보냈고, 시청 앞을 지키는 경찰들은 수군거렸다. 그들의 의아한 시선에 나는 '이상한 사람 아니에요… 단지 추억 만들기 하려다가 장렬하게 실패하는 중이랍니다'라고 친절하게 설명하려다가 이내 말을 삼켰다.

나는 삼각대를 세우고 '조금만 더 왼쪽으로, 내가 오른쪽으로 들어갈게!' 외치고 달려간 다음 빨간색 올드카가 지나가기를 기다렸다가 맞춰서 사진을 찍었다. 하루도 빠짐없이 지나다니던 냄새 나는 이 골목도 이제는 안녕이라고 생각하니 아쉬운 마음이 들었다. 헤밍웨이의 자취를 따라 매일 갔던 그의 단골 바는 쿠바에서 가장 시원한 에어컨이 나오는 바이자, 가장 맛있는 다이키리 칵테일(럼, 라임, 설탕, 얼음을 믹서에 갈아 만든 칵테일)을 파는 곳이다. 문을 열자, 시선을 한 몸에 받았다. 드레스를 입고 부끄러워하는 건 어울리지 않으니 눈이 마주치는 이마다 싱긋 웃어줬다. 랍스터 타코가 맛있어서 아바나에 있는 동안 몇 번이나 간 식당 직원은 '특별한 날이냐?'고 물었고, 결혼기념일이라고 하니 축하주를 주었다.

마지막은 우리가 싸웠던 그 말레콘 비치로 향했다. 나는 그에게 고맙다고 말한다. 내 곁에서 한결같이 최선을 다하고 있는 모습이 애잔했다.

"아직도 쿠바가 싫어?"

"응."

단호한 그의 대답 뒤에 신혼부부다운 대답이 따라왔다.

"그래도 너랑 있어서 좋아."

"으악 왜 저래!!!"

비록 닭살 돋는 말 알레르기가 있는 나는 소리를 지르면서 뛰어가고 그는 '야! 어디가!' 하며 쫓아왔지만, 누가 보면 드레스를 입고 컨버스 신은 여인과 정장을 입은 남성이 말레콘 비치를 뛰는 모습이 현실과 달리 다소⋯ 로맨틱한 장면처럼 보였을 수 있겠다.

멕시코
· 29박 30일 ·

언제나 다른 뒤 맑음

✳

쿠바에서 멕시코로 가는 직항 비행기가 취소되었다. 아니, 취소는
아니라고 한다. 항공사 마음대로 취소도 해주지 않고 이번 달까지
만 쓸 수 있는 바우처로 주겠다고 한다. 그는 멕시코에서 LA를 경
유하는 한국행 티켓을 가지고 있었으므로 우리는 어쩔 수 없이 마
이애미를 경유해서 멕시코로 들어가는 다른 비행기 티켓을 끊었
다. 문제는, 쿠바와 미국의 외교적 관계였다. 우리는 경유지인 마
이애미에서 진실의 방으로 불려 갔다.

"너희 미국 여행할 거야?"

"아니?"

"그럼 다행이지만, 이제 너희 이스타(전자비자)는 못 받아."

"왜?"

"내가 지금 취소할 거거든."

"??"

"지금부터 미국 오려면 E4 비자(기술비자) 받아서 와."

취소 사유는 예비 테러리스트! 쿠바에서 미국에 가는 것도 아니고 경유하는 것뿐인데, 테러리스트 취급을 받고 게다가 앞으로도 이스타 신청을 못 한다니, 쿠바에 다녀온 대가가 이렇게 돌아올 줄은 상상하지 못했다. 여권에 붙은 오렌지색 스티커는 압류 스티커가 집에 붙은 것 같은 기분이었다.

멕시코 시티에 도착해서 이틀은 한국 대사관, 하루는 미국 대사관을 들러 비자와 관련된 일을 처리하려고 노력했지만, 결과는 무용지물이었다. 게다가 왜인지 숙박비도 우리가 알던 금액보다 두세 배 이상 비싼 금액에 가장 저렴한 8인실 혼성 도미토리를 써야 했다. 몇 번의 시도 끝에 비자 복구를 포기하고 멕시코에서의 남은 여행을 이어가기로 한 우리는 그날따라 유난히 시끄러운 숙소 앞 광장을 산책하기로 했다.

'이성애자인 척하기엔 남은 인생이 너무 짧다'라고 적힌 카드를 들고 있는 어린아이, 무지개색 옷을 입은 강아지, 티팬티와 비키니만 입고 나온 남녀노소, 초록, 분홍, 노랑, 빨강 염색 머리를 한 사람들, 록밴드 공연팀, 당장 영화 〈300〉에 나와도 이상하지 않을 것 같은 빨간 망토만 걸친 사람들, 망사셔츠만 입은 커플…. 관공서 앞엔 무지개 현수막이 펄럭이고 곧이어 수백 명의 행진과 공기

중엔 콘돔이 떠다니고 있었다. 숙박비 급등의 이유를 이제야 이해할 수 있었다. LGBT(성적소수자) 축제였다. 평소라면 그들만의 축제라고 생각했지만, 자세히 뜯어보니 전통 옷을 입은 부족과 구경하러 온 가족, 우리같이 아무것도 모른 채 어리둥절한 관광객까지 마구잡이로 섞여 있는 평범한 축제의 현장이었다.

내가 눈에 보이는 것을 즐기고, 찍고, 정신없이 웃는 동안 그는 눈을 어디에 둬야 할지 몰라 보였다. 눈앞에 펼쳐진 이들의 다양성에 쉽게 다가가지 못했다. 본능적으로 불편해하며 피했고 내 옆에서 떨어질 줄 몰랐다. 그의 모습이 웃기면서도 의아했다. 여행에 대해서도, 어떤 문제를 대하는 태도도 우리는 극명하게 달랐다. 비자 문제가 일어난 이후로 그는 쿠바 여행을 후회했고 나는 누구도 겪지 못할 일을 겪었다며 오히려 특별하게 생각하게 되었다. 여행지에 도착하면 그는 1인당 GDP를 검색해 보고 나는 카페를 검색해 본다. 그는 나이키와 공산품을 구매하고 나는 빈티지와 핸드메이드를 사랑한다. 그는 매년 초에 5년 치 자금 소요계획을 세워서 내게 보내주고 나는 당장 오늘 오후에 뭐 할지를 고민한다. 모든 것을 '뭐 어때!'로 퉁 치는 나와 모든 것에 '뭐 이래?'로 의문을 가지는 그, 우리의 작은 세상도 다름으로 가득 차 있었다.

"이런 데 있다가는 깔려 죽을 수도 있어, 나가자."
사람들을 피해 숙소로 돌아가는데 비가 오기 시작했다. 아마 그의 머릿속에는 광장에서 숙소까지 최단 시간 경로가 들어있을 것이다. 세차게 오는 비를 맞으며 뛰는데 누구보다 평범하게 입은 우리가 오히려 더 튀어 보여서 웃음이 나오기 시작했다. 그런 내가 웃기는지 그는 웃음이 터진 채로 달리는 걸 멈추고 비를 맞았다. 이 비를 맞으면 분명 머리가 빠질 거라는 잔소리를 꼭 빼놓지 않으면서…. 그는 언제나 나를 따라주지만, 늘 자신의 의견을 놓지 않는다. 고집스러운 부분이 꼭 영어로 주문하면 흘깃 쳐다보기만 하고 프랑스어로만 주문받는 파리의 어느 식당을 떠올리게 한다.

우리가 안지 꼭 10년째이다. 그는 변함없이 고집스럽다. 아니, 시간이 지날수록 더욱 고집스럽다. 그는 다름을 용인하지 않는 고집쟁이다. 우리는 매일 다름을 느끼고 다툰다. 나는 다른 의미로 고집스럽다. 다름을 즐긴다. 그의 인생을 통틀어 유일하게 받아들인 다름이 나라는 점에서 나는 역설적이게 사랑을 느낀다. 너뿐이라는 예외는 언제나 달콤하지만 때때로 그의 잔소리는 살벌하기도 하다.

그는 갈 때까지 비자 문제를 해결하지 못했다. 그러나 끊임없는 메일과 통화로 귀국행 경유지를 무료로 캐나다로 바꿀 수 있었다. 당연히 나는 멕시코에서 미국으로 가는 비행기를 취소할 생각조차 하지 못하고 있었기에 몇십만 원을 날렸다. 언제나 다르지만 뭐 어떤가. 우린 이 순간을 함께 보내고 있다.

옥탑 로맨스

✳

멕시코 시티를 벗어나 영화 〈코코〉의 배경지인 과나후아토에서 우리가 그토록 상상해오던 멕시코를 만났다. 우리가 가장 좋아하는 메뉴는 시장 안에서 파는 손바닥만 한 토르티야 위에 잔뜩 얹어진 고기만 덜렁 나오는 천오백 원짜리 타코였다. 플라스틱 테이블 위에 소스와 채소가 널브러져 있어서 '내 맘대로 토핑'이 가능했다. 나는 두 개, 그는 세 개를 먹으면 아주 배가 불렀고, 갓 짜낸 오렌지 주스 한 개를 나눠 먹었다. 밤에는 꼭 어디선가 세레나데가 들려오는 동네였다. 소리를 따라가면 큰 모자를 쓰고 정장을 차려입은 악단이 나왔고, 피리 부는 사나이처럼 관광객을 몰고 다녀서 골목을 꽉 채울 정도로 사람이 가득 차면 신이 나서 더욱 크게 세레나데를 외쳤다.

옥탑에 있는 에어비앤비를 잡았다. 좁은 계단에 캐리어를 가지고 올라가는 일은 만만찮아 보였지만(뭐, 내가 가지고 올라가는 거 아니니까) 옥탑에 살아보고 싶었던 로망을 이렇게라도 이뤄보고 싶었다. 마트에 가서 장을 보고 한국에서 가져온 소스를 탈탈 털어 찌개를 만들고, 테라스에서 식사를 하고 함께 동네를 산책하는 것, 아침에 일어났을 때 그가 옆에 없어서 메시지를 확인해 보면 '나 헬스장 다녀올게'라고 남겨져 있다던가, 이런 일들은 한국 같았지만, 산책한 동네 산책의 끝이 다른 사람의 무덤이라는 점이라든지(과나후아토에는 유명한 무덤 공원이 있다.) 그가 다니는 헬스장이 온통 노출 콘크리트로 되어 있는 친환경이라는 점은 비일상적이었다.

여행 막바지를 기념해 숙소인 옥탑을 벗어나 근사한 루프탑 바에서 와인을 마시면서 나는 그에게 질문했다.

"혹시 내가 여행 중에 다른 사람 만날 거라고 정말 생각 안 해봤어?"

그와 내가 함께 본 수많은 댓글 중 가장 많은 부분을 차지한 내용이었다. '결혼한 여성 혼자 장기 여행을 떠났다'는 사실은 부푼 상상력의 날개를 달고 어떠한 근거도 없이 변질되어 갔다. 처음엔 관심이 지나치다고 생각했고, 누군가는 그렇게 생각할 수도 있구나, 다름을 인정하고 넘어가보려고도 했다. 어떤 심한 비약의 말들은 무시하려 해보기도 했지만 나는 새로 고침이 될 때마다 늘어나는 페이지를 자주 확인했고, 몇 주간은 그 댓글들이 나를 좀먹었다.

나는 한국에 있는 그가 나를 두고 다른 생각을 할 것이라고 추호의 의심도 하지 않는데, 그도 과연 그럴까? 그도 이 댓글들과 비슷하게 생각하지는 않을까? 저런 말을 신경 쓰지 말라고 했던 그의 말은 진실한 말일까? 사실은 나를 위해서 하는 말은 아닐까? 곰팡이 냄새가 달라붙은 사람처럼 나는 쿰쿰한 의심을 풍겼다. 그가 가진 믿음의 크기를 나와 대어보고 싶었다. 그에게 티 내지 않으려고 노력하다가 마지막에야 슬쩍 용기를 내서 물었다. 돌아온 그의 대답은 전혀, 예상치 못한 답이었다.
"응, 그러기엔 내가 너무 바빠."

아이고 세상에… 소리가 절로 나왔다. 그래! 그는 쓸데없는 걱정을 하기엔 너무 바쁜 인간이다. 만약 내 걱정을 한다면 일과시간에 따로 '소정 걱정 시간'을 써넣을 것이다. 나는 부부이면서도 아직도 그를 알아간다. 헛웃음이 나올 정도로 자기중심적이고, 명쾌하고, 간단한 답이었다. 나를 믿는다는 대답을 생각했지만 나름대로 마음에 드는 담백한 대답이었다.

그는 그저 자신에게 주어진 내가 없는 시간에 집중했을 뿐이다. 내가 여행에 집중했듯이 말이다. 그리고 몇 달이 지난 지금에서야 누군가를 완벽히 이해하려는 일은 애초에 불가능한 일이라는 걸 깨달았다. 자신의 삶에 집중할 거리가 없는 사람들에게는 씹을 거리가 필요했겠지, 뭐.

우리가 사랑한 도시 과나후아토를 떠나며, 그는 나와 함께한 여행을 한 단어로 '극기 훈련'이라고 표현했다. 분명 현실의 그는 휴가를 끝내고 출근하는 직장인인데, 모습은 마치 휴가를 받은 군인처럼 미련 없이 한국으로 떠났다. 미련이 가득한 건 오히려 나였다. 하지만 언제나 그렇듯 그는 나를 위로하지 않았다. 각자의 자리에서 매일 하루 시작과 끝에 서로가 있는 일상이라는 변함 없는 사실이 우리에게 중요하기에. 그는 내가 처음 파리로 향하는 비행기를 탈 때처럼 안아주었다.

남겨진 것

*

나는 그가 떠나고 다른 지역으로 이동했다. 야간버스를 타는 일은
당연하고 어려운 일도 아닌데 처음 하는 일처럼 낯설었다. 전에
함께 여행했던 S 언니를 만나 타코를 먹고, 새로운 친구를 만나 수
영을 하고, 그 가게에서 가장 좋은 테킬라를 마셔도 비어있는 마
음을 채우기엔 무리였다. 한국에 있는 그가 부럽고 그리웠다. 마
침 타이밍 좋게 아프기 시작했다. 바다가 있는 도시인 푸에르토
에스콘디도에 자리 잡고 며칠을 꼼짝하지 않고 보냈다. 침대와 숙
소 앞 해먹 왔다 갔다 하기, 음식 포장해 오기, 배달시키기, 혹은
맥주에 레몬을 짜 마시는 일이 가장 생산적인 일이었다. 언니의
걱정스러운 물음도 귀찮았다. 그가 떠날 때는 나오지도 않던 눈물
이 시도 때도 없이 나왔다.

아픔이 가시고 나서도 종일 누워있는 내게 언니는 그러지 말고 바다에 앉아서 서퍼를 구경하자고 제안했다. 좋아할 수밖에 없을 거라고, 혹시 모르니까 수영복을 꼭 챙겨입으라고 했다. 푸에르토 에스콘디도는 멕시코에서 가장 서핑하기 좋다는 파도를 가진 도시였다. 나와는 달리 문밖에는 생기가 가득했다. 젖은 머리카락과 모래 묻은 서프보드, 온몸에 산발적인 생채기 위 까맣게 반짝이는 피부는 그들이 빠져있는 게 무엇인지 선명하게 보여주었다. 위, 아래옷을 모두 갖춰 입은 사람은 나와 언니뿐이었다. 모두 해변을 제 방처럼 돌아다녔다. 신발까지 잘 챙겨 신은 내 발을 보면 꼭 외국인이 침대 위에 신발을 신고 올라간 모습을 본 한국 사람처럼 내게 나무랄 것 같았다. 우리는 신발을 가지런히 벗어놓고 맨발로 주저앉아 바다로 뛰어드는 사람들을 보았다.

서핑하기 좋은 파도라는 의미는 곧 세찬 파도를 말하는 것이다. 보기만 해도 사람을 잡아먹을 듯이 큰 파도가 쳤다. 멋지게 일어나서 파도를 낚아채는 사람은 거의 없었지만 누구도 도망치지 않고 앞으로 헤엄쳐 갔다. 어떤 이는 기다리고, 어떤 이는 작은 파도도, 큰 파도도 마구잡이로 올라탔다. 옷 안에 수영복을 챙겨입길 잘했다고 생각했다.

"들어갈까?" 내가 물었고 언니는 좋다며 나의 손을 잡았다. 그건 지난 여행에서 맞춰 온 우리만의 호흡이었고, 함께 뛰어들자는 신호였다. 하나, 둘, 셋을 외치고 손을 놓지 않은 채로 소리를 지르면서 달려가야 한다. 누군가 중간에 망설여도 멈추지 못하게 하기 위한 연결고리이자 바다에 들어가는 행위에 대한 기대감 증폭 장치이다.

몸 절반이 채 들어가지도 못했는데 파도에 삼켜진 우리는 대차게 파도 안으로 넘어졌다. 홀린 듯 바다에 들어간 탓에 유일한 나의 선글라스는 파도가 주인인 듯 가져가 버렸다. 게다가 몸에 부딪히는 파도 안엔 작은 자갈들이 굴러다닐 만큼 자갈이 많은 바다였다. 다리가 따끔한 것이 기분 탓인가 싶었지만, 물에 나와 보니 자갈에 긁혀 피가 흐르고 있었다. 야성적이고 생생한 기분이 들었다. 서퍼들의 생채기는 이런 식으로 생기는 건가? 서핑하다 생긴 상처는 아니지만, 파도에 푹 젖은 머리카락과 상처만으로도 서퍼들과 나 사이에 공통점이 생긴 것 같았다. '아, 나도 그 파도에 맞아봤어요. 이게 그때 생긴 상처예요. 자갈이 꽤 아프던데요?' 하고 보여주는 상상을 했다.

잃어버린 비싼 선글라스 대신 만 오천 원짜리 가짜 레이벤을 사고, 바다에 데려간 보답으로 언니에게 맛있는 파스타를 만들어 주겠다고 했다. 언니는 몸을 움직이려는 나의 기색을 놓치지 않고 내일은 옆 동네에 '새끼 거북 방생 프로그램'을 가자고 했다. 모든 단어 하나하나가 기대하지 않고는 못 배기는 이름이었다. 거북도,

새끼도, 방생도.

잠들기 전에 새끼 거북이 방생 프로그램에 대해 검색해 보았다. 자연에서는 살 확률이 거의 없는 바다거북을 부화장에서 부화시켜 방생을 시켜주는 NGO 프로그램이라고 한다. 방생도 바다에서 떨어진 해안가에서 시켜주는 것이라 바다까지 도달하기 전에 꽃게나 갈매기, 또 다른 종족에게 잡아먹혀 바다까지 도달하지 못할 수도 있고, 알을 낳으러 큰 거북이 되어 에스콘디도까지 다시 올 확률도 얼마 되지 않는다고 한다.

오랜만에 아침부터 활동을 시작했다. 막걸리 반 잔을 담아 마실 정도의 작은 박 안에 새끼 거북을 담아 주었다. 새끼 거북은 세 손가락을 합친 것보다 작았다. 갓 태어난 거북이 할 수 있는 최선의 버둥거림이 박을 벗어나지 못하고 허공에서 흩어지는 게 안쓰러워 작고 부드러워 보이는 팔을 한 번 쓰다듬어 주고 싶었다. 이름을 지어주고 싶다. 좋은 생각이야, 하고 이름을 고민하는 사이 헤어질 시간이 너무 빨리 왔다.

삼사십 마리의 거북을 일제히 모래사장에 풀어주었는데 어이없게도 모두 같은 곳을 향해 갔다. 어떻게 아는 거야? 나는 할 줄 아는 게 없이 며칠을 누워있었는데, 울거나, 먹거나, 마시거나, 앉아서 누군가 쳐다보다가, 드디어 움직였는데 새끼 거북은 태어나

자마자 제 갈 길을 간다. 어떤 거북은 빠르고, 어떤 거북은 느리고, 어떤 거북은 영 방향을 못 잡다가도 결국엔 바다를 향해 간다. 바람과 파도에 구르고 쓸려도 어쨌든 찾아간다. 에스콘디도의 7월은 아침임에도 뜨거웠다. 가짜 레이벤을 잠시 벗어두고 실눈으로 내가 방생한 거북이 무사히 바다에 들어가는 걸 응원했다. '천천히, 조심히 가. 쓸려도 많이 아프지 말고, 언젠가 다 커서 돌아오렴.'

길 잃은 기분으로 살고 있는 내게도 응당 가야 할 길이 있으면 좋겠다는 생각을 해봤지만, 그것은 금세 질릴 것이 뻔했다. 그리움과 아픔, 불확실하고 거친, 셋을 세고 소리 지르며 바다에 뛰어들어 기어코 상처를 얻어내고 마는 일들이 사실은 나를 더 생기있게 해주었다.

*Mexico

> 불편한 여행을 한다는 것,
> 시간을 들여서 굳이 귀찮아진다는 것은
> 이제 내게 속절없이 좋아할 거라는 말과 동일하다.

2장

낭비할수록
선명해지는 취향

발리
· 29박 30일 ·

다시 시작하는 축제

✳

12월 유럽으로 시작해 아프리카와 남미, 중미까지 8개월 동안의
여행을 정리하고 한국으로 귀국했다. 대외적 사유는 소비 요정의
강림, 여행 중 틈틈이 한국으로 배송 보냈던 나라별 핸드메이드
제품과 직접 제작한 바지를 판매하기 위해, 대외비 사유로는 계획
했던 1년을 온전히 해외에서 보내기에 나는 한식을 너무나도 사
랑하는 인간이었다! 시간이 지날수록 비싼 값을 내고 한식당에 가
는 일이 늘어갔고, 그게 아니라면 매일 라면을 끓여 먹었다. 점점
월경 주기가 불순해지고, 자주 코피를 흘렸다. 몸이 약해지자 마
음도 함께 무너졌다. 가장 좋아하는 산책도 하지 않고 숙소 침대
에 있는 날이 늘어갔다. 조앤 디디온의 말이 떠올랐다.

'축제도 지겨워질 수 있다.'

여행을 여행으로써, 계속 좋아하는 일로 두려면 멀어질 필요가 있었다. 한국에 귀국한 후 브랜드를 만들어 물건을 판매하고, 친구들을 만나서 술을 들이붓고(과장이 아니라 이 표현이 정확하다.) 차곡차곡 작성해 뒀던 아주 긴 먹킷리스트를 하나씩 지워갔다. 4개월이 지나자 완전히 익숙해진 생활에 나는 마치 변태처럼 새로운 자극을 원했다. 카페를 이용하면서 소매치기 걱정을 하지 않아서 아쉬웠다. 이쯤 에피소드를 하나쯤 생성해 줘야 하는데 일상은 너무나도 조용했고, 하루에 한 번쯤은 길을 잃어야 하는데 집으로 향하는 길은 언제나 익숙했다. 데이터 속도는 왜 이렇게 빠르고 어디서나 잘 터지는지, 답답함을 느낄 겨를이 없는 한국은 뭐랄까, 불편함이 하나도 없어서 불편했다!

나는 다시 축제를 지속할 마음이 생겼고, 지난 여행에 계획했던 남은 여행지를 다녀오기로 결심했다. 바로 동남아시아, 그 첫 시작은 발리였다. 공항 게이트를 나서는 순간부터 예사롭지 않은 공기였다. 공기가 배낭에 내려앉아 무게를 더해준 것 같이 무거웠다. 1월의 한국은 볼이 얼어붙을 정도로 추워 늘 이 시기에 여행하는 동남아를 동경했었지만, 지금의 발리는 우기였다. 이 정도의 축축함은 전혀 반갑지 않았다.

새벽 2시가 넘은 시간, 숙소로 가는 선택지는 한 가지밖에 없었다. 예약해 둔 픽업 차량을 기다리는 사람들 사이를 비집고 나왔더니 몇 명의 호객이 달려들었다. 새벽에 도착하는 여행객이 반가운 유일한 사람은 우버 기사일 것이다. 그중 가장 인상이 좋아 보이는 아저씨에게 주소를 보여주었다. 큰 실랑이 없이 적당한 가격으로 합의하여 도착한 숙소의 골목은 사람 몇 명이 들어가면 꽉 찰 듯이 좁아 보였다. 가로등이 모두 꺼져있어서 정확하게 가늠할 수 없고 약간은 무서운 마음도 들었다.

기사 아저씨는 골목 앞에 차를 세우고, 배낭을 꺼내며 말했다.
"너무 컴컴하니 숙소까지 들어가는 거 보고 갈게. 걱정하지 말고 조심히 들어가."
날씨나 환율 같은 정보를 검색하지 않아도 출발하기 전에 꼭 잊지 않고 찾아보는 것은 그 나라 언어로 말하는 '고맙습니다'이다. 바로 이런 순간을 놓치지 않고 진심을 표현하기 위해, 이 말을 하길 고대하면서 여행하기 때문에.
"뜨리마 까시(고맙습니다)."
아저씨가 두 손을 모으고 작은 묵례를 하며 대답했다.
"사마사마(천만에)."

영화 〈원더〉의 주인공 '어기'는 선천적 안면기형으로 남들과는 다른 외모로 살아간다. 열 살이 되던 해 처음 학교에 간 어기와 그의 가족들, 그리고 친구들이 어기를 대하는 모습이 어떻게 변해가는지 보여주는 영화이다. 어기의 담임 선생님은 아이들에게 말한다.

"옳음과 친절 중 하나를 선택해야 한다면, 친절을 택해라."

나는 그 대사를 삶의 지표로 삼고, 놓치지 않도록 손에 꼭 쥐고 산다. 타지에서 여행객은 처음 학교에 간 어기와 다를 게 없다. 아직 학교에 적응하지 못한 열 살로 돌아가기도, 남들에게 다름의 시선을 받기도 한다. 아주 사소한 친절에도 마음이 말랑말랑해진다. 그럴 때, 내게만 그 대사가 새겨져 있는 게 아니라고, 다른 이들의 삶 속에도 이미 스며들어 있다고 공감받는다.

숙소 앞에 다다르자 한바탕 시동을 거는 소리가 새벽을 요란하게 울렸다. 일주일을 머물 숙소는 컴컴한 골목과 어울리지 않게 화려했다. 천장에 걸린 알전구의 빛이 수영장에 비쳐 바다의 윤슬만큼 빛났다. 지나가다 보았으면 숙소가 아니라 식당이나 바(bar)라고 생각했을 것이다. 다정하게 뒷모습을 지켜준 기사님과 1박 1만 6천 원짜리 비밀스러운 숙소. 침대로 들어가면 씻기도 전에 발리가 좋은 이유 목록을 작성해야지. 이런 시작이라면 발리를 떠날 때쯤엔 아마 한 페이지, 아니 두 페이지를 넘길 수 있을 것 같은 예감이다.

수영장이 딸린 4층짜리 널찍한 호스텔, 오전 일찍부터 여는 빵집과 카페, 요거트를 파는 브런치 집, 퓨전요리를 파는 다이닝 식당, 각종 기념품 가게와 요가 하우스와 히피들이 갈 법한 바가 즐

비한 지역. 그저 오전 느지막이 일어나서 수영하고, 오후에 산책
한 번 그리고 적당한 카페에 가서 시간을 보내는 것이 이번 발리
의 목적이다.

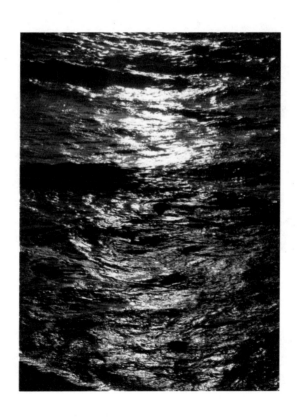

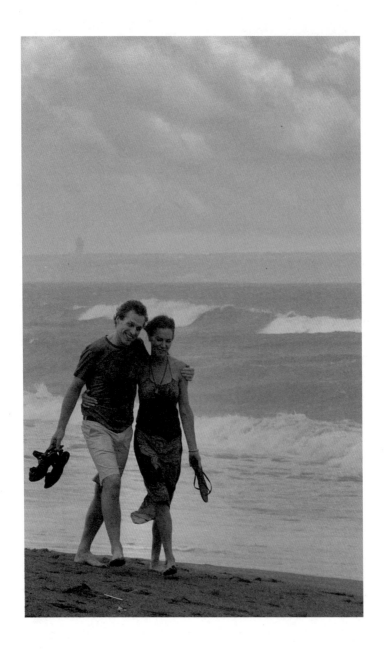

우기를 여행하는
방랑객을 위한 안내서

*

며칠째 비가 오락가락하고 습한 공기는 변함없었다. 수영을 하지 않아도 이미 온몸이 물로 감싸진 기분이라 비가 오지 않는 날만 기다렸다. 그래도 동네 한 바퀴는 오늘 꼭 돌아야 했다. 의례적으로 도착한 첫날 혹은 둘째 날에 하는 일인데, 비를 핑계로 집 앞 식당과 카페만 왔다 갔다 하며 매일 바다를 곁눈질로 흘깃 훔쳐보기만 했다.

숙소의 좁은 골목을 나와 왼쪽으로 걸으면 서퍼들이 사랑하는 좋은 파도가 치는 바다, 오른쪽으로 걸으면 빵집과 카페가 있다. 카메라를 걸쳐 메고 나왔으니, 왼쪽으로 향해본다. 바다로 향하는 길, 비는 신발이 다 젖도록 시끄럽게 쏟아질 때도 있었고, 소리 없이 어깨만 두드리며 부슬거릴 때도 있었지만 언제 그랬냐는 듯 금세 그쳤다. 하지만 우산은 없고 카메라에 비가 맞을까 걱정되어 어느 가게 앞에서 잠시 휴식을 취하는 일을 반복했다.

문은 없지만 천막은 있는 작은 간이 슈퍼의 나무 지붕, 테라스가 달린 아이스크림 가게에 파란 줄무늬 천막, 경비원이 지키고 있는 큰 식당의 초록색 천막, 팔찌와 모자가 대충 쌓여있는 기념품 가게의 양철 지붕…. 천막 아래를 들어가며 어깨를 툴툴 털며 마주친 이들에게 작게 눈인사를 했지만, 그들은 내게 관심도 없었다. 친구네 집을 노크하듯 자연스러운 움직임으로 어디서든 두드리기만 하면 자리를 내어주었다.

비가 길어지면 나 말고도 여럿이 들어왔다 나간다. 그러다 오가는 인사와 대화는 빗소리보다 훨씬 길어질 때도 있다.
"여기는 원래 비가 이렇게 자주와?"
"응, 지금 우기라서 매일 이래. 근데 금방 그칠 거야."
어깨를 으쓱하며 목까지 오는 단발머리를 시원하게 머리띠로 올린 쿨한 생김새의 그는 서핑 강사 '아위'. 강아지 '보이'를 산책시키러 나왔다고 해서 바다를 함께 걷기로 했다. 걷다가 비가 오면 나는 카메라를 옷 안에 넣어 감싸고 뛰지만, 그는 까맣고 하얀 털이 딱 반반씩 섞인 보이를 번개처럼 안아 들고 뛴다. 모습이 어찌나 웃기는지 함박웃음을 지으며 카메라에 비 맞는 건 신경 쓰지 않고 옷 안에서 꺼내 사진을 찍었다. 천막 아래에 있으면 가끔 주인은 툭, 무심하게 의자를 내어주기도 한다. 아위의 말대로 5분도 안 되어 그쳐 앉은 게 민망할 정도로 금방 일어나서 다시 바다로 향했다.

바람에 비인지 파도인지 모래인지 모를 것들이 섞여 얼굴을 더 거세게 때리는데, 재미있는 점은 누구도 우산을 펴고 있지 않다는 점이다. 우산만 펴고 있지 않은 게 아니라 비가 오는지도 모르게 행동하고 있다. 강아지들은 해변을 신나게 뛰어다니고 다른 주인 들도 그런 강아지들과 아무렇지 않게 산책한다. 그들의 걸음 안에 조급함이라고는 찾아볼 수 없다. 그 사이를 함께 산책하겠다며 아 위도 인사하고 떠나갔다.

조르르 바위에 앉은 사람들은 핸드폰도 보지 않고 담배 한 개비 씩 피우면서 그저 파도를 본다. 젖은 모래사장을 맨발로 걷는 연 인들은, 비바람을 그들을 더 가까이 붙게 만드는 소품으로 활용했 다. 이 비를 피하는 사람은 오직 나 하나였다. 이내 그들을 따라 천 막을 벗어나니 한결 편한 마음이다. 처음 발리에 도착했을 때부터 지금까지 몸을 감쌌던 습한 공기는 이제 보통의 공기처럼 느껴진 다. 오히려 맑은 날씨만 있길 바라는 것은 여행자의 객기였다. 매 일 오전 수영장에 떨어지는 빗방울을 바라보며 '다음에…' 하고 흘 려보냈던 시간이 아까웠다. 까짓것 들어가 보면 별것 아닌 것을. 어쩜 내 감정도 이렇게 발리의 우기 같은지, 순식간에 비를 즐길 태세로 전환했다. 잠시 후면 곧 이 비도 그칠 것이다. 한없이 지속되는 맑은 날도, 한없이 지속되는 흐린 날도 없다.

흔히 감정은 날씨와 같다고 말한다. 발리 우기만큼이나 변덕스럽다면 조금 견디지 힘들겠지만, 그래도 그곳에 사는 사람처럼 굴겠다. 누군가 비를 피하러 오면 내 자리를 함께하고, 의자를 내어주고, 어깨를 으쓱 하고 기다릴 것이다. 곧 지나갈 것을 알고 있으니까.

[발리가 좋은 이유]
- 불편하지 않게 친절한 사람들
- 저렴하게 즐길 수 있는 모든 것
- 길거리 귀여운 강아지 천국
.

.

- 우기를 기꺼이 여행할 이유로 만들어 줌

신들의 섬

＊

현지인이 많이 사는 지역으로 옮겨 홈스테이를 시작했다. 발리의 전통적인 가정집 모양새인 이곳은 옛날 우리네 시골집처럼 'ㄷ'자 형태로 생긴 집에 엄마, 아빠, 할머니 그리고 딸인 줄리와 어린 동생들이 살고 있다. 특이한 점은 주방이 외부에 있다는 점, 그리고 대문을 들어서서 줄리네 집에 도달할 때까지 줄리네 말고도 여섯 가족 정도 살고 있다는 것 정도.

다른 가족은 영어를 거의 하지 못하기 때문에 줄리는 주로 소통 담당, 엄마, 아빠, 할머니와 동생들은 환대를 맡고 있다. 아침마다 방문 앞에 따뜻한 보온병과 티백을 놓아주는 줄리, 물병이 비워져서 목이 마르지는 않은지 수시로 확인하는 엄마와 밥을 먹고 있으면 더 챙겨줄 게 없나 하고 지나가는 아빠의 걸음 소리, 나갈 때마다 꼭 문 앞까지 나와서 인사해 주는 다른 가족의 밝은 목소리와 말없이 손짓으로 인사하는 할머니. 낯선 도시에 가족이 생긴다는 건 홈스테이의 가장 사랑스러운 점이다.

'갈룽안'은 발리에서 열리는 축제이자 명절이다. 그 기간에는 문을 닫는 가게와 관공서가 있는가 하면 길거리와 사원은 화려하게 장식되어 있다. 특히나 갈룽안 당일은 사원을 돌아다니며 공양을 드리고 기도하는 날이라 줄리네 집도 명절을 맞이할 준비로 분주하다. 직접 만든 코코넛 잎 접시에 꽃과 공양을 올리는 작업을 하는 그들의 옆에서 접시를 만들다가 엉 소질이 없는 나를 보고 엄마는 웃었다.

"그냥 옆에서 이거 먹으면서 구경해."

집에서 자주 듣던 말이었다. 뒤에 '그게 도와주는 거야'라는 말을 삼킨 건 아닐까, 생각하며 철없는 막내딸처럼 빵과 과일을 먹고 그들과 노닥거렸다.

발리의 기도 시간은 하루에 세 번, 새벽 4시 30분, 점심 전, 잠자기 전. 그들은 매일 신에게 기도를 올린다. 집마다 모두 기도를 드릴 수 있는 석상과 공간이 있다. 크기와 모양은 제각기지만 기도하는 마음은 한 길로 향한다. 돈보다 종교가 우선시 되는 나라인 발리에서는 기도 시간에 손님이 들어와도 일단 기도를 끝내고 응대한다. 회사에서도 기도 시간을 따로 마련해주고, 갈룽안 기간엔

보너스를 지급한다.

갈룽안 당일에는 기도가 더욱 정성스럽다. 전통의상을 입은 사람만이 사원에 들어가 의식을 치른다. 점심, 저녁 기도를 함께하기로 한 줄리와 엄마는 내 몫의 공양과 전통복을 준비해 주었다.
"어떤 소원을 빌어야 해?"
"네 소망, 그리고 신을 위해서."
어릴 적 친구네 교회에서 달란트 시장 떡볶이를 먹으러 따라가거나 과자파티를 한다고 했을 때 말고는 교회에 가본 적도 없는 나는 사원 안 현지인이 머리에 공양을 이고 있는 모습, 정신없이 기도에 열중하고 있는 모습, 강한 믿음이 있는 집단의 힘에 잠깐 압도되었다가 사람들의 거침없는 질문 세례에 정신을 차렸다. 사원 안 유일한 외지인을 본 그들은 내가 어디서 왔는지, 왜 왔는지, 옷은 잘 어울리는데 어디서 샀는지, 갈룽안을 원래 알고 있었는지…. 방금까지 숨소리도 내지 않고 기도를 하던 사람들이 맞나 싶게 그들의 호기심은 소란했다.

처음의 압도와 당황을 숨기고 나는 줄리와 엄마를 따라 하며 마치 이 명절을 위해 여행 온 사람처럼 굴었다. 오늘 아침 엄마에게 배웠던 '슬라맛 하리 라야 꾸닝안(행복한 명절 보내세요)'을 건네며 손으로 합장을 하고 오고 가는 사람들을 맞이하고, 배웅했다. 사원을 돌며 성수에 적신 쌀을 이마와 명치에 붙이고, 누군가 뿌려주는 성수를 맞았다. 엄마는 내 머리에 공양 바구니를 올려주었다. 바구니 안에는 성수가 들은 작은 병, 색색의 꽃 몇 송이, 동전 약간, 가족의 취향이 담긴 과일과 과자 같은 간식이 들어있다. 정수리를 묵직하게 누르는 건 사물의 무게보다 줄리와 엄마의 기도하는 귀하고 예쁜 모습인 듯하다.

집에 돌아간 이후 석상 앞에서 공양과 함께 기도를 한 번 더 올렸다. 갈룽안의 기도는 이제껏 발리에서 겪었던 어떤 기도의 절차보다 복잡했지만, 모든 행동이 자연스러운 그들이 감탄스러웠다. 마치 빨래를 하고 다 마른빨래를 개어 서랍에 넣는 것처럼 군더더기 없이 다음 할 일을 하는 모습, 매일 일상처럼 행하는 사람에게서만 풍기는 성실함이었다. 수십 년에 걸쳐 자연스러워졌을 그들의 세계를 나는 지켜보았다.

"줄리, 무슨 소원 빌었어? 보통 어떤 기도를 해?"
"나는 신께 감사하다고 해. 내게 매일 매일을 주신 것을, 오늘의 숨을, 오늘의 식사를 감사하지. 그리고 내가 아는 사람들이 건강하길 바라."
갈룽안 기간 길거리 곳곳에서 볼 수 있는 가로등 같이 긴 '펜조르' 장식의 뜻이 그의 기도와 일치한다. 신이 내려옴을 축복하고 대지와 모든 자연에 감사하는 의미. 이곳에서 지내는 동안 친해진 다른 친구에게도 같은 질문을 한 적이 있다.

"너는 어떤 기도를 해?"

"나는 카르마가 있기를 기도해."

"카르마? 리벤지를 말하는 거야?"

카르마를 듣자마자 나는 그가 어떤 나쁜 일을 겪었을까 싶어 걱정되었다. 하지만 그는 내 어설픈 걱정에 손사래 치며 설명했다.

"내가 하는 일들에 대한 카르마야. 내가 베푼 친절이 내 가족에게, 내 친구에게 돌아가길 바라는 마음이지."

내가 만난 발리 사람들은 대부분 이런 식이었다. 나는 어디서든 종교를 따로 가질 필요가 없었다. 나는 그들의 마음을 추앙했다. 신은 누구나 공평하게 사랑하지만 내 친구들은 나를 유난히 아껴주고 내 여행의 무탈을 위해 기도해 주었다. 눈에 보이지 않는 '신'이라는 존재보다 나의 안녕을 바라주는 그들이 내게는 더 신적인 존재처럼 느껴졌다. 그들은 때로는 무던하고 때로는 치열하게 일상을 살다가도 하루 세 번 감사하고, 누군가를 위해 기도 한다. 그들의 손끝에, 염원하는 마음에, 신이 깃들어 있다.

내가 떠나는 날, 줄리와 엄마, 아빠가 모두 나와 배웅해 주었다. '바이 도미, 다음엔 남편이랑 같이 와' 하고 포옹하는 엄마의 품이 따뜻했고, 아빠는 내게 인사를 하고 바쁜 걸음으로 출근했다. 낯설지 않았다. 엄마네 집에서 주말을 보내고 집으로 돌아가는 마음이랄까.

'신들의 섬'이라고 불리는 발리, 신이 사랑하는 섬이라고 한다. 아마 신들은 발리의 자연보다 그들을 사랑하는 것이겠지, 나처럼. 신이 깃든 이 섬, 신이 머물기에 좋은 사람들이 사는 곳, 그들 한 명, 한 명이 모두 서로를 위한 신이다.

*Bali

베트남
· 30박 31일 ·

무지 신고식

✳

게으른 인간이 받는 벌 중에 가장 큰 벌은 무엇일까. 쉴 틈 없이 몸을 움직여야 하는 나태 지옥이 이런 걸까? 아니다. 현실에서 게으른 인간이 받는 벌은 부지런한 인간이 내는 두 배, 세 배 이상의 비용 지불일 것이다. 내 주변의 누구도 베트남 비자를 받아서 갔다는 이야기를 들은 적이 없다. 왜냐하면, 그들은 15일 이상 머물지 않았기 때문이다! 어디를 가더라도 '대충 한 달쯤 머물면 되겠지' 하는 안일한 생각으로 여행을 시작하는 나는 떠나는 날이 내일인 지금에야 '베트남 한 달 여행 루트' 같은 걸 검색하다 15일 이상 체류 예정자는 단기 비자가 필요하다는 사실을 알았다. 가격은 25달러, 발급까지 보통 일주일쯤 걸린다는 단기 비자는 지금 내 상황에선 불가능한 일이었다. 분명, 나 같은 사람을 위한 제도가 있을 것이다. 아니, 없을 리가 없다. (제발, 제발…) 역시나 긴급비자

대행이 있었다. 발리에서 베트남까지의 편도 티켓보다 비싼 이 비자는 이 상황을 타파할 유일한 방법이었다. 비용은 120달러. 송금은 10초도 걸리지 않았지만, 마음은 조금 더 오랜 시간 쓰렸다. 자신을 책망했다. '여행을 이제까지 허투루 다녔지. 아주, 장하다 장해. 안 먹고 안 쓰고 구린 데서 자면서 아낀 걸 이럴 때 쓰냐' 무지함이 아주 당연하게 불러온 신고식, 나만을 위한 입장료!

내 여행을 객관적으로 보는 비판자도, 주관적으로 해석하는 열혈 팬도, 나를 떠나지 않는 유일한 조력자도 모두 나다. 이렇게 생겨 먹은 나와 평생 살아와서 이미 진절머리 난 나 자신, 다시는 살 수 없는 소중한 물건을 잃어버리고, 친구와의 약속을 잊어버리고, 정신없이 중요한 것을 놓치고 사는 나와 한평생 살다 보면, 돈으로 해결할 수 있는 일 정도면 손쉬운 해결이었다.

다시 나 자신을 다독였다. 그래 이 정도면 그나마 귀여운 정도의 실수다. 누군가에게 해를 입힌 것도 아니고 돈을 지급한 이후에 더 번거로운 일은 없잖아! 이럴 때 쓰려고 아낀 거다! 배는 주려도 마음 편해지는 데 쓰는 돈은 아끼지 말자. 일단은 모로 가도 서울만… 아니 베트남만 가면 된다.

불편한 여행

＊

친구가 '너같이 하릴없는 애가 딱' 좋아할 거라며 추천해 준 베트남의 북쪽 끝, 중국과 국경을 맞대고 있는 하장의 하장루프 오토바이 투어. 문명이 닿지 않은 그곳은 베트남의 '그랜드 캐니언'이라고 불리는 협곡, 푸른 강이 흐르는 댐, 익룡이 날아다닐 법한 거친 숲을 가진 해발 1,000m의 산속이다. 산 옆구리를 따라 구불거리는 루프(길)를 오토바이로 매일 100km 넘게 이동한다. 대자연 속에서 최대 속도도, 최소 속도도 없이 자신만의 속도로 달리는 일. 하루 여섯 시간, 여덟 시간의 이동 후 골짜기 깊은 곳에 있는 어느 숙소에서 사흘 밤을 보낸다.

그러나 '하루 종일' 달리는 일은 생각보다 낭만적인 일은 아니다. 하루 대부분을 이동하는 데 쓴다는 건, 엉덩이와 허리가 일궈

낸 시간이다. 어릴 적 방방에서 신나게 놀고 땅에 내려오면 땅이 흔들리고, 다리가 진동하는 것처럼, 하루를 마치고 오토바이에서 엉덩이를 떼어놔도 엉덩이가 덜덜거렸다. 엉덩이의 뼈들이 제멋대로 돌아다니는 기분이 들어서 제자리에 잘 있나 몇 번이나 만져봐야 했다. 흙과 돌이 무성한 구불 길을 하루 반나절, 약간 포장된 도로를 가는 일은 한두 시간 정도, 식사를 위해 잠시 내려서 의자에 앉기라도 하면 푹신한 치질 방석이 간절했다.

그날은 60km쯤 갔을까, 먼지 가득한 구불 길을 달리다 쉬어가는 틈에 메밀꽃을 파는 한 소녀를 만났다. 메밀꽃이 한가득 든 파란 플라스틱 바구니를 등에 멘 소녀는 초등학교 2, 3학년 정도 되어 보였는데, 나도 모르게 인사도 하지 않고 대뜸 소녀를 향해 말했다.

"씬 뎁!(예뻐!)"

내가 겨우 익혀간 몇 개 되지 않는 베트남어였지만, 소녀는 알쏭달쏭한 미소를 지으며 내게 메밀꽃으로 만든 화관을 내밀며 알아들을 수 없는 말을 했다. 베트남은 54개의 소수민족으로 이루어진 나라로 모두가 고유한 언어와 문화를 가지고 있으며, 북쪽 하장루프를 따라서는 흐몽족이 살고 있다. 그들의 언어는 번역기를 사용할 수 있는 언어도 아니었다. 길잡이 리더인 H가 없었다면 오토바이의 기름을 넣기는커녕 밥도 먹지 못했을 것이다. 아무튼, 나는 그냥 한국말을 하기로 했다. 그 사람이 쓰는 언어에는 각자의 냄새와 색깔이 있어서 오감을 열고 나면 차라리 그편이 뜻이 더 잘 통했다.

"너, 웃는 거, 예뻐! 엄청!"

나는 소녀 옆에 앉아 눈을 맞추고 손으로 열심히 웃는 입 모양을 만들어 보였다. 그러자 소녀는 까르르 웃었다. 싱그러운 초록의 향기를 뿜어내며 흐몽족의 언어로 내게 짧게 말했다. 우리를 지켜보고 있던 H에게 물었다.

"고맙대?"

H는 고개를 끄덕였다. 소녀와 나는 코를 찡긋거렸다. '교신 성공'임을 우리 둘 다 알고 있었다.

H는 소녀와 몇 마디 나누고 내게 설명해 주었다.

"매일 집 앞 메밀꽃을 따와서 여기 오는 사람들에게 파는 거래."

노란색 전통복을 단정하게 입고 머리에 파란 두건을 두르고 있는 모습은 확실히 전문가의 유니폼이었다. 소녀 주변에 있는 몇 명의 아이도 비슷한 복장으로 초록색 바구니에 든 유채꽃이라든가, 갈색 바구니에 든 분홍색 꽃을 팔고 있었다. 아니 '보여주었다'가 맞겠다. 아이들은 바구니를 내려놓고 뛰어다니며 놀거나 꽃으로 화관을 만들어서 쓰고 있었다. 그들 자체가 꽃과 너무나 잘 어울리게 화사했다. 아이들은 그저 자신들이 꽃과 함께하는 모습을 보여주었고, 여행객은 홀린 듯 그들 곁에 모여 구매하거나 나처럼 곁에 앉았다. H는 헬멧을 쓰며 가야 할 시간이라고 알려주었다.

"안녕! 잘 지내!"

나는 손을 크게 흔들었고, 소녀는 풋풋한 미소로 배웅해 주었다.

또 어느 날 우리는 어떤 산골짜기 계곡을 향해 달렸다. 도로 옆
엔 계단식 논이 끝없이 이어져 있다. 그것을 가꾸는 것 또한 그들
이다. 다소 느린 소에 크고 뭉뚝한 장치를 연결하고 흙을 고른다.
하루에도 몇 번이나 그 장면을 마주했다. 소와 함께 일하고 있는
농부도 그리 크지 않은 아이이다. 오토바이를 타고 가다 서로 눈
이 마주치면 손을 흔들어 주는 것이 꼭 시내버스 기사님들만의 인
사와 같았다.

계곡에서 다이빙을 하거나 맥주를 마시는 사람들 사이를 지나
아이들 옆에 자리를 잡았다. 그들은 나름의 낚시팀으로 보였다.
가장 어린아이는 돌을 들어 미끼가 될 지렁이를 가지고 오는 일,
대장격으로 보이는 아이는 제법 튼튼해 보이는 나뭇가지에 줄을
연결한 수제 낚싯대를 가지고 물고기를 낚는 일, 그 옆을 보조하
는 아이는 물고기가 잡히면 잽싸게 바구니로 옮기는 일을 했다.
바지를 야무지게 걷어 올리고 물고기가 많아 보이는 자리로 첨벙
첨벙 옮겨가며 열중하고 있는 모습이 아주 진지해 보였다.

메밀꽃을 등에 멘 소녀, 소를 끄는 아이, 낚시하는 아이들의 천
연덕스럽게 진지한 모습은 화가 장욱진을 떠올리게 했다. 그의 책

『강가의 아틀리에』에서 이렇게 이야기했다. '화가는 재료에 끌려 가서는 안 돼요. 재료를, 소재를 끌어들여야지, 거기에 질질 끌려 다니면 안 돼요. 캔버스 대 기름 그렇게 하는 게 그림이다, 그러는 데 그게 아녜요. 자기 체질에 맞는 재료를 뭐든지 끄집어들여야 지' 삶으로 치면 먹고사는 문제지만 그림쟁이에겐 소재인 것들. 무엇에도 휘둘리지 않은 채 자신을 잃지 않은 그의 모습과 자연에 녹아서 그 방법대로 살고 있는 아이들의 모습이 겹쳐 보였다.

그들의 공간에서 함께 잠을 자고, 그들이 가꾼 논에서 숨을 고 르고, 그들 곁을 달린 날들은 내게 굉장히 불편했다. 나는 이제 불 편함을 그냥 사랑해 버린다. 내가 하고 싶은 일에는 늘 불편함이 따라오니까. 비행기 타고 한 번에 가는 대신 버스와 기차를 타고 돌아가는 길, 번듯하기보다 여럿이 부대끼는 숙소, 배낭을 메고 하는 여행, 걸어서 넘는 국경, 노란색 메신저는 두고 수고스럽게 보내는 엽서, 골목 사이 작은 서점에서 종이로 된 책을 사는 일…. 불편 안에는 변수와 결점이 있고, 나만이 아는 과정이 있다. 불편 한 여행을 한다는 것, 시간을 들여서 굳이 귀찮아진다는 것은 이 제 내게 속절없이 좋아할 거라는 말과 동일하다.

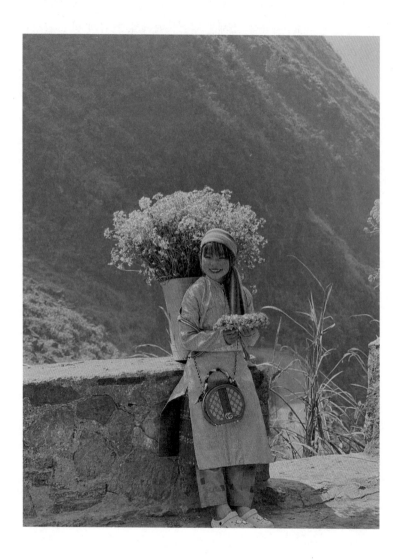

칵테일

＊

칵테일을 마시는 것을 동경한다. 섹시한 일이라고 생각했다. 술마다 잔의 모양이 제각기인 것도, 메뉴의 어려운 이름도, 열중해서 칵테일을 만드는 바텐더의 표정과 언제나 어두운 조명도 그 이미지에 한몫한다. 칵테일이나 위스키에 대해서 '이건 이래서 향이 이렇고, 저건 저래서 색이 저렇고'를 알려주는 이들은 진중하고 취향이 확고했으며, 따라다니면 항상 술은 물론이고 모든 방면에서 만족스러운 경험을 했다. 그들을 좋아하고 동경하는 것처럼 그 술을 마시는 행위도 함께 동경했다.

칵테일은 맥주처럼 단숨에 마신다고 갈증을 해소할 수 없다. 맥주는 잔을 다 비운 다음의 쾌감이 있지만, 칵테일은 잔을 다 비우면 아쉽기만 하다. 또, 홀짝홀짝 마신다고 해서 소주처럼 금세 취

하는 것도 아니다. 서서히 물들어간다. 애초에 취하려고 먹는 것
도 아니지만 말이다. 칵테일의 비싼 가격은 오히려 한 모금씩 음
미하게 도와준다. 특별히 안주가 필요하지 않다는 점도 아주 마음
에 든다. 클럽은 어딜 가나 사람이 많고 시끄럽다. 카페는 혼자 시
간을 보내기에 나쁘지 않지만, 조명이 너무 밝고 어딘가 정적인
분위기이다. 혼자 가도 이상하지 않을 만큼 여러 사람이 섞여 있
으면서, 책을 펼쳐도 이상하지 않은 칵테일 바는 여러모로 아주
적절하다.

『위대한 개츠비』에 나온 청량한 민트 줄렙, 『인간 실격』에 나온
독한 압생트, 『1Q84』에 나온 짙은 커티삭의 맛을 상상하듯 문을
여는 일부터 어떤 소설이 시작되는 것 같다. 이제 막 도착한 여행
지 숙소 근처 골목에서 발견한 바에 들어가 술을 시키는 주인공이
첫 장면으로 등장하는 소설 한 편을 머릿속에 써 본다. 주인공이
술을 들이켠 이후에 진행되는 이야기가 로맨스가 될지, 스릴러가
될지는 아무도 모른다. 현실의 나는 메뉴판을 한 번 훑고 나서 고
심하는 척한 후 가장 저렴한 메뉴를 시키는 신세지만, 칵테일 바
에 앉아 있다 보면 여러 장르의 장면을 끝없이 마주하고 다음을
상상할 수 있다는 점에서 소설 속에 들어와 있는 것과 같다.

본격적으로 칵테일 바의 매력에 빠진 건 호찌민에서였다. 호찌
민은 내가 상상했던 것보다 훨씬 더 도시였다. 베트남 최대의 상

업 도시, 자연도, 논도, 밭도, 전통복을 입은 사람도 없다. 다만 수많은 직장인과 도로를 점령한 오토바이가 있었다. 복잡한 교통 상황과 바쁜 사람들의 모습, 관광객들이 섞여 있는 모습이 서울처럼 보이기도 했다. 관광도, 미술관도, 카페도, 맛집도, 엽서 보내기도, 빈티지 숍을 다니는 일 모두 마치 친구나 가족들이 빠진 일상을 사는 기분이었다. 도시에서의 여행은 익숙하고 일상적이었다. 색다른 일은 매일 다른 길로 집에 돌아가는 일뿐이었다. 그러다 길을 잃으면 더 좋았다. 집에 돌아가는 시간을 의도적으로 늦추고 행운을 만날 일을 기대했다.

그러나 행운은 운명처럼 다가오지 않았다. 낯선 밤거리에 아무 술집의 문을 열고 들어가서 만족할 적은 확률에 기대고 싶지 않았다. 나는 배부른 끼니 가격만큼 쓸 각오를 하고 확실히 괜찮은 곳에 가고 싶었다. 지도를 켜고 위치가 멀지 않고, 가게의 크기가 크지 않으면서, 가격이 적당하고, 사진에 보이는 인테리어는 마음에 쏙 들지만, 일부러 후기는 많이 없는 곳으로 선택했다.

2층에 위치한 '더 루저 바(The Loser Bar)'는 강렬했다. 빨간빛을 내는 외부 간판, 칠이 벗겨져 가는 계단에 적힌 'PLEASE, DON'T MIX LONELINESS AND ALCOHOL(제발 외로움과 알코올을 섞지 마세요)' 네온사인, 내부의 어스름한 촛불까지 내가 상상한 도발적인 칵테일 바의 모습 그대로를 옮겨놓은 듯했다. 스리피스 정장을 입고 있는 바텐더의 모습과 데님 셔츠에 운동화를 신고 라이브를 하는 가수도 오묘하게 잘 어울렸다.

바텐더가 내민 메뉴판에는 발음하기 어려운(민망한) 메뉴들이 자리 잡고 있었다. dear ex(x에게), overthinking kills your happiness(과도한 생각은 당신의 행복을 죽인다.), you still love me?(여전히 나를 사랑하나요?), broken dream(부서진 꿈)… 조금 덜 루저처럼 보이고 싶었지만 메뉴 이름을 자신 있게 말하는 것부터 무리였다. 어쩔 수 없이 바텐더에게 가장 달달한 메뉴로 추천해달라고 했다. 따로 마련된 무대 없이 가수는 바에 앉아 사람들을 보며 노래했다. 모두 그녀를 향해 앉느라 비어있는 바의 끝에 자리 잡은 나는, 그녀의 등 뒤에서 시선을 함께 느꼈다. 어두운 그곳에 촛불이 일렁일 때마다 사람들의 모습이 스치듯 보였는데, 혼자 온 이도, 함께 온 이도 그 음악과 분위기에 취한 듯 몽롱해 보였다.

바텐더는 진한 초록의 칵테일을 주며 물었다.
"여기 찾기 어려운데, 어떻게 알고 왔어?"
"지도 보고 찾았어! 인테리어가 가장 마음에 들면서, 후기가 많이 없는 곳으로 찾아왔어."
"하하. 여기 인테리어 다 내가 직접 한 건데, 마음에 든다니 좋네. 고마워."
유일한 바텐더이자 사장인 그는 열중해서 다른 칵테일을 만들다 말고 생각이 난 듯 다시 돌아와 잔 옆에 포춘쿠키를 슬쩍 놓아 주었다.

"무슨 말이 쓰여 있을지 나도 몰라. 네 거야."

포춘쿠키를 실제로 열어보는 건 처음이었다. 괜히 긴장되는 마음으로 비닐을 열고 쿠키를 반으로 갈랐다. 'Your new skills will be useful in many ways(너의 새로운 능력들이 여러모로 유용할 거야)' 달큰한 초록 칵테일과 잘 어울리는 달콤한 말이었다. 한동안 지갑 안쪽에 넣고 다니던 그 점괘는 여행을 다니면서 낡아지고 찢어졌지만 헤지지 않는 어떤 조각은 마음 안쪽에 여전히 남아있다.

이후 호찌민에서 지내는 동안 여러 칵테일 바를 탐했다. 라이브 재즈 칵테일 바에서 눈물을 흘린 적도 있다. 딱히 슬픈 일이 있는 것도 아니었지만, 가수의 목소리가 어떤 이별 장면을 상상하게 만들었고, 바텐더는 내 앞에 자기가 키우는 물고기가 든 어항을 놓아주었다. 도움이 될 거라면서.

오히려 혼자 조용히 있고 싶었던 날에 갔던 칵테일 바는 유난히 밝은 형광등이 켜져 있었다. '시 동호회'의 오픈 발표회 날이라고 한다. 나는 또 끝에 앉아서 혼자 책을 펼쳤는데, 발표가 시작되고 나니 도저히 책에 집중할 수 없었다. 흥미로운 단어들이 귀에 꽂혔다. 90%의 시어가 발표자의 애인을 묘사하는 사랑의 언어였다. 잘 알아듣진 못했지만, 워낙 생생하게 표현한 탓에 밀회를 훔쳐보다 들킨 것처럼 화끈거렸다. 다른 사람들의 시도 마치 일기 같이 자신을 표현하는 말이었다. 모든 발표가 끝나고 졸지에 유일한 관광객이 된 내게 주최자인 '데이먼'이 어땠냐며 물었다.

"시보다는 에세이라고 느껴질 만큼 솔직했고, 신선했어."

"틀린 말은 아니야. 우린 형식이 없거든. 마치 단어 사이를 수영하는 것과 같아."

칵테일을 마시는 일을 여전히 동경하지만, 섹시하지만은 않다는 것을 안다. 칵테일 바에서는 어떤 일이 일어나도 이상하지 않다. 똑같은 하루를 보낸 어느 날 밤을 특별하게 마무리하기에 이보다 좋은 장소를 찾기도 어렵다.

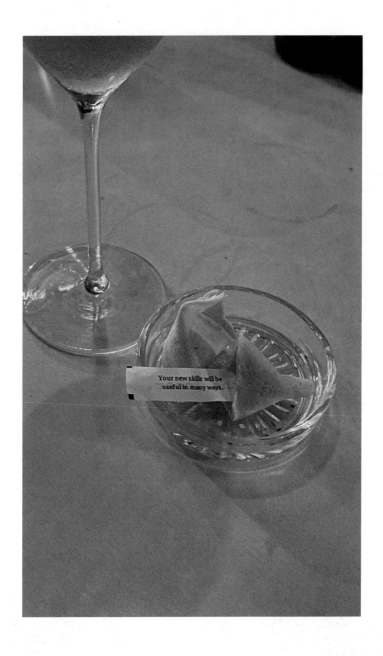

Your new skills will be
useful in many ways.

인도
· 7박 8일 ·

하기 싫은 일을
하지 않을 자유

✳

나는 박애주의자이며, 평화주의자임을 고백한다. 싫은 소리를 해
야 할 때면 메모장에 먼저 써보거나 수십 번의 시뮬레이션을 돌려
본다. 누군가는 해야 할 일인데 꼭 한 명이 나타나지 않는다면 주
로 내가 되는 편이다. '조장 하실 분?' 같은 것 말이다. 그런 의미에
서 가장 피하고 싶었던 나라는 인도다. 매일 같이 쏟아져 나오는
여행 정보 속에서 가장 불호가 많은 곳. 길을 걷기만 해도, 아니 숨
을 쉬기만 해도 싸움이 붙는 나라가 아니던가. (아니었다.)

가고 싶은 나라와 이유를 써보았다.
네팔: 언젠가 가보고 싶었음.
파키스탄: 소문으로만 듣던 훈자에 가보기 위해.

+India

가고 싶지 않은 도시와 이유를 써보았다.

인도 : 위험하다고 만류하는 사람이 많음.

쓰고 났더니 이렇게 볼품없을 수가 없었다. 가고 싶은 이유나 가고 싶지 않은 이유나 그게 그거다. 메모장에 적을만한 인도를 가지 않을 이유는 모르는 사람에게 들은 것뿐이다. 그리고 그들도 어딘가에서 들은 것이겠지…. 아무튼 싫었다. 가고 싶은 데에 이유가 필요하지 않은 것처럼 가기 싫은 것도 이유가 필요 없을 수 있지!

그러나 호찌민에서 파키스탄에 갔다가 돌아오는 길에 네팔에 가는 루트는 인도를 거치지 않고서는 불가능에 가까울 정도로 비효율적인 루트만 나왔다. 비효율적이기만 하다면 망설임 없이 선택할 텐데 비싼 금액까지 더해지니 예약을 할 수가 없었다. 비행 앱은 자꾸 효율적인 루트를 추천해 주었다. 얄궂은 인공지능 시대여.

인도는 따지자면 태국이나 두바이 같은 경유지의 허브였다. 인도까지는 30만 원도 안 되는 저렴한 직항 비행기가 버스처럼 10분에 한 대씩 있었다. 파키스탄과 네팔 모두 인도와 국경이 맞닿아 있어서 인도로 들어가서 기차를 타고 끝까지만 간다면 저렴하게 기차나 버스로 국경을 넘는 일은 당연히 가능할 것이다. 아무런 정보 없이 인도에 떨어뜨려 놔도 그 정도는 손쉽게 할 수 있다. 그렇지만, 그냥 가기 싫은 걸 어쩌리….

회사 다닐 때 선배는 내게, 풀리지 않는 일을 누군가에게 시킬 때 가장 게으르고 하기 싫어 보이는 사람에게 시키라고 했다. 그러면 가장 효율적이고 빠른 방법으로 해결해 올 것이라고. 그땐 무슨 말도 안 되는 소리를 하나 싶었는데, 지금 내 상황이 딱 그랬다. 기를 쓰고 모든 방법을 찾아봤지만 인도를 피해 갈 재간이 없었다. 하고 싶지 않은 것을 하지 않는 게 자유라고 했나. 그렇다면 내게 인도를 피해갈 자유가 없었다.

형체 없는 미움

*

"하루만 더 있다가 간다고? 대체 왜?"

"저는 여기서 버스 타고 내일 새벽에 네팔로 넘어갈 거거든요."

"어제 왔다고 하지 않았어?"

"네, 맞아요."

'별수 없었거든요'라는 말을 꾹 삼켰다. 이곳을 여행 목적지로 삼은 사람들은 도착한지 이틀 만에 바로 네팔로 떠난다는 나를 뜯어말리고 있었다. 일단 계획을 다시 한번 점검해 봤다. 내일 카트만두로 간다. 끝! 점검할 계획이란 게 언제는 있었나. 일단 이곳을 벗어나는 게 계획이자, 목표다.

어제 오후에 도착한 인도의 바라나시. 운이 좋게도 숙소 바로 앞 티켓 사무실이 열려있었다. 반지하의 2평짜리 그곳을 들어가자마자 "카트만두로 가는 가장 빠른 티켓 줘!"라고 외치고 4만 원에 구매했다. 깎아보려 했지만, 주인은 가격이 적힌 화면을 얼핏 보여주며 '거의' 정가라면서 단호하게 거절했다. 주인 옆에는 '사기 안 쳐서 안심하고 환전할 수 있었어요', '유심이 저렴해요', '덕분에 기차 티켓 싸게 잘 샀어요' 같은 후기들이 벽지처럼 붙어 있었다. 비록 2013년, 2016년, 2018년… 오래된 이야기이긴 했지만 오랜만에 본 한국말에 믿음을 실어보기로 했다.

"좋아 그럼 유심을 살 테니까, 좀 깎아줘."
"알겠어, 그럼 사진 찍어야 하니까 여기 앉아."
유심 등록에 필요한 사진은 깔끔한 흰 배경의 증명사진. 그들은 다 찢어져 가는 의자 위에 나를 앉히고 내 등 뒤로 흰색 수건을 펼쳤다. 유리로 된 문에 나의 모습이 흐릿하게 비췄다. 증명사진과 얼추 비슷하기도 하고, 배경 들어올리기에 열중한 직원이 이리저리 수건을 옮기는 모습에 씰룩거리는 입꼬리를 겨우 붙잡았다. 그렇게 숙소 앞에서 유심과 버스 티켓을 한 번에 해결했다. 뭐야, 인도 탈출 쉽네?

다시 눈앞에 사람들에게 집중했다. 내 대답 한 번을 그냥 넘어가는 일이 없는 C는 오늘 동네 산책 중에 만난 한국인이다. 나는 산책 중에 '간택' 당했다. 나 말고도 간택당한 한국인이 네 명이나 더 있었다. 긴 머리를 상투처럼 틀고 생활한복을 입은 국어 선생

님처럼 인도 항아리 바지를 입고 있는 C는 바라나시 골목대장이
었다. 다른 사람들 이야기를 들어보니 모두 비슷한 간택 과정을
가지고 있었다. 그가 카페테라스에 앉아 있다가 지나가는 사람 중
에 한국 사람처럼 보이는 사람들에게 말을 걸어서 모두 저녁에 초
대를 한 것이다.

처음 내게 말을 걸었을 때 나는 그 카페 앞 전깃줄에 매달려 있
는 원숭이를 신기하게 구경하고 있었다. 간단한 질문으로 시작한
대화가 진행될 때마다 그의 표정이 원숭이를 본 나의 표정처럼 실
시간으로 변해가는 통에 민망했다.

"이따가 6시에 메인 가트에서 만나요."

"가트가 뭐예요?"

(가트: 겐지스강변과 맞닿아 있는 계단. 메인 가트는 그중에서도 만
남의 광장)

"그럼, ㅇㅇ카페로 와요."

"ㅇㅇ카페? 거긴 어디에요?"

(바라나시에서 가장 유명한 카페)

그는 새로운 종족을 발견한 듯 나를 뜯어봤다. 나는 '알아서 잘
찾아볼게요! 이따 저녁때 봐요!' 하고 도망치듯 빠져나왔다. 산책
을 끝내고 시간에 맞춰 약속 장소에 가보니, 모두 비슷하게 어제,
오늘 도착한 한국인들이었다. 대체 다들 어떻게 인도를 오게 됐을

까? 궁금하던 찰나에 대답을 들을 수 있었다.

"곧 홀리 축제인데, 그건 보고 가야지."

"홀리 축제? 그건 또 뭔데요."

나는 앵무새처럼 그의 말을 반복하는 게 전부였는데, 이번엔 C 뿐만 아니라 자리에 있던 모든 사람의 경악을 볼 수 있었다. 누군 가는 이 축제를 위해 한국에서부터 연차를 내고 왔고, 누군가는 세계여행 중 루트를 수정했다고 한다. 아빠와 아들이 함께 여행 온 부자도 있었는데, 그들은 사정상 딱 홀리 축제 전날에 떠난다 면서 정말 아쉽다고 대신 즐겨 달라는 말을 하기도 했다.

누군가 홀리 축제의 설명과 사진을 보여주었다. 힌두교 전통 봄 맞이 축제로 스페인 토마토 축제, 독일 맥주 축제처럼 그 나라를 떠올리면 따라오는 대표적인 축제였다. 색색의 가루를 뒤집어쓰 고 있는 사람들의 사진을 보니 어떤 유명 유튜버의 영상에서 본 기억이 떠올랐다.

"거짓말… 그게 이번 주라고요? 세상에!"

차라리 거짓말이었으면 좋겠다. 인도에 있을 이유를 만들고 싶 지 않았는데…. 이미 그들은 홀리 축제 때 어떤 곳이 메인 축제 장 소인지, 옷을 어떻게 입어야 하는지 같은 이야기를 하고 있었다. 어쩐지 한국 사람이 많더라니……

심란한 마음으로 돌아가는 길에 늘 늦게까지 열려있는 티켓 사무실로 향했다.

"혹시 티켓 날짜 변경이 가능해?"

"응, 언제로 해줄까?"

"홀리 축제 끝난 다음 날… 자리 있어?"

사실은 자리가 없기를 바랐다. 내 의지대로 인도에 남는 결정을 하기엔 아직 확신이 서지 않았다.

"자리 있네. 내일 자정에 출발하는 거니까, 내일 오후까지만 이야기해 줘."

가격을 깎아달라고 하는 일만 아니면 그는 언제나 친절하고 아량이 넓었다. 내게 아무것도 묻지 않은 채 어린아이 달래듯 책상에 있는 과자 몇 개를 손에 쥐어 주었다.

아직도 결정하지 못한 채로 숙소 계단을 터덜터덜 올라가는 등 뒤로 숙소 주인이 불러세웠다.

"왔어? 오늘 하루 어땠어?"

"별일 없었어! 고마워."

"맥주 좋아해?"

그는 빨간색 맥주를 내게 주며 인도에서 가장 맛있는 맥주라고 했다. 'KINGFISHER(킹피셔)'라고 쓰여있는 맥주캔은 금방 냉장고에서 꺼낸 듯 물기가 잔뜩 맺혀있었다. 나는 금방 화색이 되어 인사를 하고 방으로 올라가 티켓 사무실 주인이 준 과자를 안주 삼아 맥주를 땄다. 내가 아는 인도에 대한 정보라고는 딱 하나, 식당에서 술을 팔지 않는다는 것이다. 이렇게 귀한 걸 우연히 만나다니, 내일 떠나기 전에 주인에게 다시 한번 감사 인사를 해야겠다고 생각하며 한 입 마신 나는 티켓 사무실로 달려가서 네팔로 가는 티켓을 산산조각 낼 뻔했다.

'아, 이렇게 맛있는 맥주라면 인도에 살 수도 있겠다.'

빨간색 킹피셔 맥주캔에 그려진 우아한 날개를 가진 파랑새 아래엔 'strong'이 적혀있었다. 지난 몇 달간 마시지 못한 고국의 맛을 이 스트롱 킹피셔 맥주 한 캔에서 찾을 수 있었다. 고소한 보리 맛으로 시작해서 알싸하게 치고 올라오는 끝맛까지 이건 분명 소맥이다! 도수를 확인해 보았다. 8도. 도수도 어쩜 이렇게 적당한지! 이것이 한국에 수입된다면 소주와 맥주를 섞어서 마시는 귀찮은 일을 그 누구도 하지 않을 것이다.

인정해야 했다. 나는 인도를 미워하려 성실히 노력했다. 혹시나 카레가 입맛에 맞으면 어쩌나 싶어 한식만 먹었고, C가 입은 바지가 아주 예쁘다고, 마음에 든다며 어디서 샀냐고 물어보고 싶은 마음을 참았다. 누군가 불친절하게 대하면 '그러면 그렇지!' 하고 냅다 미워할 생각이었는데, 시비를 거는 사람은커녕 내가 카메라를 들면 웃어주거나 부끄러워했다. 미운 마음가짐이었기에 그들의 사원도 들어가지 못했다. 평소 다른 나라라면 '축제'라는 단어에 어떤 이유도 붙이지 않고 남아있었을 텐데, 버스의 자리가 없기를 간절히 바랐다. 거품이 넘쳐 버린 맥주처럼 넘친 마음을 주워 담을 수 없었다.

아직 사랑에 빠진 건 아니지만 우리 사이를 '알아가는 사이'로 발전시키고 싶은 마음이었다. 그렇다. 미워하는 이유를 찾으려는 데 나는 실패했다. 형체가 없는 미움은 허물어지기도 이리 쉽다. 내일은 티켓을 바꾸고 예쁜 바지를 한 벌 산 다음에 맥주를 잔뜩 마실 것이다.

일상의 바라나시

＊

숙소 앞 슈퍼에서 주인이 끓인 300원짜리 짜이로 아침을 대신한다. 당연히 배는 차지 않지만 괜찮다. 곧 '철수 카페' 점심 식사 회동이 있을 것이다. 누구도 정확한 약속 장소와 시간을 말하지는 않았지만, 그곳에 가면 분명 두세 명쯤 식사를 하고 있겠지. 익숙한 사람이라면 자연스럽게 함께 하고, 처음 보는 사람이라면 오늘 하루는 더욱 흥미로울 것이다. 그곳은 아주 오랫동안 운영해 온 학교 앞 떡볶이를 파는 분식집 같아서 여행 선배들의 흔적이 벽에 가득하다. 사장인 '철수 씨'에게 보내는 편지, 이곳을 방문한 누군가에게 쓰는 편지, 자신에게 하는 다짐, 어떤 고백, 인도 여행을 시작하는 기대감, 인도 여행을 끝낸 간증, 누군가의 증명사진과 단체 명함… 사장님인 철수 씨는 한국어 마스터이자 바라나시의 비공식 안내자이다.

바라나시를 방문하는 여행자는 으레 철수 씨가 진행하는 보트 투어를 참여한다. 한국인 사부님께 전수받았다는 칼칼한 김치 수제비를 먹고 오후에 하는 보트 투어를 예약했다. 철수 카페에 문을 나서니 벽에는 노란색 배경에 글씨라고 하기보다 그림이라고 하기 알맞게 '철수 카페 한국음식저문점'이라고 그려져 있었다. 며칠 전부터 아주 신경이 쓰이는 저 '저문점'을 오늘은 꼭 전문점으로 칠해버려야지 생각하며 골목으로 진입한다.

바라나시의 골목은 아주 좁고 복잡하다. 가게들이 지도에 정확하게 표시되어 있지 않음은 물론이고, 그곳에서는 데이터도 잘 터지지 않는다. 표지판도 제대로 없고, 벽에 대충 그려진 화살표만이 우리를 목적지로 안내한다. 길에는 고함, 클랙슨 소리가 먼지와 함께 늘 떠다니고 있다. 원숭이는 지붕과 전깃줄 위에, 소와 개는 길에 누워있다. 그들의 대소변 냄새, 오래된 치즈 가게 냄새까지 뒤엉킨 모든 것들이 혼란스러웠다. 가끔 여행지의 생생한 오감이 그리워질 때가 있다. 발리의 노을이 비치는 바다의 붉은 빛깔, 파리의 새벽녘 빵 냄새, 태국 시장에서 사람들의 흥정 소리 같은…. 바라나시의 이 혼잡함도 그리워질까?

가트를 지나(이제 눈 감고도 메인 가트를 찾아갈 수 있다.) 오늘의 새로운 카페를 찾아간다. 에어컨은 없지만 와이파이가 있는 카페, 에어컨은 있지만 와이파이가 없는 카페, 아무것도 없지만 커피가 맛있는 카페, 모든 게 갖춰져 있지만 주인이 불친절한 카페 등으로 나눠서 우리끼리만의 지도를 만든다.

저녁에는 빨간색 킹피셔 맥주를 사러 간다. 바라나시의 리큐르 숍(술을 파는 가게)을 찾는 법은 아주 쉽다. 지나가는 길목에 가장 시끄럽고, '뭐 하는 곳이길래?' 싶은 생각이 들게 사람이 많이 모여 있는 곳, 그곳이 바로 술 파는 곳이다. 이렇게 다들 환장하고 살 거면 대체 이 나라는 왜 술을 금지해 놓은 거야? 의문을 가지는 대신 그들과 함께 철창 안으로 처절하게 돈을 넣으며 외친다. "깁 미 킹피셔!" 인도에서 가장 바보 같은 일은 뒷짐 지고 순서를 기다리는 일이다. 처음엔 순서가 올 때까지 뒤에서 기다려 봤지만 이런 식이라면 내일이 와도, 아니, 인도를 떠날 때까지 내 순서는 돌아오지 않을 것 같았다. 그들 사이에 끼는 것 이외에 방법은 없다.

하지만 주의해야 한다. 함부로 끼어들었다가는 당신의 엉덩이가 공공재가 될 수도 있기 때문이다. 처음엔 누군가의 실수라고 생각될 만큼 가볍다. 하지만 두어 번 반복된다. 이 축축한 기운이 다분히 의도적인 손놀림이라는 것을 알아챈다. 나는 처음 인도에 가졌던 미운 마음을 여기에 쏟기로 한다. '옳다구나, 잘 걸렸다!' 영어와 한국어 욕을 찰지게 섞어서 소리친다. "이 개…! 더러운 손 어디에 댔어! 어디 한번 해볼래?" 만진 이의 연기는 대상감이다. 천연덕스럽게 두 손을 어깨 위로 들어 올리며 모른 척으로 일관하며 '아니다', '언제 그랬냐'며 끊임없이 재잘댄다. 인도에서 자란 이들은 누군가가 사과하는 모습을 보고 자라지 않은 것이 분명하다. 한 번에 인정하는 법이 없다. 그들은 잘못되었음을 알게 되면 사과하는 대신 말수가 적어진다. 우리의 소란에 주변에서 눈으로 보내는 질타가 느껴지면 만진 이도 슬쩍 조용해진다. (이것은 사람이 아주 많은 곳이라 가능한 방법이다.) 어떤 이들은 함께 욕해주기도 한다. 여행자는 신고 같은 복잡한 절차보다 이 정도로 만족하기로 하고 유유히 현장을 빠져나온다.

전리품 같은 맥주를 숙소에 두고 갠지스강 투어를 위해 철수 씨네 보트에 올라탄다. 철수 씨 보트는 갠지스강에 떠 있는 여러 척의 배 중에서도 손에 꼽게 멋져 보였다. 그것은 한국말을 잘하는 인도인의 위엄을 보여주었다. 철수 씨는 보트를 출발시켜 갠지스강을 떠다니면서 바라나시의 뜻이 무엇인지, 갠지스강이 인도인에게 어떤 의미인지, 수십 개의 가트가 세워져 있는 까닭, 인도의 장례 문화와 제도에 대해 차근히 설명해 주었다. 그는 분식집 사장님에서 연식 있는 가이드의 모습으로 변모했다. 그는 어떤 질문에도 막힘없이 대답해 주는 프로페셔널한 가이드였다. 화장터에 왜 여성이 없는지 궁금하다는 나의 물음에 그는 '눈물' 때문이라고 했다. 힌두교는 윤회를 믿는다. 인도인에게 죽음은 그저 육신이 사라지는 것에 불과하지만, 갠지스강에서 화장하는 것은 영원한 윤회의 고리를 끊은 것이다. 세계의 모든 힌두교인이 이곳에서 해탈을 약속받고 싶어 한다. 다른 곳에서 화장을 해도, 유골만큼은 꼭 갠지스강에 뿌린다고 한다. 장례 때 상대적으로 남성보다 여성, 특히 부인과 어머니는 어쩔 수 없이 눈물을 많이 흘린다고 하여 애초에 출입을 금하는 경우가 많다고 한다. '마더 강가', 어머니의 강이라 불리는 이곳에 유골을 뿌린다. 강 반대편에서 아이들은 물장난을 치고, 어떤 이들은 목욕을, 빨래를 한다. 자애로운 어머니 품에서 사라지는 일생의 끝과 이어지는 일상을 배 위에서 모두 지켜볼 수 있다.

투어를 끝내고 다시 철수 씨 가게로 돌아가 양념치킨을 포장한 후(한국과 비교해도 손색없는 맛이다.) 미로 같은 골목 사이를 지나 숙소에 돌아와 킹피셔 맥주와 먹는다. 그리고 핸드폰을 켜서 적당한 눈요깃거리를 찾는다. 조회수와 시청률이라는 숫자로 평가되는 유튜브 안에서의 여행은 자극적인 제목과 영상으로 주의를 끈다. 사건이 일어나지 않는 평범한 바라나시의 일상은 누구도 관심 두지 않는다. 다시 말하자면, 지금 내 일상에 아무도 관심이 없다는 뜻이다. 종종 일어나는 사건이 오히려 기대될 정도다.

인도는 나의 다른 여행지와 다를 것이 없다. 비상이다. 내 안에 어떤 버튼이 작동될 기미가 보였다. 일종의 호기심 버튼이다. 해소될 때까지 끊임없는 의구심이 꼬리를 문다. 수많은 이들에게 일어나는 '인도다운'일들은 다른 도시에서 일어나는 것인가? 바라나시가 유난히 평화로운 건가? 삶과 죽음이 공존하는 도시인 바라나시에서 나는 진리도, 깨달음도 얻을 수 없었다. 궁금증만 깊어졌다.

홀리 축제

*

홀리 축제의 전날 우린 과자와 물 같은 식량을 비축해 놓았다. 축제 당일은 모든 가게가 오후 3시 이후부터 문을 열어서 식사를 할수 없다는 소식을 들었기 때문이다. 오전부터 부산스럽게 나갈 준비를 하는 우리에게 숙소 직원은 위험하니 핸드폰과 가방을 두고 모든 짐은 최소화하고 나가라고 일러주었다. 1층 철창을 내리고 불을 끄는 그는 아주 비장해 보였다.

"대문 잠가둘 거니까 이따 들어올 때 옆에 쪽문으로 들어와. 조심하고!"

문을 활짝 열어놓고 개가 들어오거나 사람이 들어오거나 신경도 쓰지 않던 평소와는 사뭇 달랐다. 축제라기보다 전쟁을 대비하는 모습이다.

같은 숙소를 쓰고 있는 H, S와 축제 장소인 메인 가트로 나섰다. 골목은 이상하리만치 조용했다. 귀를 때리는 소음이 디폴트인 바라나시에서 상상도 할 수 없는, 정적에 가까운 소음이다. 일상의 바라나시는 오히려 매일 축제라고 해도 될 정도의 소음이었는데…. 기시감을 느끼며 걸어가고 있던 그때, 어디선가 폭포수 같은 물이 떨어졌다. 우리는 쫄딱 젖어 위를 올려다보았다. 엄마와 딸로 보이는 이들이 건물 위에서 까르르 웃으며 행인들에게 물을 쏟아붓고 "해피 홀리!" 외친 뒤 숨기를 반복하고 있었다. 무슨 일인지 정확하게 알아채기도 전에 앞에선 몇몇 아이들이 우리를 향해 달려오기 시작했다. 벽을 등 뒤에 두고 아이들과 대치하게 되었다. 그들은 정체불명의 검은 물이 담긴 통과 물총을 들고 있었고, 우리는 정신없이 물을 맞았다. 나는 거의 빌다시피 애원했다. "제발! 제발 얼굴만 빼고!" 전혀 통하지 않았다. 오히려 그쪽도 내게 사정했다. "제발, 제발! 물 맞아줘! 오늘은 해피 홀리잖아!" 앞에 H와 S는 이미 온통 검은색 물을 맞고 다른 골목 사이로 도망쳤다. 나는 눈을 감고 운명을 받아들였다.

홀리 축제는 선이 악을 이기고, 겨울이 끝나고 봄을 맞이하는 색채의 향연, 색색의 가루를 뿌리며 서로의 행복을 빌어준다고 하는데, 행복을 빌기는 무슨… 제발 뿌리지 말아 달라고 빌어도 통하지 않는데! 평소 바구니에 물건을 쌓아두고 팔던 그 아이들이 맞나? 옥상에서 물을 뿌렸던 여인들은 평소에 눈도 잘 마주치지 않던 그런 여인들 아닌가?

　우리는 모여서 메인 가트까지의 거리를 계산해 보았다. 약 3분 정도의 거리니까, 앞으로 몇 명이 숨어 있던 무시하고 뛰어가면 되지 않을까? 좋아! 하나, 둘 셋하고 뛰자. 의견을 모아 우리는 뛰기로 했다. "으아아아아악", "으악!", "꺅", "제발!" 붙잡히는 건 간신히 피했지만, 무엇이 섞였는지 모를 어두운색의 물감 총은 우릴 향해 명중했고 날아드는 물풍선은 조금만 방심해도 등을 때렸다. 예쁜 색의 가루로 알록달록하게 칠해진 사진은 확실히 우리 일은 아니었다. 검은색, 회색, 짙은 초록색 범벅의 얼룩덜룩한 모습은 그저 패잔병의 위장술 같았다.

　메인 가트에서는 비교적 소프트한 축제가 한창이었다. 큰 노랫소리 가득한 갠지스강가, 여행객들과 현지인들이 손에 색채 가루를 들고 서로에게 뿌리며 "해피 홀리!"를 외치고 사진을 찍으며 즐기고 있었다.

　"아까 누가 던진 건 물풍선이 아니라 물 폭탄 아니야? 진짜 아파!"

　"아오, 물총 사올 걸!"

　잠시 이야기하는 동안에도 '해피 홀리' 세레머니는 계속되었다. 우리의 까만 얼굴과 몸 위로 분홍색, 노란색, 하늘색 가루들이 쌓이기 시작했다. 좋아, 당황은 끝났다. 나에겐 색채 가루는 없지만 내게 뿌리는 사람의 것을 받아와서 그대로 뿌렸다. 골목에서 물풍선을 던지고 쫓아오는 아이들과 다르게 해피 홀리를 외치는 사람들은 기꺼이 가루를, 얼굴과 몸을 내어주었다. 사람들은 반쯤 미쳐있다. 그들은 방(Bhang: 대마를 섞은 음료)을 마시고 해피 홀리를 가장한 물감 폭탄 세례를 주고받았다.

인도는 아직 엄격한 신분제도와 차별이 존재하는 나라이다. 우리 숙소의 주인과 청소하는 직원, 내가 매일 방문하는 식당의 사장과 보조들, 길거리의 노숙인들, 여성들의 복장과 어림짐작으로 보이는 부부의 나이 차이로 느낄 수 있다. 그러나 이날만큼 모든 제도와 차별은 총천연색 가루로 덮인 채로 식별할 수 없었다. 사람도, 개, 소, 원숭이 모두 같은 색으로 뒤덮인다. 언제나 천으로 감싸져 있던 여인들도 이날만큼은 대담하다. 인도산 천보다 화려한 축복과 평등, 봄의 색으로 감싸진다. 한 해 동안 소원하고 해묵었던 관계에 물풍선을 던져서 터트려 버린다. 홀리 축제 전날 큰 장작을 쌓고 불을 피워 의식과 기도를 한다. 불 안에 부정적인 감정과 관념을 태워버린다. 멀리서 보면 이 축제는 요란하다. 그러나 그들 안을 가까이 들여다보면 그 어느 때보다 차분하고 평등하다.

엄마와 딸이 작당 모의하여 힘껏 물세례를 퍼붓고, 길거리 아이들의 바구니엔 오늘 팔아야 하는 분량의 물건 대신 물풍선이, 릭샤(인력거)꾼은 수레를 두고 가벼운 몸으로 사람들을 쫓으며 색깔

총을 쏘아대는 날. 겨울이 지나 봄이 오면 피는 식물에 필요한 광합성처럼 이들의 일상에 없으면 안 될 단비 같은 홀리, 그러나 오늘이 지나면 신기루처럼 사라질 이 기운. 내일이면 다시 무슨 일 있었냐는 듯 요란하게 제자리로 돌아갈 것들.

오후 4시가 지나자, 가게들은 천천히 문을 열기 시작했다. 색채 가루와 물, 무엇인지 모를 액체를 뒤집어쓴 채 숙소로 돌아온 우리는 새 단장을 마치고 식당에서 만나기로 했다. 나는 아주 뜨거운 물로 온몸을 닦아냈다. 도착한 식당엔 여전히 '홀리' 그대로인 사람들로 가득했다. 태초에 흰색이었을 티셔츠는 모두 저마다의 개성을 가진 하나밖에 없는 색색의 티셔츠로, 가면을 쓴 듯한 얼굴빛 모두 홀리하고 해사한 모습이었다. 의자와 소파, 바닥이 더러워지는 것은 상관하지 않는 날이다. 우리는 이곳에선 가장 깨끗했지만, 사실 H의 팔목은 얼룩덜룩한 푸른빛이었고, S의 두피는 핑크빛이었다. S는 내 뒷목에 묻은 붉은 얼룩을 일러주었다. 나는 왜인지 뒷목에 묻은 얼룩이 지워지지 않으면 좋겠다고 생각했다.

*India

여행 진화형 인간

*

나의 호기심 버튼이 눌려버린 결과로 네팔을 먼저 다녀온 뒤 천천히 인도를 더 둘러보면서 육로를 통해 파키스탄에 가는 것으로 결정했다. 이전에 인도를 거치지 않고 파키스탄으로 들어가는 방법을 며칠 동안 찾았던 것만큼 네팔과 파키스탄, 인도를 놓치지 않고 효율적으로 거치는 방법을 성실하게 검색했다.

바라나시에서 네팔, 네팔에서 다시 인도로, 인도를 여행하며 파키스탄과 가장 가까운 도시까지 기차로 이동한 후 걸어서 국경을 통과하는 루트. 제대로 된 계획이라는 것을 처음 짜본 나는 특히 계획의 첫 시작인 네팔에 공을 들였다. '시작이 반!'이라는 말이 있지 않은가. 가는 방법을 아주 상세하게 알아보고, 숙소 예약까지 끝내놓았으니 나답지 않게 아주 완벽했다.

바라나시에서 인도와 네팔의 국경인 소나울리까지 기차를 타고 6시간, 소나울리에서 네팔까지 택시를 타고 2시간 정도 이동 후 릭샤(인력거)를 타고 간단하게 국경을 넘어왔다. 마지막으로 국경에서 포카라까지 마지막 버스를 타고 10시간의 이동만 남았다. 길거리에 수많은 티켓 상인과 버스 가격을 협상한다.

"네 버스는 포카라까지 얼마야?"

"900루피(약 9,000원)."

"그쪽 버스는 얼마야?"

"1,100루피(약 11,000원)! 내 버스가 더 좋아!"

"나 숙소 페와호수 앞인데, 버스 정류장은 어디에 있어?"

"걱정하지 마. 버스가 페와호수 근처에 정차할 거야."

"좋아. 알겠어!"

숙소나 버스 티켓 같이 손쉽게 내가 선택할 수 있는 범위의 선택지에서 나는 가장 저렴한 것보다 두 번째로 저렴한 것을 선택한다. 시설은 사실 그게 그거지만, 만약 두 번째로 저렴한 옵션이 내가 경험했을 때 최악이라면 이렇게 생각한다. '아! 만약 제일 저렴한 걸로 선택했다면 얼마나 구렸을까! 생각만 해도 끔찍하다. 이 정도면 그나마 다행인 걸 거야' 1천 원, 3천 원의 근소한 차이로 꽂아 놓는 마음의 안전핀이랄까. 스스로의 선택이 마음에 들지 않을 때를 대비해 높은 확률로 기분이 나아지는 방법 중 하나이다. 최악을 피해 차악을 선택한 그나마 운이 좋은 여행자 행세를 할 수 있으니 말이다.

퀴퀴하고 먼지 가득한 짐칸에 배낭을 넣고, 반팔과 반바지만 덜 렁 입은 채 포카라를 향해 출발했다. 164cm의 평균 비율, 평범한 몸을 가진 나의 무릎과 앞좌석 사이는 틈 없이 아주 딱 맞았다. 비포장도로 산길을 달리는 내내 고정되지 않은 의자는 위아래, 옆으로 삐걱대며 소란하다. 의자의 흔들림에 따라 머리와 천장은 부딪히고 떨어지기를 반복한다. 운전기사는 승객이 창문을 열고 토악질하는 것을 봐도 대수롭지 않게 넘긴다. '허허… 10시간에 11,000원짜리 디스코 팡팡 체험권을 구매했구나' 나는 오늘도 열반의 경지에 오른다.

출발할 때는 전혀 개의치 않았던, 아무리 힘을 줘도 끝까지 닫히지 않는 버스 창문은 새벽 1시쯤 되자 그 사이로 냉장고같이 찬 기운이 들어오기 시작했다. 승객들은 짠 것처럼 어디선가 주섬주섬 긴팔, 패딩, 모자 등을 꺼내어 입었다. 나라가 바뀐 지 채 5시간이 되지 않았는데 기온 차이가 15도 이상은 나는 듯했다. 나는 운전기사가 차를 멈추고 화장실에 가기만을 간절히 기도했다. 짐칸에 먼지와 함께 뒹굴고 있을 나의 배낭 안 바라나시에서는 꺼낼 일 없던 긴 옷들이 그리웠다.

30분 후 드디어 차가 세워지고 나는 배낭에서 반바지, 긴 바지,

반팔, 긴팔, 경량 패딩 할 것 없이 모두 껴입은 후에 다시 출발하기만을 기다렸다. 5분, 10분이 지나도 출발하지 않아 목을 쭉 빼고 운전석 쪽을 바라보았다. 아! 운전기사의 단잠 타임이었다. 오히려 잘 됐다고 생각했다. 버스의 움직임이 디스코 팡팡과 크게 다르지 않아서 한숨도 잘 수 없었으니까. 다른 승객들도 자연스럽게 운전기사의 루틴에 맞춰 눈을 감았다.

나는 원래 우등버스에서도, 기차에서도, 비행기에서도, 하물며 책상에 엎드려서도 잠을 자지 못한다. 낮잠이건, 밤잠이건 다리가 펴져 있지 않으면 잠을 자는 게 아니라 눈만 감고 있는 기분이었다. 책도 누워서 읽고, 노트북도 누워서 하는, 자리만 있다면 앉기보다는 눕기를 택하는 그야말로 와식형 인간이었다. 그러나 가장 저렴한 비행기, 두 번째로 저렴한 숙소와 버스, 탈 것보다 걷는 시간이 길어지는 여행은 와식형 인간을 노숙형 인간으로 진화시켰다. 틈만 나면 다리를 뻗고 누울 자리를 보던 나는 이제 엉덩이만 바닥에 잘 붙어있다면 소음과 사람으로 가득 찬 공항, 기차, 버스, 공원의 나무 벤치, 한 평짜리 숙소… 어디서든 개의치 않고 잘 수 있게 되었다.

다시 눈을 뜬 건 엉덩이가 튀어 올라 천장에 세게 머리를 박은 이후였다. 시간은 새벽 4시, 지도를 보니 포카라국제공항을 지나고 있었다. '곧 호수에 도착하겠지?' 생각하는 순간 차는 멈췄다.

"포카라!"

"?"

"포카라!!"

버스의 직원은 알 수 없는 네팔어를 뱉어냈고 내가 알아들을 수 있는 말은 오직 '포카라'뿐이었다. 나는 직원에게 다가가 영어로 물어보았다.

"여기가 포카라라고?"

"예스, 포카라."

"페와호수 안 가?"

"노, 페와호수"

"아니, 아까 버스 티켓 직원이 이거 페와호수 옆에서 내려준다고 했는데? 이거 지도 봐. 여기서 페와호수 4km나 떨어져 있어. 멀어!"

"노, 페와호수"

직원은 네팔어가 아니면 '예스'와 '노'로만 대답할 수 있었다. 아마도 그는 영어를 아주 대충 알아들을 수 있는 듯했다. 아, 이동을 위한 완벽한 계획은 무슨, 역시 계획은 계획일 뿐이다. 새벽 4시가 조금 넘은 시간, 나와 프랑스인 커플은 말이 전혀 통하지 않는 버스 직원에게 내쫓기듯 포카라국제공항 근처 어딘가에 덩그러니 떨어졌다. 그나마 황당한 사람이 나 혼자가 아니라는 사실이 큰 위로가 되었다. 같은 방향은 아니지만 어쨌든 우리는 택시를 함께 타고 가기로 했다. 늘 그렇듯이 조금 돌아가더라도 어찌 되었든 도착만 하면 되니까. 뛰어다니며 택시를 찾던 우리는 택시 안에서 잠자는 기사를 발견했다. 이만하면 운이 좋았다. '아휴, 제일 저렴한 걸 했으면 어쩔 뻔했어! 더 멀리서 혼자 내렸을 수도 있어!' 주입식 긍정을 한 번 불어넣어 준 후 무사히 택시를 타고 페와호수에 있는 숙소에 다다랐다.

새벽 4시 40분, 바라나시를 떠난 지 꼭 23시간만 이었다.

안나푸르나 베이스캠프(ABC)

✳

쉼 없이 파도가 몰려오는 바다와 달리 호수는 어찌도 이리 평화로운지, 바람에 쓸려가는 물결의 모양을 가만 보고 있자면 김동명 시인의 '내 마음은 호수요. 그대 내게 노 저어 오오' 하는 시구가 절로 떠오른다. 이대로 며칠이고 호수만 보며 누워있는 것도 좋지만 대부분 포카라를 방문하는 여행자는 호수 옆에 늘어진 등산용품점을 가는 것으로 여행을 시작할 것이다. 굽이져 있는 히말라야산맥을 오르는 상상을 하며, 등반에 필요한 물품을 구매하고, 산행 루트를 점검하고, 함께 걸을 포터(가이드 겸 짐 들어주는 현지인) 혹은 동행을 구한다.

각자의 걷는 속도와 기상 상황에 따라 다르지만, 산봉우리를 모두 조망할 수 있는 전망대를 2~4일간 등산하는 해발 3,400m

의 푼힐 전망대(Poon hill) 코스와 해발 4,130m 안나푸르나 베이스캠프를 목적으로 하는 4~6일 일정의 ABC(Annapurna Base Camp) 코스, 일반인들이 갈 수 있는 가장 높은 곳인 해발 5,540m의 에베레스트 베이스캠프 EBC(Everest Base Camp) 코스 중에 선택한다. 나의 등산 경험은 단 1회, 약 7년 전에 다녀온 한라산뿐. 그마저도 다녀와서 일주일은 정상적으로 걷지 못했다. 그 이후 왼쪽 전방 십자인대 파열로 수술한 전적도 있어 산이라면 산책 말고는 그 어떤 것도 피해 다녔으니 자발적 등산 거부자인 나는 이 산행은 여행이라기보다 '고행'이라고 부르기로 했다.

내가 선택한 고행은 ABC 코스. 한라산의 두 배 이상의 해발과 아득하고도 까마득한 고도. 적당히 힘들고, 적당히 짧은 등산을 원했던 내가 푼힐 전망대 코스를 선택하려다 마음을 바꿔 ABC 코스를 결심한 것은 며칠 전 만난 U의 야심 찬 발언 때문이었다.

"너는 어디로 갈 거야?"

"나는 무릎도 안 좋고, 산을 별로 안 좋아해서 푼힐 전망대 코스로 가려고 해. 넌?"

"난 ABC 코스로 갈 거야!"

"왜? 그거 6일 동안 씻지도 못하고 고산병 올 수도 있어! 너 고산병이 얼마나 무서운지 모르지?"

나는 우유니에서 겪은 고산병의 증상과 아픔, 힘듦을 늘어놓았다. 내 이야기를 다 들은 U는 잠시 고민하는 듯하다 이내 말을 이어갔다.

"그래도, 이거 하고 나면 모든 일에 핑계를 댈 수 없을 것 같아."

"그게 무슨 말이야?"

"하기 싫은 일이 있어도, 못 할 것 같은 일이 있어도, '나는 ABC도 오른 사람인데 뭘 못 하겠어?' 한 번 외치고 해버리는 거지."

언제든 핑계를 대고 도망칠 준비가 된 여행자인 내 마음을 때리는 말이었다. 가끔 세상의 어떤 것은 그 자리에서 내가 준비될 때만을, 언젠가 오기만을 기다리고 있는 것 같은 느낌을 받을 때가 있다. 만나야 할 것은 꼭 만나게 되고 일어날 일은 꼭 일어난다. '거의 첫 번째로 봐도 무방한 산행이라 내게는 무리인 것 같은데… 못 할 것 같은데… 중간에 포기할 것 같은데…' 하는 불안한 마음이 나를 가득 채웠다. 그러나 날짜는 이틀 뒤였으니 고민하고 지체할 틈이 없었다. 나는 그와 ABC 코스를 오르기로 했다. 다른 여행자들처럼 호수 옆 등산용품 가게를 돌고, 숙소 사장님에게 말해서 포터를 구했다.

당연히 있어야 할 등산화와 등산복, 보온 시설이 없는 산의 숙소에서 자기 위한 침낭과 패딩, 핫팩 같은 방한용품, 안전한 등산을 위한 등산 스틱과 무릎 보호대, 눈 위를 걷기 위한 스패츠, 혹시 모를 상황을 대비할 비상약, 몸을 닦기 위한 물티슈 등 준비할 것들은 끝이 없었지만 내가 구매한 것은 고작 등산복 상의 한 벌, 등산 일수에 맞춘 속옷과 양말이었다. 6일간의 산행에 드는 비용과 포터 고용비로 이미 나름의 거금을 지출하였기 때문에 나머지 꼭 필요한 다른 것들은 이전 여행자들이 숙소에 두고 간 것들로 꾸려서 가기로 했다.

상의는 만 오천 원짜리 민트색 가짜 파타고니아, 하의는 하늘색 가짜 노스페이스, 등산화도 주황색 가짜 노스페이스… 패션이나 기능보다 사이즈에 맞는 것들로 우선시 되어 꾸려진 등산 물품. 가진 것과 빌린 것 중에 진짜는 없지만, 누군가 무사히 그 고행을 무사히 마치고 나같이 준비 없이 맞닥뜨린 사람이 필요하길 기대하며 숙소에 기증했다는 사실만으로도 이미 가치가 증명된 물건이었다.

사장님은 물건을 챙기는 우리를 불러놓고 이틀 뒤에 출발하는 고행에 우리 말고도 내일 한국에서 올 두 명이 더 있다고 전해 주었다. 어쩌다 같은 날짜에 ABC에 오르게 된 네 명이었다.

절절포 정신!

✳

곧 산으로 출발할 지프차 앞에 모여 우리는 어색한 첫인사를 나눴다. 우리는 넷, 포터는 셋. 앞으로 여행이 꽤 남은 U와 나는 경비 절약을 위해 짐을 한 가방에 몰아넣고 포터 한 명을 쓰기로 했다. 우리의 포터는 세 명의 포터 중 길잡이 역할을 겸하고 있는 수잔, 16살 때부터 14년간 산을 올랐다고 하는 그는 허리까지 오는 긴 머리를 단아하게 묶고 본인을 소개했다.

J와 C는 한국에서 이 산행을 위해 연차를 내고 왔다고 한다. 왕복 같은 비행기와 같은 일정, 같은 숙소, 어쩌다 모두 같은 일정이지만 그들 역시 초면이다. J의 포터인 크리슈나는 우리 중 가장 키가 크고 덩치도 좋았다. 걸음도 아주 빠르고, 성격도 불같지만, 와이파이가 연결될 때마다 영상통화로 아이와 아내의 안부를 묻는

사랑꾼이다. 산행을 한 번 하면 가족들을 최소 6일간 보지 못한다며 수시로 사진첩을 열어 아이들 사진을 확인하는 그다. C의 포터인 칼린은 카트만두에 댄스학원을 운영하는 힙쟁이다. 며칠 동안 씻지 못하고 매일 같은 옷을 입어야 하는 상황에서도 그는 아침에 나올 때 꼭 향수를 뿌리고, 멋진 반다나를 차고 나온다. 왜소한 체격이지만 아주 날랜 다람쥐 같았다. 산행 중에 자주 자취를 감추는 그는 뒤를 돌아보거나 옆을 둘러봐도 없다가 우리의 목적지에 도착하면 느긋하게 쉬고 있는 모습을 발견할 수 있었다. '분명 못 봤는데 어떻게 왔어?' 하고 물어보면 칼린은 쿨하게 '어렵고 빠른 길로 왔다'고 말한다.

포카라 시내에서 지프차를 타고 차가 갈 수 있는 곳까지 이동한 후 약 4~5시간의 짧은 첫날의 산행을 마치고 쉬려던 우리의 계획은 출발 직후부터 변경되었다. 우리의 운전기사는 어떤 시끄러운 무전을 받았고, 수잔이 우리에게 통역해 주었다. 산사태로 인해 길이 유실되었다고 한다. 원래 우리가 차를 타고 가려던 목적지보다 '조금' 못 미친 곳에서부터 걸어야 한다며 짐을 챙겼다. (그들에게 조금이란 두 시간을 더 걸어야 하는 시간이었다.)

차에서 내린 우리는 끝없이 올랐다. 오르는 것 이외에 할 수 있는 게 없었다. 히말라야의 물이 흐르는 푸른 계곡을, 흩날리는 꽃잎과 무성하게 자란 자연의 것들을 보지 않고 나는 고개를 바닥에 떨군 채로 걸었다. 끝이 보이지 않는 계단과 오르막길이 절망스러웠다. 수잔이 우리의 목적지를 손으로 가르쳐주는데, 그의 손가락이 향하는 방향은 너무나도 까마득해서 '저길 정말 갈 수 있을까?' 하는 의문만 들었다. 하나밖에 없는 등산복 티셔츠는 땀으로 흠뻑 젖어버렸고, 걸을 때마다 무릎이 자꾸 흔들거렸다.

처음에 간간이 이야기하며 걸었던 동행들은 점차 말이 없어지기 시작하더니 각자의 체력과 속도에 맞게 흩어졌다. U는 앞서가며 내게 괜찮냐고 물었고 나는 억지웃음을 지으며 '아니!'라고 대답했다. 하지만 아니라도 어쩌겠는가. 일단 시작한 이상 오늘의 숙소까지는 올라야 했다. 우리는 모두 제각기 다른 생각을 하고 있었다. U는 '생각보다 할 만한데?' 하며 저만치 가버렸고, 나와 J는 뭔가 잘못됐다고 생각했다. 각자의 체력을 간과했고, 이 산을 무시했다. 울기 직전까지 소리를 지르면서 올라갔다. C는 보이지 않았다. 한참 뒤에 도착한 C에게 물으니 꽃과 계곡, 강아지들을 보며 천천히 올라왔다고 한다.

도착한 목적지인 촘롱(2,170m)의 롯지는 쾌적했다. 안개 사이로 마차푸차레(6,997m의 고도를 가진 히말라야산맥의 일부, 네팔어로 물고기 꼬리라는 뜻)가 슬쩍 보이는 경치가 좋은 롯지였다. 산을 오를수록 가스와 전기, 공산품과 식료품 등이 귀해지고 산의 고도와 상응해 가격도 함께 오른다. 전자 기기 충전과 와이파이 비밀번호를 알아내는 것조차 금액을 내고 사용해야 하고, 휴지 같은 공산품도 금액을 받는 경우도 있다. 뜨거운 물로 하는 핫샤워조차 아마 오늘이 마지막일 것이다. 내일은 미지근한 물이 나오겠지. 게다가 고도 3,000m를 넘기면 고산병 예방 등의 이유로 샤워를 하지 못하니, 내일이 마지막 샤워인 셈이다. 우리는 이 산에서 할 수 있는 가장 뜨거운 물로 하는 샤워를 마치고, 마지막으로 무료 충전을 했다.

우리는 공용 공간에 모여서 고기가 드문드문 들어간 김치찌개, 참치가 소소하게 들어간 김치볶음밥을 마시듯이 먹고, 첫날의 피곤함을 이기지 못한 채 일찍 숙소로 들어왔다. 고작 첫날일 뿐인데, 포기하고 싶은 마음이 한 가득이었다. 끝없는 오르막길이 영원히 지속될 것 같은 느낌을 떨칠 수 없었다. 남편에게 연락했다.

"오늘 하루 했는데도 너무 힘든데, 그냥 내려갈까?"

"그냥 내려가기는 아쉬우니까 일행들이 마치고 다시 올 때까지 거기서 기다려."

어차피 같은 숙소로 올 테니까 기다리는 것이 어떻겠냐는 그의 말도 일리가 있었다. 나쁘지 않은 속삭임이었다. 미세한 진동이 이는 것 같은 뜨거운 무릎을 부여잡고 오늘의 힘듦을 곱씹어 보았다. 목에 건 카메라는 쓸 틈도 없이 곧 가방에 넣었다. 산의 아름다움 같은 건 카메라는커녕 눈에 담지도 못하고 나의 주황색 등산화만 쳐다보면서 걸었던 오늘. '그래! 내일 포기하자. 여기서 기다리겠다고 말하자' 다짐하며 잠이 들었다.

오전 6시 30분, 이른 오전의 맑은 공기가 방 안으로 들어왔다. 콧속으로 들어오는 차가운 공기에 잠이 홀딱 깨어 알람이 따로 필요 없었다. 일어난 김에 잠깐 나가볼까 싶어 점퍼를 걸치고 나왔는데, 약속된 시간이 한참이나 남았는데도 일행들 모두 밖에서 풍경을 감상하고 있었다. 어제와는 다르게 날씨가 무척 청명했다. 선명한 마차푸차레를 보는 모두의 눈은 반짝이고 있었고 표정은 비장했다. 다들 한참이나 아무 말도 하지 않았다. 나는 오늘 포기하겠다는 말을 넣어두고 다시 어제와 비슷하지만 다른 다짐을 했다. '포기는 내일 하자' 그 마음으로 매일의 산행을 이어가기로 했다. 내 특기는 해야 할 일 미루기니까, 이럴 때 도움이 되는구나.

그날도 비슷한 상황이 이어졌다. 산은 우리에게 또 변수를 주었다. 티셔츠 하나만 입고 출발해도 알맞았던 날씨는 우비를 쓰고, 가방을 보호하는 레인 커버까지 씌워도 온몸이 젖어 드는 비가 쏟아졌다. 롯지까지 얼마 남지 않았는데 포터들은 오늘의 목적지가 아닌 모레의 목적지인 히말라야(2,900m)까지 이동하자고 제안했다. 비는 아마 내일도 쏟아질 것이고, 이왕 비를 맞은 김에 하루치를 더 빨리 이동하면 오히려 안나푸르나 베이스캠프에 도착했을 때는 날씨가 더 나을 것이라고 했다. 그들은 일기예보를 확인한 것도 아니고, 그저 몸에 축적된 데이터로 우리에게 말했다. '느낌이 좋지 않다'며 일찍 올라가자고 했으니 그 느낌을 따를 수밖에 없었다.

8시간을 넘게 오르막과 내리막을 거의 쉬지 않고 걸었다. 비를 맞으며 쉬는 것도 곤욕이었기에 잠깐씩 물을 마시는 일만 허용되었다. 다리는 이미 내 것이 아닌 채로 끌려가고 있었다. 내가 산행 중에 "아! 포기하고 싶다!" 외치면 J는 나의 앞에서 "으아아악!" 하고 소리 지르고 다음은 또 내가 "으아아아아아악!" 하고 한 번 더 지른다. 그것은 '힘내!', '할 수 있어'라는 말보다 더 듣기 나았다. 너무나도 힘이 들기에 차마 '힘내!'라고 하지 못하는 상황. 우리의 포효는 서로의 힘듦을 확인하는 작업이었다.

원래의 목적지라면 비를 맞은 몸을 핫샤워로 씻어내릴 수 있었겠지만, 히말라야에서부터는 고산병을 방지하기 위해 씻지 못한다. 우리는 땀과 비로 젖은 등산복을 벗은 뒤 물티슈로 몸을 힘겹게 닦아내고 다시 모였다. 뜨거운 물도, 보온 장비도 없는 롯지에서 우리는 패딩과 핫팩으로 꽁꽁 싸매고 방 하나에 모여 이불을 덮고 소소한 과자 파티를 열었다. 하루만 더 하고 포기하려던 오늘 히말라야까지 와버린 것이 어이가 없었다. 내일 포기하려고 해도, 조금만 더 가면 안나푸르나 베이스캠프에 도착하기 때문에 여기서 포기하는 바보도 없을 것이다.

하지만 그것보다, 포기할 수 없는 이유 중 하나는 J가 제안한 구호 때문이기도 했다. 같은 속도는 아니지만, 앞에서, 뒤에서 서로 등을 보고 걸으며 어느새 우리는 한 팀이 되어 있었고, 나는 장난스럽게 팀명을 정하자고 했다. J는 '절절포!'라고 말했다.

"절절포가 뭔데?"

"절절포 정신이라는 말이 갑자기 생각났어. 절대, 절대 포기하지 말자! 줄임말이야."

군대에서 들은 것 같은데 라며 문득 떠올랐다고 말하는 J에게 우리는 그게 뭐냐고 '한사랑 산악회'의 구호 같다면서 놀리고, 자지러지게 웃었지만, 우리도 모르게 다음 날 아침에 손을 모으고 외쳤다.

"절대 절대!"

"포기하지 말자!"

아침마다 이 구호를 아주 크게 외치고 나면 포기할 수 없는 힘이 생겼다.

*Nepal

미중

*

C가 고산병에 걸렸다. 고도 3,700m의 마차푸차레 베이스캠프를 지나 최종 목적지인 안나푸르나 베이스캠프로 향하는 길. 꾸준히, 태평하게 자기만의 속도로 오르던 그였다. 매일 밤 목적지에 도착하면 산길에 꽃과 풀, 롯지의 강아지와 산양, 햇볕 한 모금, 바람 한 조각, 우리의 걷는 뒷모습까지 놓치지 않고 담아서 보여주던 그에게, 험한 산을 즐기는 모습을 질투라도 한 듯 짓궂게 고산병이 찾아왔다.

그는 두통과 메스꺼움에 계속해서 속을 게워 냈다. 고통을 공감할 수 있는 건 그 자리에 나밖에 없었다. 나는 속도를 조금 늦춰 그의 뒤에서 함께 걷기로 했다. 3일간 오르면서 내내 주위를 감쌌던 눈 덮인 산봉우리들이 하나도 보이지 않을 정도로 눈보라가 치고 우박이 온몸을 때렸다. 찬바람은 고산병에 좋지 않으니 나는 모자를 더 여미라고 그에게 일러주었다. 그는 걸음을 자주 멈추고, 가쁜 숨을 빠르게 몰아쉬었다.

"언니! 정신 차려야 해. 다리 움직여야 해!"

"심장이 너무 빨리 뛰어. 뭔가 잘못된 것 같아."

"알아, 알아, 고산병 때문에 그래. 올라가서 쉬자."

다리도 휘청거리는 마당에 눈까지 잔뜩 쌓여있어서 잘못 밟으면 푹 꺼지거나 미끄러지기 일쑤였다. 그 모습을 본 맨 앞에 선 칼린은 우리가 잘 따라올 수 있도록 진한 발자국을 만들어 주었고, 나와 C는 그것을 그대로 밟으며 따라갔다. 그런 우리의 뒤를 수잔이 지켜주었다.

"하나, 둘, 하나, 둘, 세면서 멈추지 말고 올라가요!"

"얼마 안 남았어요! 조금만 더!"

지나가는 한국인 무리도 우리에게 응원을 남겼다. 나와 C는 하나, 둘, 하나, 둘 작게 외치면서 주위를 살펴보았다. 한참 앞서간 J와 U는 이미 도착한 건지, 앞이 보이지 않으니 오늘은 그들의 등을 볼 수도 없었다. 나의 몸도 의지와는 다르게 점점 느려지고 있었다. 수잔이 앞을 보라며 가르키는 곳에 아주 작게 보이는 롯지가 있었고, 조금만 더 걸으면 된다고 했다. 롯지는 아득히 멀어 보였다. C는 헐떡이는 것 외에는 말을 거의 하지 못했고, 나는 앞이 점점 흐려지고 있다고 생각했다.

그때, 희미한 해를 등지고 어떤 사람이 우리를 막아섰다. 안개 탓에 얼굴은 잘 보이지 않았지만, J가 늘 입고 다니는 파란 점퍼였다. 그는 "야! 절절포!" 하고 소리쳤다. 가방도, 손에 든 것 없는 그의 모습이 의아해서 우리는 물었다.

"어디서 나타났어! 짐은 다 어디 있어?"

"나 올라갔다가 짐 놓고 너희 마중 나왔어."

마중. 이 험한 산과는 전혀 어울리지 않는 말이었다. 그는 정상에서 함께 사진을 찍으려고 기다렸는데, 한참이나 오지 않는 우리가 걱정됨과 동시에 도착한 기쁨을 한시라도 빨리 나누고 싶은 마음이 섞여 마중 나왔다고 한다.

"이제 5분만 더 올라가면 돼! 내려오는 길에 U도 만났어. 같이 올라가자."

우리는 마지막 5분을 함께 걸었다. '마중' 그 단어가 머릿속에 계속 맴돌았다. 이 가파른 길을 다시 돌아 타인을 돌보고 함께하기 위해 내려왔다는 그가 존경스러웠다. 우리의 지난 며칠이 모두 서로를 마중하는 과정이라고 느껴졌다. 땀이 마르지 않은 같은 옷을 매일 입고, 씻지 못해도 서로에게 눈 찌푸리는 이 없었다. 뒤에서 만나면 밀어주고, 앞에서 만나면 끌어준다. 괜찮냐는 물음 대신 내어주는 콜라 한 캔, 모두가 도착할 때까지 롯지의 문 앞에서 서로를 기다리다 함께 먹는 저녁. 우리에게 '뭉치면 살고 흩어지면 죽는다!' 같은 뜨거운 의리는 없었지만, 서로의 뒤와 앞에서 따뜻한 온도를 유지해주고 있었다. 누군가에게 마중받는 일이 오랜만이라서 그런지, 다리를 움직여 보답하고 싶었다. 속도는 아까보다 붙었고, 숨이 차는 것은 조금 덜했다.

'NAMASTE'
까만 판자 위 노란색 글씨로 적혀있는 나마스테는 안나푸르나 베이스캠프에 도착했다는 표지판이다. 나마스테가 눈앞에 선명하게 보이기 시작할 때부터, 차오르는 울음을 참느라 목이 부어오르는 느낌이었다. C와 나는 '저기에 그거 보이네?' 한 마디를 남기고 펑펑 울면서 걷기 시작했다. 감격과 나의 한계를 뛰어넘은 정신 승리 같은 것이 아닌 그저 고생한 이 여정 자체가 끝났다는 게, 깊은 고민도 하지 않고 결정해 버린 자신에게 질렸던 며칠이 끝나간다는 사실에 눈물이 났다. 스스로를 그만 원망해도 된다. 아마도 올라오는 동안, 여행하는 동안 나는 꽤 지쳤던 것 같다.

산이 그저 여기서 나를 기다렸던 것처럼 그저 내가 깨닫기만을 기다리는 어떤 사실은, 내가 선택한 길이라도 후회해도 된다는 것, 후회한 채로도 포기하지 말고 끝까지 가보라는 것이었다. 내가 선택한 것을 꼭 신의 계시라도 되는 것처럼 그 길에서 어떠한 나쁜 일이라도 일어나면 모두 내게 도움 될 거라며 합리화했고, 후회하는 일이 두려워 조금만 힘이 들고 견딜 수 없을 것 같으면 도망쳐 버렸다. 포기가 습관이고, 그 포기를 멋지게 포장하는데

도사였다.

나는 올라오는 내내 이 결정을 한 나를 책망하면서 포기할까 말까, 수천 번을 망설였다. 결국 포기하지 않고 올라왔지만, 혼자라면 진작 내려왔을 것이다. 가파른 산행을 끝낼 수 있던 건 가파른 산이 만들어 낸 것들 덕이었다. 숨이 턱까지 차오르고 심장이 아플 정도로 뛰는 순간 무심하게 이어진 평지가, 시원한 폭포가, 눈부신 설산이, '나마스테' 하고 인사하며 지긋이 마음을 잡아주던 사람들이, 뒤에서 받쳐주는 이와 앞에서 발자국을 만들어 주는 이, 마중 나오는 이들이 없었다면 불가능했을 것이다. 내가 포기하지만 않는다면 나 이외에 모든 것이 나를 살게 했다. 이 여행 전체는 내가 겪었지만, 내 이야기가 아니었다. 나는 그저 주연들이 있기에 존재하는 조연이었다. 그들이 없으면 내 여행 자체가 성립될 수 없었다. 우리는 얼싸안고 울었다.

각자 눈물이 담긴 의미는 다르겠지만, 서로의 등을 두드리며 '끝냈다'는 하나 된 마음을 나누었다. 눈물, 콧물을 닦고 들어간 안나푸르나 베이스캠프의 롯지에서 뜨거운 수프를 먹고, 겨우 하나 남은 도미토리 방을 배정받은 우리는 침대 네 개를 나란히 붙였다. 바람만 막아줄 뿐인 공간에, 있는 옷을 모조리 다 껴입고 붙이는 핫팩을 몸 사이에 끼워 넣었다. 흔드는 핫팩을 침낭 안에 넣고 뜨거운 물이 담긴 물통을 껴안고 노래를 듣고, 수다를 떨었다. 내

일부터는 삐걱거리는 몸을 이끌고 끝없는 오르막을 올랐던 것처럼 끊임없이 내려가야 하지만 우리는 같은 말을 뱉었다.

"ABC도 올랐는데, 까짓 내려가는 거 못하겠어?"

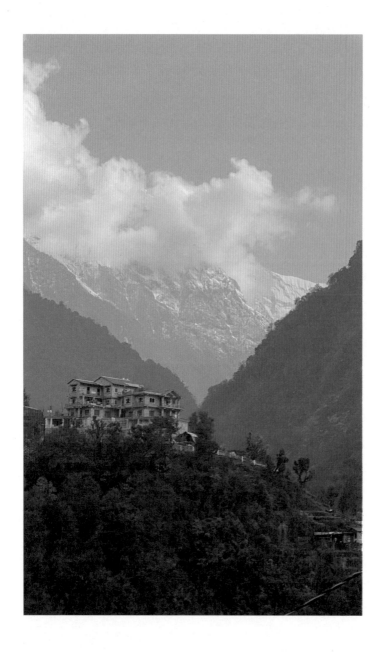

언제나 잘못된 길

*

"domi, You always choose the wrong way
(도미, 넌 항상 잘못된 길을 선택해)."

트레킹 5일차, 가이드 수잔이 참다못해 뒤에서 건넨 말이다. 관절 하나하나가 다 따로 노는 나는 이제 일행 중 가장 느려졌다. 어쩔 수 없이 그들보다 한참이나 뒤에서 수잔과 함께 걸었다. 며칠 내내 지켜본 수잔은 배려심이 깊은 포터였다. 수잔! 하고 부르면 그는 부드러운 표정으로 '아쑤르(hajur)' 하고 대답했다. 아쑤르는 네팔어로 yes의 극존칭이다. '길잡이'와 '리더'의 역할을 함께 해야 하는 그는 위험한 길이 아니라면 바로 잡아주지 않았고 목적지를 벗어나지 않는 선에서 내가 선택한 길을 걸을 수 있도록 항상 존중해 주었다. 그는 내게 '길잡이'는 앞장서는 사람이 아니라는 것을 알려주었다. 큰 사고로 허리를 다쳐서 6개월이나 하체를 쓰지 못한 채로 입원했다는 그는 잘 걷지 못하는 나를 보며 '원래의 허리라면 배낭 대신 너를 업고 내려갔을 텐데!' 하며 재치를 잃지 않는다. 신들의 산책로라는 이곳의 안내자에 수잔보다 적합한 사람은 없을 것이다.

그런 그가 수십 번도 더 지켜보다 꺼낸 말이라고 생각하니 웃음이 터졌다. 그도 그럴 것이 좁고 넓은 길, 완만하고 가파른 길 가리지 않고 어디서든 희한한 길을 선택하는 나는 70%의 확률로 질퍽하거나 미끄럽고 돌이 가득한 길로 향했으니 말이다. 나는 깔깔 웃다가 대답했다.

"수잔! 그 잘못된 선택들이 지금의 나를 만들었어."

"어떤 잘못된 선택?"

"음… 이 산행?"

이런 식의 농담을 주고받은 지 벌써 5일째지만, 이번 농담은 진심이 담뿍 담긴 말이었다. 이 산 안에 틀린 길은 없다. 내 선택에 따라 조금 쉬운 길, 조금 더 어려운 길로 나뉘지만 만들어진 모든 길은 베이스캠프로 이어지게 된다. 하지만 이 산행 자체가 잘못된 선택임이 내게 확실했다. 안나푸르나 베이스캠프가 위치한 4,130m를 찍고 내려가는 중에도 성취감보다 '빌어먹을 트레킹 다시는 하지 않겠어'의 마음이 더 컸으니 말이다. 그래도 내 앞에 펼쳐진 수많은 선택지 중 이제 '등산'은 망설임 없이 제외할 수 있으니 나름대로 만족스러운 결과다. 내게 맞지 않는 것을 찾는 과정이라고 하기엔 조금 험하고, 높긴 했지만….

"나마스테."

천천히 내려가는 나를 비켜 가며 사람들이 인사했다. 인도와 네팔의 공용어는 다르지만 인사는 동일했다. '내 안의 신이 당신 안의 신에게 인사드립니다'라는 뜻의 나마스테는 이 산에서만큼은 단순한 인사말로 들리지 않는다. 시시각각 변하는 산의 날씨처럼 매번 다르게 다가왔다. 산을 오를 때 사람들과 주고받은 나마스테, 모두의 언어는 다르지만 지긋한 눈빛과 나마스테는 서로의 힘듦을 공감하는 인사였다. 그들의 신이 내 안의 신에게 힘을 나눠주었다. 목적지에서 본 노란 글씨의 나마스테는 '여기까지 오느라 고생했다'는 표식이었다. 일생에 내가 두 발로 서본 하늘과 가장 가까운 곳에서 받은 환대였다. 내려갈 때의 나마스테는 '조금만 더 올라가면 진짜 나마스테가 기다리고 있어요!' 하며 내 안에 환대의 기운을 나누어 주었다. 마치 수잔의 '아쑤르(yes)'와 같은 느낌이었다. 그의 아쑤르는 어떤 말이든 들어줄 것 같은 경청의 자세와 부드러운 눈빛으로 보여주는 존중이 들어있다. 나는 나마스테와 아쑤르에 빠져서 내려오는 길목의 모든 사람에게 '나마스테'를 건네고 몇 번이나 수잔의 이름을 불러댔다.

"수잔~"

"아쑤르."

"수잔!"

"아쑤르."

"네 아쑤르 너무 듣기 좋아."

"너를 존중하고 있어서 그래."

    이 산행은 내 인생에서 가장 잘못된 선택이자, 버릴 게 한구석 도 없는 완벽한 선택이었다.

*Nepal

다시, 인도

✳

네팔에서 산행을 마치고 너덜너덜해진 몸이 어느 정도 회복된 후에 인도 델리로 들어왔다. 델리역에서 숙소가 있는 여행자거리까지는 약 2Km, 릭샤 타는 곳을 찾기 위해 주변에 있던 현지인에게 길을 물었다.

"여기 릭샤 타는 곳 어디야?"

"저쪽에 내가 아는 릭샤가 있어. 어디까지 가는데?"

"파하르 간즈(여행자거리)!"

"거기 가려면 퍼밋(여행자 확인증)이 필요해. 숙소 가기 전에 여행자 센터에 들려서 발급받고 가! 내가 릭샤한테 말해둘게."

인도에서 퍼밋이 필요하다는 이야기는 들은 적이 없는데?

"퍼밋이 왜 필요한데?"

"지금 파하르 간즈가 닫혀있어서 거길 통과하려면 그 퍼밋이 필요해!"

그럴듯한 말이었다. 도착하자마자 만나는 첫 번째 사람은 곧 그 나라와 도시의 인상을 결정한다. 과연 이 도시는 내게 어떨까. 일단 릭샤꾼들이 모여 있는 곳으로 가야 하니 그를 따라가 보았다. 그는 현란한 현지어로 릭샤꾼과 협상을 마치고 내게 말했다.

"여행자 센터부터 간 다음, 숙소 가는 걸로 말해놨어. 300루피 (약 5천 원)!"

"알겠어, 고마워!"

나쁘지 않은 가격이었기에 소란 부리지 않고 릭샤를 출발시킨 후 말했다.

"바로 파하르 간즈로 가줘."

인도에서 보낸 일주일 동안 한 가지 배운 게 있다면, 대가 없는 친절은 없다는 것이다. 미디어에 나온 인도와 나의 인도를 비교하자면 평화로운 편이었지만, 그들의 말에 신빙성이 없다는 걸 깨닫기까지는 누구든지 이틀도 걸리지 않을 것이다. 하지만 예상치 못했던 점은 릭샤 기사 역시 한패라는 것이다.

"그럼, 1,000루피 줘."

"왜? 안 들리고 바로 간다니까?"

"응. 그러니까 1,000루피 달라고."

이미 차와 릭샤, 오토바이가 꽉꽉 들어찬 6차선 도로 위에 들어선 뒤였다. 어찌할 도리가 없는 나는 가는 중에 협상을 시작했다.

"500루피"

"1,000루피!"

"600루피!"

"1,000루피! 싫으면 내려."

분명 며칠 전 산행 때는 내 안에 평화의 신이 머물렀던 것 같은데, 지금은 분노만 가득했다. 더 이상 그와 말이 통하지 않는다고 생각한 나는 성질을 이기지 못하고 결국 6차선 도로 한가운데서 내려버렸다. 횡단보도와 가로등은 찾아볼 수 없이 컴컴한 도로에서 차들이 내는 빛에 의지한 채 인도로 향했다. 나는 시작부터 델리와 한 발짝 멀어졌다. 파하르 간즈까지 약 1.5km, 걸어가고 만다. 내가!

델리에 도착하고, 여러 도시를 경험하는 동안 다행히도 인도 탈출을 감행할 만큼의 엄청난 일은 일어나지 않았지만, 언제나 인도는 내가 생각한 것보다 한 발짝 이상의 무언가를 보여주었다. '인크레더블 인디아' 누가 만들었는지 기가 막히게 잘 만든 슬로건이다. 인도를 한마디로 표현하기에 이보다 적합한 말이 있을까?

인도 기차

✳

한국에서 하는 기차여행을 떠올려 보자. 가족과 기차를 타고 간다면 누군가 만든 도시락이나 근처에서 포장해 온 햄버거 같은 걸 먹으면서 도란도란 갈 수 있겠다. 만약 연인과 함께라면 이어폰을 나누어 끼고 영화를 볼 수도, 혼자라면 큰 창문을 보며 낭만적인 시간을 보낼 수도 있을 것이다. 정시 출발이 약속된 기차 안에서 누구도 방해하지 않는 우리만의 쾌적한 시간을 보낼 수 있다.

하지만 당신이 인도 여행을 한다면 꼭 한 번은 만나게 될 기차, 그것은 조금 다르다. 사람이 미어터지는, 냄새나고 낡은, 때때로 밤을 보내야 하는, 등급별로 에어컨, 선풍기, 창문만 있는 칸, 창문도 없는 칸으로 나누어져 있는 기차 말이다. 일단, 기차역을 들어가는 일부터 쉽지 않다. 누에고치 같은 사람들이 옷이나 이불을 둘러매고 바닥을 차지하고 누워있다. 지뢰를 피해 가듯 그들 사이를 요리조리 피해서 들어간다. 그들이 하는 것이 노숙인지, 기차를 기다리는 것인지는 알 수 없다. 다만 그들 모두 당신과 마찬가지로 어딘가로 떠나고 싶어 한다는 사실은 동일하다. 정시에 출발하는 일은 거의 드물다. 정시에 출발하더라도 도착 시간은 애초의 약속과는 다르기 때문에 인도의 기차에서 시간을 논하는 일만큼 무의미한 일은 없다. 적게는 30분에서 1시간, 길게는 2시간 이상의 연착을 겪다 보면 그들이 왜 누에고치 같은 모습으로 누워있는지 금세 이해가 된다.

당신이 평범한 배낭여행자라면 주로 두 번째, 세 번째 등급을 이용할 것이다. 에어컨 또는 선풍기가 있는 칸에 들어간다. 낮에는 의자로 사용하고 밤에는 침대로 사용하는 길게 뻗은, 코팅이 잔뜩 벗겨진 갈색의 가짜 가죽으로 된 좌석이 있다. 침대라고 부르기 애매한 그 침대 좌석은 한 벽에 3층 형태로 붙어있다. 운이 좋다면 가장 아래쪽에 있는 좌석을 배정받을 수 있을 것이지만, 그렇다면 사람들은 당신의 좌석을 자기 것인 양 궁둥이를 붙이고 앉을 것이다. 모르는 엉덩이들과 함께라도 그나마 앉을 수 있으니 위에 있는 침대 좌석보다는 형편이 나은 편이다. 부러질 것 같은 사다리를 타고 오르내릴 때마다 쇠사슬을 벽에 걸어 고정해 놓은 좌석에는 철그렁 소리가 나서 당신을 불안하게 만든다. 누워있는 것이 지겨워 한 번 앉을라치면 허리는 굽어지고 고개가 있는 힘껏

꺾어져 볼이 어깨에 닿을 정도다. 당신도 곧 가장 아래 칸에 있는 사람이 누워있는 발꿈치 끝에 엉덩이를 슬며시 얹게 된다.

인도와 짜이는 떼어놓을 수 없다. 인도 짜이는 일반 밀크티보다 훨씬 강렬하다. 우유와 홍차잎뿐만 아니라 인도만큼 자극적인 향신료를 잔뜩 넣기 때문이다. 지독하고 달큰한, 눅진하고 톡 쏘는 맛이 매력적인 짜이. 그것을 만들기 위해서는 카다멈, 정향, 계피 같은 각종 향신료가 들어간다. 그것을 혼합해 '마살라'라고 한다. 마살라의 혼합에 따라 집마다 미묘하게 다른 맛이 난다. 어느 집은 생강이 많이 들어간 맛, 어느 집은 설탕이 덜 들어간 맛, 어느 집은 끈적하게 끓인 맛…. 먼지 날리는 길거리 슈퍼에서나 제대로 된 음식을 팔지 않는 식당에서도, 잘 갖추어진 큰 레스토랑이나 쇼핑몰의 카페에서도, 어디서나 짜이를 판다.

기차라도 예외는 아니다. 잠시 정차한 역에서 헐레벌떡 내리는 사람들은 짜이를 사서 돌아온다. 큰 보온병을 든 짜이 장수도 '짜이~ 짜이~'를 외치며 돌아다니지만, 기차를 다 돌기도 전에 보온병은 동이 난다. 당신은 그 모습을 보며 한국에선 '밥 한 끼 하자'가 있다면 인도에선 '짜이 한잔하자'가 있을 것이라 짐작한다. 기차에서 마시는 짜이는 가게에서 마시는 짜이와 무엇이 다를지 궁금하지만, 이미 동이 나버린 보온병에 아쉽게 입맛만 다시며 어느새 다음 기차 탈 날을 기대한다.

소란했던 기차가 유일하게 조용한 시간은 새벽이다. 그러나 당신은 편히 잘 수 없다. 맞은편에 누워있는 까만 눈과 마주친다. 인도를 여행하다 보면 인도 사람들이 보내는 시선에 익숙해진다. 처음에 그 눈은 나를 지켜줄 수도, 해할 수도 있다는 생각에 걸음을 빨리했다. 내가 눕고, 앉고, 내려가고, 오르는 모습을 계속 지켜본다. 마치 수십 년 동안 지켜봐 온 기분을 느낀다. 당신에게 말을 건다. "셀피?" 그렇다, 그의 목적은 사진일 뿐이다. 따라다니는 시선만큼 익숙해지는 것은 당신이 슈퍼스타가 되는 일이다. 거리나 관광지, 식당, 어디든 가리지 않고 그들은 당신과의 사진을 요청한다. 특히 좁은 기차에서는 한 칸의 사람들이 당신 앞에 줄을 서는 경험을 할 수도 있다. 사진을 찍은 그는 흡족한 듯이 뒤로 돌아눕는다. 이내 당신도 평온하게 눈을 감는다.

기차는 밤을 통과해 새벽을 향해 달려 목적지에 도착한다. 여전히 약속된 시간과는 다르게 도착해 있지만, 신경 쓰지 않는다. 기차에 내릴 때면 당신은 인도에 완벽히 적응한 평범한 여행자가 되어있다.

안녕, 자애로운 나의 도시

＊

인도 비자 만료를 하루 앞두고 파키스탄과 인도의 경계, 펀자브 지역의 암리차르에 새벽 3시쯤 도착했다. 숙소에서 대충 씻은 후 일찍 일어나 시크교의 성지인 황금 사원을 보고, 보더로 넘어가 인도와 파키스탄의 국기 하강식을 본 후에 다시 사원으로 돌아와 순례자들과 외국인들에게 공짜로 제공하는 건물에서 숙식을 해결할 계획을 가지고 몸을 바쁘게 움직였다.

"나 오늘 하루 예약했어, 여기 여권."
"음… 네 비자 만료되었는데?"
"응?"
"네 비자 30일짜리 비자라서 오늘이 마지막이야."

어디서부터 잘못된 거야! 여권을 다시 뺏어 확인한 비자는 정말 오늘까지였다. 30일짜리 비자를 31일짜리 비자로 착각하고 있었던 나는 황금 사원에서의 숙박이고, 보더의 국기 하강식이고 뭐고 당장 인도를 떠나야 했다. 국가에 상관없이 나의 여행을 힘들게 만드는 8할은 나 자신이다. 덕분에 늘어버린 연기력으로 최대한 불쌍한 표정을 지으며 말했다.

"나 5시간 뒤에 나갈게. 씻고 잠시만 자게 해줘."

"흠…."

인도에 불법체류 하고 싶은 마음이 하나도 없는 건 나라고! 그러나 그는 나를 이미 불법체류자로 의심하는 듯 손가락을 책상을 툭툭 치며 나를 바라보았다.

"흠…."

"제발! 나 일어나서 당장 인도 떠날게!"

그는 미심쩍은 눈빛으로 여권을 복사하고 방을 내어주었다. '들여보내 놓고 어디에 신고하는 건 아니겠지?' 하는 걱정도 잠시, 배낭을 내려놓고, 몸을 씻으니 개운하고 나른해 잠이 쏟아졌다. 나를 돌봐주는 신이 있다면 나를 위험에 처하지 않게 하는 대신 위험에 처해도 크게 신경 쓰지 않을 태평함을 주신 것이 분명하다. 일단 자고, 조금 이따 생각하자.

다음날, 아니 5시간 후 피곤한 몸을 이끌고 주인의 눈치를 보며 아침 일찍 숙소를 나섰다. 그래도 황금 사원을 안 보고 갈 수는 없지. 암리차르는 전체 인구 중 힌두교 신자가 80%인 나라에서 단 2%만을 차지하는 시크교 신자들이 모여 있는 성지이다. 힌두교, 불교, 기독교, 이슬람교 같은 종교는 많이 들어봤지만, 시크교에 대해서 정확하게 아는 바가 없었다. 바라나시에서 종종 보았던 까만 망토를 걸치고, 까만 천 가방에 해골을 가지고 다니던 그 종교인가? 왜인지 다크한 이미지를 주는 듯한 이름이라고 생각하며 길을 걸었다.

아침의 암리차르 거리는 낯설었다. 이제까지 경험한 인도와는 다른 깔끔한 느낌. 나는 인도에 있는 동안 늘 먹먹한 귀와 먼지로 가득 막힌 코, 간지러운 목을 달고 살았다. 사람들이 인도 여행을 만류하는 이유 중에는 분명 기관지나 고막에 손상을 준다는 이유도 한몫할 것이다. 그런데 암리차르는 이야기가 조금 달랐다. 거리는 깔끔하게 정돈되어 있었고 갑자기 소리를 지르거나 무례하게 경적을 울리는 이도 현저하게 적었다. 게다가 황금 사원으로 향하는 길의 곳곳에서 쉽게 만날 수 있는 시크교원들은 머리에 색색의 터번을 두르고 덥수룩한 수염에 훤칠한 키를 가졌는데, 내가 알던 정체불명의 까만 종교 단체와는 전혀 관계가 없는 모습이었다. 그들과 함께 시크교 사원인 황금 사원으로 입장하는 행렬에서서 시크교에 대해 검색해 보았다.

카스트 제도를 부정하고 모든 이들의 평등을 주장하는 시크교는 양심에 어긋나는 삶을 살지 않는 것을 강조하는 사상 아래 힌두교에서 시크교로 개종한 사람 중 대부분은 여성이다. 암리차르의 이른 오전 거리의 느낌처럼 시크교의 이야기 또한 낯설었다. 힌두교 사원에서는 여성이 월경하는 때 사원의 출입을 금하고 있는 제도까지 있으니, 종교가 곧 삶인 이들에게 시크교의 평등은 삶이 바뀌는 혁명이었을 것이다.

"입장을 위해 신발을 벗고, 터번을 쓰시오."

하얀 대리석으로 지어진 거대한 입구 앞에서 안내를 받고 신발을 벗었다. 바닥에 흐르는 물로 손과 발을 씻고 머리에 터번을 쓰고 긴 바지로 환복한 뒤 단정한 차림으로 들어가야 한다. 사원을 구경하고 바로 보더로 넘어가야 하는 나는 여행객들로 붐비는 별관을 아쉬운 눈으로 바라보며 입장했다.

시크교에 대해서는 잘 알지 못했지만, 황금 사원의 명성은 타지마할과 비교할 법하다. 시크교도의 모금으로 지어진 황금 사원은 이름에 걸맞게 사원 전체가 황금으로 덮여 번쩍이고 있다. 수많은 시크교 봉사자는 터번을 쓰고 방문자에게 식사를 나눠주고, 길을 안내하고, 청소하고, 질서를 유지한다. 맨발로 사원에 들어갈 수 있는 것도 모두 그들 덕이다. 아무리 걸어도 쓰레기 하나 볼 수 없는 사원을 뒤에 두고 맨발로 서서 사람들을 보았다. 손을 합장하고 기도를 하는 사람, 사원을 사진으로 담아가려는 사람, 맨발에 신이 나 뛰어다니는 아이… 보는 것만으로도 마음이 넉넉해지는 이곳을 바로 떠나야 한다니, 하룻밤을 더 보내고 싶은 마음이 더욱 솟아났다. 단정한 마음으로 모두를 맞이하는 이 사원에서 언젠가 다시 보낼 며칠을 기약했다.

어쩌다 결정된 오늘의 행선지는 파키스탄. 시간은 새벽 1시가 넘어가고 있었고, 20km는 떨어져 있는 보더까지 국기 하강식이 시작하는 2시 30분 이전에 도착해야 한다. 조금이라도 늦으면 국기 하강식을 구경하는 사람들과 보더를 넘으려는 사람들로 가득 찰 테니 서둘러야 했다. 배낭을 메고 릭샤와 협상하고, 우버 앱을 통해 택시를 불러도 빈 차로 돌아와야 한다는 사실에 대부분 거절하거나 큰 금액을 불렀다. 시간은 흘러가고 급한 마음에 큰 금액의 릭샤라도 타야 하나 싶었는데, 뒤에서 자신을 우버 기사라고 소개하는 터번을 쓴 청년을 만났다.

"보더까지 가는 거 찾고 있지? 아마 릭샤들은 다들 거절하거나 우버는 엄청 비싸게 부를 거야. 내가 우버 앱에 나오는 가격에 맞춰서 데려다줄게."

인도에 대가 없는 친절은 없는데! 또 말을 바꿀까 싶어 불안한 나는 몇 번이나 확인했다.

"앱 가격에 맞춰준다고? 추가 요금 없이?"

"응, 여기 내 우버 허가증이야. 봐봐! 그리고 나 영어도 잘해. 다른 기사들은 영어 잘못하지? 내가 안전하게 태워다줄게."

좋아 가보자! 그의 확신에 찬 말투에 그에게 배낭을 맡기고 출발하기로 했다. 전 세계 교통사고 1위 국가 인도, 무질서 속 그들만의 질서, 이곳의 기사들은 아주 숙련된 솜씨를 가지고 있다. 그는 복잡한 시내를 여유 있게 빠져나가며 내게 질문했다.

"암리차르에 며칠이나 머물렀어?"

"음, 반나절?"

"뭐? 근데 바로 떠난다고?"

"비자 만료일이라 어쩔 수 없었어. 나도 아쉬워."

그는 암리차르와 펀자브 지역의 관광지를 읊어주며, 이곳이 얼마나 매력적인 곳인가에 대해 이야기했다. 게다가 그는 내 인도 여행의 마지막을 장식해야 한다는 의무감에 불탔는지, 끊임없이 인도의 top 100 노래를 틀어주며 분위기를 이끌어 갔다. 내릴 때까지 그는 하루 만에 떠나는 나의 상황을 안타까워했다.

"다음에 꼭 암리차르에 다시 와!"

"알겠어, 고마워."

나는 그에게 감사 인사를 전한 후 보더를 향해 뛰어갔다. 암리차르의 국경은 다른 곳보다 훨씬 으리으리한 모습이었다. 길게 뻗은 길 양옆엔 관중석이 있었고 가운데에 큰 철창으로 사이를 막아

놓고 검문하고 있었다. 걸어서 파키스탄으로 넘어가니 하강식을 준비하는 군인들을 볼 수 있었다. 관중석에 착석했다.

암리차르에서만 볼 수 있는 특별한 행사 국기 하강식, 하루에 한 번, 보더를 닫고 인도와 파키스탄의 국기를 내릴 때 각 나라의 군인들이 절도 있는 음악과 관중들의 응원을 들으며 춤추듯 국기를 내리고 의식적인 기 싸움을 펼친다. 파키스탄 관중석은 7줄로 된 작은 플라스틱 의자였고, 나를 포함해 약 30명 정도의 관중이 있었다. 인도 쪽을 바라보니 파키스탄 관중석의 100배는 넘어 보이는 인원이 모여서 흥분한 채로 소리를 지르고 있었다. 마치 콜로세움 경기장을 연상케 하듯 관중석이 무대를 둘러싸고 있고 그들의 머리 위엔 비와 햇빛을 막아줄 지붕이 있었다. 오늘 새벽까지는 나도 저쪽에 앉아 인도를 응원할 생각이었는데 순식간에 상황이 바뀌어 파키스탄을 응원해야 했다. 하지만 그것 또한 파키스탄의 첫 시작으로 나쁘지 않았다.

음악이 시작되고 응원을 주도하는 사람이 나와 북을 치기 시작하자 아까부터 흐렸던 구름이 드디어 비를 쏟아냈다. 인도의 관중에 비해 현저하게 적은 인원, 쏟아지는 비를 맞아야 하는 관중석, 함께 비를 맞으며 북을 치고 박수를 유도하는 그들 사이에 섞이고 싶은 마음이 생겨났다. 마지막 도시인 자애로운 암리차르를 앞에 두고, 그간의 인도 여행은 뒤로하고, 아쉬운 마음을 떨쳐내려 그들과 함께 더 크게 외쳤다.

"파키스탄, 진다바드!(파키스탄, 만세!)"

라마단을 아십니까?

✳

파키스탄의 수도 이슬라마바드, 그곳은 미지의 세계였다. 지인 중 여행으로 다녀왔다는 이야기를 들은 적도, 검색창에 제대로 된 정보도 없다. 보통 그런 곳에 대한 막연함은 현지에 가면 해결되기 마련인데, 파키스탄은 발을 들여놓기 전에도, 들여놓은 후에도 비슷했다. 다른 도시로의 이동을 위한 경로, 버스 시간표나 금액, 터미널의 위치도 미리 알 수 없어서 매번 영어로 검색하고 번역해야 했다. 길거리는 조용했고, 깔끔했다. 잘 가꿔진 정원이 있는 집과 대형 쇼핑몰이 많았고 그 앞엔 어린아이 여럿이 구걸했다. 이상한 광경이었다.

또 길거리나 가게의 직원은 거의 남성이었다. 대중교통을 이용할 경우엔 남녀 칸이 나눠진 버스를 탔다. 숙소 주인에게 택시를 불러달라고 부탁한 어느 날, 택시 기사는 나의 성별을 확인한 후에 태웠다. 그들은 대부분 전통의상을 입고 다니기 때문에 쇼핑몰에도 전통의상의 현대 버전쯤 되는 의상을 판매했는데, 이곳과 마트에서만 유난히 많은 여성을 많이 볼 수 있었다. 인도에서는 그나마 여성들의 경제활동을 목격하거나 말을 섞을 기회가 종종 있었는데, 파키스탄에서는 여성들을 만날 일이 드물었다. 국경선 하나 넘었을 뿐인데 종교도, 분위기도 완전히 달랐다.

몇 년 전에 본 기사가 기억났다. 2014년 최연소 노벨 평화상을 받은 파키스탄의 16세 소녀 '말랄라', 그는 13살의 나이로 파키스탄 여성 인권을 옹호하는 글을 블로그에 연재하다 탈레반이 쏜 총에 맞아 머리와 귀를 관통하는 중상을 입었다. 이후 영국에서 수술과 치료를 받아 6일간의 혼수상태에서 깨어났고, 지금도 꾸준히 여성 인권과 교육에 대한 운동을 펼치고 있다. 눈앞에 그들을 볼 수도 없고 어떤 상황인지 짐작만 하는 나는 이들이 겪고 있는 일에 대해 단 1%도 경험하지 못한다. 아이러니하게도 그들의 종교적인 신념(여성을 약자로 보고, 남성 보호자 없이 사회활동을 할 수 없는 제도)으로 인해 나는 외국인 여성 여행자로서 오히려 그들에게 과보호 받고 있기 때문이다.

유별나게, 남녀가 유별한 나라, 파키스탄. 나는 시간이 지날수록 영어로 된 사이트를 번역하는 일과 나를 따라다니는 낯선 시선을 견디는 것, 거리 아이들의 구걸에는 점차 익숙해졌지만, 도저히 익숙해질 수 없는 것이 있었다. 바로 '라마단'. 이슬람교의 가장 큰 행사이자 신실한 기도의 날. 약 한 달간 일출에서 일몰 동안 금식한다. 즉 해가 떠 있는 시간에는 먹고, 마시지 않는다는 것이다. 그러나 두바이나 코타키나발루 같은 관광지에서 겪는 라마단은 관광객에게 해당이 적다. 나에게는 이곳이 여행지이니 어떻게든 되겠지 정신으로 태연하게 라마단을 맞이한 첫날, 해가 지기까지 약 2시간여를 남겨두고 절망에 빠졌다.

프랜차이즈 식당과 대형 쇼핑몰의 푸드코트, 중국계 식당까지 문을 열지 않았고, 마지막 희망으로 '라면이나 끓여 먹지 뭐' 했던 것이 무색할 만큼 라면도 팔지 않았다. 마트에서 라면을 찾다 만난 영국인에게 물었다. 그는 파키스탄 남자와 재혼한 엄마와 매년 이곳에서 휴가를 보낸다고 한다.

"라마단 기간에 정말 아무 식당도 안 여는 거야?"

"응, 아마 숨어서 하는 식당을 찾아가야 할 거야."

"알고 있는 곳 있어?"

"음, 아마 확신할 수는 없는데, 가보자. 데려다줄게."

그의 차를 타고 몇 군데의 식당을 돌아다녔지만, 여전히 실패였다. 태평함이 특기이자, 장기인 나조차 배고픔에 눈앞이 깜깜해졌다. 방법을 찾지 않으면 매일 강제로 그들과 함께 라마단을 행해야 했다. 그와 헤어지고 길에서 마저 식당을 찾던 나는 더는 참을 수 없어 택시를 잡아타고 열려 있는 식당 아무 곳으로 데려다 달라고 말했다. 나의 울먹이는 듯한 부탁에 택시 기사는 잠시 당황했지만, 그는 친구들에게 전화를 돌려 수소문하기 시작했다. 우리는 동네를 벗어나 현지인들만 가는 시장으로 향했다.

"이 근처에 찾아보면 있을 거야. 인샬라."

알라가 그렇게 되기를 원한다면 신의 뜻대로 될 거라는 의미의 인샬라. '무슨 하쿠나 마타타 같은 소리야!' 말하고 싶었지만 내가 지금 믿을 구석은 알라가 아니라 이 택시 기사뿐이었으니 조용히 그의 인샬라를 따랐다. 그러나 현지 시장 탐험 마저 대실패였다. 게다가 그나마 발견한 한 군데의 노상 음식점 위생 상태를 보고 입맛과 의욕을 잃기에 이르렀다. 기사는 내게 다시 동네로 가겠느냐고 물었다. 나는 차라리 숙소 침대에 누워서 해가 지기만을 기다리는 것이 에너지를 조금이라도 아끼는 길이라는 생각이 들었다.

관광지가 아닌 나라에서 맞는 라마단을 무시한 대가는 참혹했다. 시간은 오후 5시를 넘어갔다. 먹은 것이라고는 아까 마트에서 산 초콜릿뿐. 나는 임계점을 넘어 주리다 못해 아픈 배를 잡고 슬프게 창문만 바라보며 숙소로 향했다.

"어 잠깐, 저 서브웨이⋯ 오픈 준비하는 것 같은데?"

마치 사막에 오아시스를 발견한 듯 눈을 비볐다. 아직 켜지지 않은 간판과 가게 안 어스름한 형광등 아래 신기루처럼 직원 한 명이 오픈 준비를 하고 있었다. 나는 택시를 멈춰달라고 말한 후 가게로 뛰어 들어갔다.

"샌드위치! 지금 당장 될까?"
"지금?"
아까 택시 기사의 당황한 기색과 같은 직원의 표정을 보니 꼭 거절할 것만 같아서 나는 두 손을 꼭 모으고 부탁했다.
"제발… 나 아직 한 끼도 못 먹었어."
이내 직원은 고개를 끄덕였다. 나는 튀어 나가서 택시 기사에게 고마움을 전하며 인사를 했고 그는 마지막으로 '인샬라!' 외치며 떠나갔다. 아직 테이블 위에 올려진 의자도 내리지 않은 매장 안에서 나는 샌드위치를 주문했다.
"투 샌드위치 플리즈, 땡큐, 땡큐 소 머치. 유 세이브 마이 라이프."

이후에 지켜본 일몰 이후의 파키스탄의 식당 풍경은 명품 매장의 오픈런을 방불케 했다. 가게마다 늘어선 줄과 정확한 시간에 유리문을 개방하는 직원들. 물건을 싹쓸이하듯 그들은 엄청난 주문량과 폭식을 보여준다. 나는 그들과 줄을 서서 다음 날 아침과 점심 식량을 비축한다. 어느 날은 샌드위치, 어느 날은 카레, 어느 날은 치킨. 새벽 3시쯤 숙소에서는 희미하게 사람들의 웅성거림과 식기가 달그락거리는 소리가 들린다. 해가 뜨기 전에 식사를 해야 하기 때문이다. 해가 뜨면 다시 여성이 없는 조용한 거리, 신실한 신앙을 마주한다. 그리고 또다시 저녁엔 엄청난 식사를 즐기는 그들을 본다. 적응되지 않는 낯선 광경과 허기짐. 라마단 기간의 여행은 어떤 힘든 고행보다도, 히말라야를 오르는 일보다 쉽지 않았다.

훈자마을

*

약 10년 전쯤 '배낭여행자의 블랙홀'이라 불리던 여행지가 있었다. 처음 알게 된 건 어떤 여행자의 글에서 본 사진이다. 그는 세상에 다시 없을 곳이라며 사진과 함께 훈자 여행기를 올렸다. 세계에서 두 번째로 높은 산 K2(7,788m)로 둘러싸인 고도 2,400m의 마을. 만년설로 덮인 높은 산과 그 아래에 빙하가 녹아 만들어진 깊고 푸른 계곡, 그와 함께 만개한 살구꽃과 넓은 초원의 풍경, 내가 사는 세계에서는 함께 존재할 수 없는 것들, 그러나 이상하게도 모든 것이 섬세하게 잘 어우러진 그 사진이 동경의 시작이었다. 나는 아주 오랫동안 품고 있었던 그곳 훈자로 향했다.

햄버거 세 개를 포장한 후 20시간을 달려 훈자로 가는 지난한 과정은 짧게 생략하겠다. 가는 도중 당장이라도 고장 나는 게 이상하지 않을 구린 버스의 타이어가 역시나 터져서 길거리에서 한참을 보냈다는 것과 잠이 덜 깨서 바라본 밖의 풍경이 내가 상상했던 것보다 훨씬 더 나의 세계와 달랐다는 것만 선명하게 기억나기 때문이다. 도착한 훈자의 카리마바드, 거칠게 손으로 찢어 땅에 턱턱 박아놓은 듯한 무심한 갈색의 돌산, 그 옆을 흐르는 계곡의 자연스러운 모습은 사진 그대로 사람 하나 살지 않을 것 같은 풍경이었다. 지구에서 다른 행성을 느끼고 싶다면 분명 이곳이다. 가장 기대했던 살구꽃과 어우러진 초원의 모습은 볼 수 없었다. 예전에 비해 느려진 살구꽃 개화 시기에 지금은 작은 봉우리만 피어있거나 몇몇 나무에서만 듬성듬성 볼 수 있었다. 그러나 실망할 틈을 주지 않는 훈자, 봉우리 사이로 보이는 뾰족한 산맥의 레이디핑거(6,000m), 그것으로도 충분히 비현실적이었다.

발품을 팔아 구한 숙소 주인 '아지지'에게 한 가장 첫 번째 질문.
"여기는 라마단 안 한다고 들었는데, 맞아?"
덥수룩한 흰 수염을 가진 아지지는 킬킬 웃으며 대답했다.
"당연하지! 망할 라마단!"
파키스탄 전통 터번을 쓰고 다니는 아지지는 호쾌한 아저씨였다. 숙소의 이름인 '히말라야 타이거'가 그와 썩 잘 어울렸다. 코로나19 팬데믹의 여파가 남아있는 2023년 4월, 그는 한국 사람을 아주 오랜만에 본다며 반갑게 맞아주었다. 그는 훈자의 라마단, 종교와 언어, 인종 모두 다른 파키스탄의 도시와 약간씩 다르다고 설명했다. 아침부터 카페와 식당을 오픈하고, 때에 맞춰 식사를 하고, 보수적인 이슬람을 따르지 않고 조금 더 개방적으로 개종했다고 한다. 산책하다 보면 신비로운 눈 색을 가진 이국적인 사람들, 아이와 단둘이 나온 여성, 가게에서 일하고 있는 여성을 쉽게 만날 수 있었다. 그리고 그는 특히 시크릿 '훈자 워터'가 아주 스페셜 하다고 덧붙였다.

"시크릿 훈자 워터가 뭔데?"
"술 좋아해?"
"응! 근데 파키스탄에선 안 파니까, 못 마신 지 한참 됐어."
"그럼, 언제든 말만 해, 훈자 워터! 구해다 줄게."

훈자에서만 통하는 은어 '훈자 워터'는 가정집에서 만드는 밀주였다. 나이스! 그 어떤 여행자의 말이 정확했다. 이곳은 다시없을 평화로운 곳이었다.

훈자에서 가장 쓸모없는 것, 검색

✳

블로그에 나온 맛있는 식당? 코로나로 인해 사라져 버렸다. 뜨거운 물이 나오는 숙소? 아시다시피 숙박 사이트에 그런 건 나와 있지 않다. 가스가 귀한 이곳에서 현지인도 뜨거운 물을 매일 쓰지 않는다고 한다. 발품을 팔아 찾은 분명 뜨거운 물이 나온다고 했던 히말라야 타이거에서도 이틀에 한 번 주방에서 직접 끓인 물로 샤워를 할 수 있었다. K2 산맥이 모두 보이는 전망대 투어 예약은 거리에서 만난 한가해 보이는 택시 기사와 협상해 1만 5천 원에 종일 안내 받으며 다닐 수 있었다.

훈자의 정보도 이슬라마바드와 마찬가지로 대부분 검색 결과는 '없음', 구글 지도로 검색한 목적지도 '경로 없음'이다. 하지만 훈자에서는 그 어떤 것도 걱정할 필요가 없다. 내가 묻는 모든 물음에 대한 답은 미소다. 모르는 사람에게 물어도 아는 사람이 나올 때까지 찾아주는 게 그들이니까. 전화기를 들어 두세 번의 통화, 답이 나올 때까지, 답이 나오지 않더라도 지나가는 것에도 마음을 다하는 그들의 모습은 퍽 감동이다.

오래전 블로그에서 본 일본 사람이 운영하는 한식집을 찾으려 동네 사람들에게 물었다. 코로나 때 일본으로 돌아갔다는 정보를 듣고 발길을 돌려 다시 숙소로 돌아간 그다음 날, 산책에서 만난 처음 보는 동네 사람이 내게 말을 걸었다.

"네가 한식당 찾는다는 그 애인가?"

"맞아, 어떻게 알았어!"

"어제 친구한테 전화 왔어. 어떤 동양인이 한식당을 찾는데 알고 있느냐고! 그래서 일본으로 돌아갔다고 했지."

"그렇구나, 알려줘서 고마워!"

"그 식당은 없어졌는데 내가 한식 잘하는 애를 알거든? 여기에 전화해 봐."

나는 그날 새로운 식당에서 끝내주는 김치 수제비와 김치볶음밥을 먹을 수 있었다. 훈자 사람들은 다들 넉살이 어찌나 좋은지, 산책하다 보면 꼭 가이드를 자처하는 사람과 동행하게 된다. 마당에서 바비큐 하는 청년들은 내게 한 입씩 권하고, 투어를 끝낸 택시 아저씨는 헤어지기 아쉽다며 자기 친구들과 카페에서 수다를 떨다 가자고 한다. 한 번도 실패한 적 없는 히치하이킹은 덤이다. 사심 없는 그들의 제안에 나는 행복한 한편, 겁이 났다. 그들과 함께하는 세상은 너무나도 걱정이 없어서, 두려울 게 없어서 두려웠다. 나는 못다 핀 봉우리같이 메마른 나의 세계로 다시 돌아가야 하는데, 살가운 사람들이 만개한 이 세계는 너무나도 향기롭고 안락했다.

나는 성인이 되고 지난 10년간 지나온 길에서 벌거벗은 기분을 자주 느꼈다. 한국에서도, 탄자니아에서도, 볼리비아에서도, 베트남에서도⋯. 누군가 무언가를 바라는 듯 손을 내밀면 내 눈을 가려야 할까, 그들을 가려야 할까, 어떤 제도와 사회가 그들을 나와 같은 길에서 다른 상황으로 마주 보게 만들었을까 생각했다. 여행하고 있다는 사실만으로도 어떤 권력을 누리는 것 같아서 불편했다. 그럴 땐 그냥 눈을 질끈 감고 빠른 걸음으로 지나쳤다.

그런데 훈자에서는 걸음이 유난히 느려졌다. 모든 순간이 나를 붙잡았다. 달걀 한 알, 감자 한 알, 통마늘 한 톨이 100원씩 하는 단골 가게에서 채소를 사서 숙소에서 간단한 아침을 만들어 먹고, 1994년에 오픈해서 나와 동갑인 카페에서는 커피 한 잔 천원, 토스트 한 개 천이백 원에 점심을 먹는다. 하교하는 아이들 사이에서 공놀이 한판을 하고, 손을 흔들어 누구든 태워주는 동네 사람의 차를 타고 숙소로 돌아간다. 숙소엔 호탕한 아지지가 아직도 전기가 안 들어온다며 미안한 듯 웃으며 맞이해 준다.

"아지지, 나 왜 훈자에서 이렇게 마음이 편안한지 알았어. 길에서 구걸하는 사람이 없어!"

"아, 우리는 누군가 길에 있으면 도움을 줘."

"어떻게?"

"젊은 사람이라면 일을 하게 하지. 호텔, 식당, 서빙, 청소 뭐든. 일을 할 수 없는 노인이나 아픈 사람이라면 마을에서 돈을 모아서 전달해. 다들 할 일이 있고, 걱정은 없지!"

"왜 그렇게까지 하는데?"

"우리는 연결되어 있으니까. 그게 훈자가 특별한 이유고, 내가 이곳에 사는 이유야."

아지지는 늘 짓는 호탕하고, 사람 좋은 미소를 띠며 말했다.

아, 그리고 그것은 곧 내가 여기 오게 된 이유였다. 몇 안 되는 파키스탄 여행 정보의 90%를 차지하고 있는 훈자. 훈자 정보 글의 대부분 진짜 정보는 없었다. 빙하 호수, 높은 설산, 만개한 살구꽃, 저렴한 여행 금액 이런 것은 그저 곁다리일 뿐이었다. 사실은 모두 그들에 대한 이야기였다. 훈자 간증 글이라도 되는 듯, 마치 천국을 만났다는 듯 이야기하는 글들을 보며 나는 비현실적인 풍경을 보기 위해서가 아니라 마음 깊은 곳에서는 다른 세계를 기대하며 온 것이다. 부끄럽고, 벌거벗은 나를 이곳까지 이끈 건 그들

의 연결이었다. 고작 일주일, 내가 가진 가장 두툼한 외투를 입은
것보다 따뜻했다.

훈자. 내가 가본 어떤 나라보다 춥고, 가난하고, 열악한, 그러나
모두 연결된 사람들이 사는 곳.

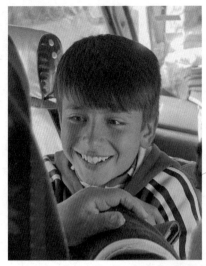

*Pakistan

마음이 간지러운 언어

✳

늘 계획도, 걱정도 없으면서 고민과 과한 상상력은 멈출 생각을 하지 않는다. 공항에서 숙소는 어떻게 가지? 음식이 안 맞으면 어쩌지? 언어는 어떻게 되지? 이 나라 사람들은 어떨까? 소매치기는 많을까? 비행기에서 내 짐만 안 나오면 어쩌지? 걱정이 없어서 마음 내키는 대로 행동하는 것이 아니라 마음 내키는 대로 행동해 놓고 후에 걱정하는 타입이라 공항에 도착하는 순간까지 막연한 불안감과 초조함, 일어나지 않을 일에 대한 생각으로 가득 차 있다. 그러나 평소와 다르게 태국을 향하는 비행기에서는 편안함과 설렘을 동시에 느낀다.

내게 자유를 떠올렸을 때 가장 어울리는 나라는 유럽도, 미국도 아닌 태국이다. 나라를 옮기면 빈티지 숍과 시장에 있는 매장을 돌아다니며 마음에 드는 옷으로 갈아입는다. 이것은 하나의 의식이자, 강박이다. 당신들처럼 이곳에 살듯이 행동하겠다고 옷으로서 주장한다. 마음에 드는 옷을 찾고, 입으면서 나라를 발견한다. 주로 털이 달린 옷을 좋아하나 봐? 꽤 화려하군. 여기 사람들은 팔이 긴가 봐. 팔이 안 맞네. 주머니가 잔뜩 달렸잖아! 귀엽다.

나라마다 기념품을 모으는 여행자가 그 기념품을 찾아다니는 과정마저 여행으로 승화하는 것처럼 옷을 갈아입을 때마다 여행지에 대한 이해도와 애정이 생기고 있음을 확인한다. 가장 마음에 들었던 코끼리 바지는 한국까지 가져가서 가끔 입는 것도 모자라서 다음 태국 때도 가지고 오는 정성을 보였다. 그런 면에서 태국의 '코끼리 바지'는 특별하다. 매일 입어도 질리지 않는 촉감과 화려한 무늬를 가지고 있다. 위에 어떤 옷을 입어도 잘 어울리는 마법 같은 일이 일어나서 계속 손이 간다. 그 나라를 확인하고 애정을 쏟기 위해 옷 가게에 가지 않아도 되는 자유로움.

일주일 내내 입는 코끼리 바지, 더위 혹은 우기만 있는 나라에서 입는 컬러풀하고 가벼운 옷차림, 그들의 다양성만큼 넘쳐나는 재즈 바와 드랙쇼, 언제 받아도 시원한 마사지, 아무 식당이나 들어가도 웬만큼 맛있고 메뉴판의 가격을 안 봐도 될 만큼 저렴한 음식, 오천 원으로 한 봉지 가득 먹을 수 있는 열대 과일, 태국에서 누릴 수 있는 모든 것이 그리웠다.

가장 그리운 건 그들의 말투와 글씨이다. 다섯 개나 되는 성조는 들을 때마다 구분할 수 없지만, 운율이 살아있어 언제나 마음이 간질간질하다. 존댓말을 쓸 때 붙이는 '카'를 특히 좋아한다. 태국어를 쓰는 사람과 대화하면 절로 미소가 지어진다. 흥정 도사가 된 나는 200원을 깎으려고 열을 내다가도 그들이 '툭 막 카(너무 싸다)' 하고 귀를 간지럽히면 꼬리를 내리고 바로 사게 된다. 싸울 때 '용용체'를 쓰면 덜 싸우는 효과를 보는 것 같은 느낌이랄까.

그 나라의 말을 따라 할 때 우리는 제대로 된 단어 하나 알지 못해도 운율만으로 따라 할 수 있다. 일본어는 예의 바른 느낌으로 조곤조곤하게, 중국어는 빠르고 크게, 영어는 영화처럼 낮은 목소리로, 독일어는 단어마다 끊어서 굵은 목소리로, 태국어는 높고 간드러지게 말한 다음 '카'를 붙인다. 언어는 그 사람을 판단하는 중요한 기준이 되는데, 무슨 뜻인지도 모르면서 말투가 귀엽다는 생각만 가득 찼다. 뭐든 귀엽다고 느끼게 되면 답도 없다. 사람과 말투뿐 아니라 글씨마저 사랑스러워 보였다. 간판과 메뉴판, 스티커, 책, 포스터, 엽서들은 어떤 뜻인지는 모르지만, 물 흐르는 듯 생긴 게 꼭 그림처럼 보여서 그 자체로도 디자인같았다.

나는 한국어로 말할 때 어투도, 글씨체도 딱딱하다고 생각하는 반면 한국을 사랑하는 독일 친구는 '진짜?'의 운율이 마음에 든다고 '진짜? 송'을 만들어 부르며 뿌듯해했다. 옷, 솥, 밥 같은 받침이 있는 한 글자 단어도 귀엽게 생겼다며 유난히 좋아했다. 자꾸 태국어를 흥얼거리며 따라 하고, 그림처럼 생긴 태국어로 된 스티커를 핸드폰에 붙이고 다니는 내 모습과 아주 흡사하다. 그와 나의 타국에 대한 애정은 아무것도 모르는 채로 보고 듣는 언어적 끌림에서 비롯되지 않았을까.

하지만 아이러니하게도 배울 생각은 없다. 태국을 여행할 때만큼은 이어폰을 빼고, 그들의 노랫소리 같은 언어와 도시의 소음을 랜덤 재생되는 음악처럼 그저 즐기고 싶다.

갈증

*

이례적인 불지옥이었다. 매일 최저 기온이 37도, 최고 기온은 42
도까지 올랐다. 뜨거운 태양 아래 들숨은 담배 연기처럼 따가웠
고, 날숨은 뜨거운 한증막의 공기 같았다. 관광객이 늘 끊이지 않
는 방콕임에도 낮에 길을 걸어 다니는 사람은 손에 꼽았다. 누군
가와 눈이 마주치면 'Hi, how are you?(안녕?)' 대신 'The weather
is crazy, doesn't it?(날씨 미친 것 같지 않아?)'로 인사를 시작한다.
여태껏 냉방장치 없이 평생을 운영해 오던 식당과 노상 가게마저
탁상용 선풍기를 놓았다. 주인들은 펄펄 끓은 육수 앞에 목에 거
는 선풍기, 휴대용 선풍기, 얼린 물주머니 같은 것으로 더위를 버
텼다.

불볕더위 속에서 나는 이동 비용을 아끼겠다고 걸어 다니다 더

위를 먹고 식욕을 잃었다. 엄청난 갈증이 났다. 사람들은 밤만 되면 낮에 복수하듯 쏟아져 나와 맥주를 들이켰다. 갈증은 쉽사리 해결되지 않았다. 물! 대량의 물이 필요했다. 나를 감싸고 내 시야와 감각을 모두 시원하게 만들어 줄 물. 이것을 해소할 방법은 단 한 가지, 바다로 향한다. 나는 물개형 인간이라 주기적으로 바다와 함께해야 살 수 있다. 대신 수영을 하지 못하고, 물 공포증도 가지고 있는 물개랄까…. 물개가 쉴 때 모래사장이나, 돌섬 위에서 휴식을 취하는 것처럼 마음만 먹으면 종일 바다 앞에 물개처럼 누워있을 수 있다. 쉬고 싶을 때면 바다를 찾아가는 류의 물개형 인간이다.

어릴 때부터 바다 앞에서 울고 있는 사진이 한가득하다. 발 정도 담그고 놀다 어쩌다 발이 닿지 않는 곳까지 가게 되면 파도가 날 휩쓸어 저 먼 끝까지 보내버리거나, 깊은 수심 아래로 영원히 잠겨버릴 것 같은 상상이 온몸을 눌러버려서 과호흡으로 이어졌다. 그러다 보니 친구들과 놀러 가면 돗자리를 지키고 있는 사람 한 명, 그게 꼭 나였다. 한국에서는 크게 문제가 되지 않았다. 들어가서 첨벙거리지 않아도 바다가 너울거리고 파도가 치는 것, 노을이 질 때 바다에 윤슬이 비추는 것만 봐도 만족스러웠다.

그러나 여행하다 보면 몸이 안달 나는 장면을 훨씬 많이 마주하게 된다. 계속해서 뛰어들고 또 뛰어드는 역동적인 서퍼, 맨몸으로 거칠게 헤엄치거나 유유히 배영하는 사람들, 강아지와 물 위를 뛰어다니는 주인 등 모든 장면이 바다에 뛰어들고 싶게 만든다. 쳐다만 봐도 좋다고 생각했던 것이 점점 욕심났다. 그래서 물 공포증과 찾은 타협점이 바로 바다 위에 눕는 것이다. 차마 배영이라고 할 수 없는 행위. 그저 누워서 흐르는 방향대로 몸을 맡기다가 움직여야 할 일이 생기면 바다가 눈밭인 양 '천사 만들기'를 한다. 팔다리를 위아래로 허우적거리다 보면 앞으로, 옆으로 나아갈 수 있다. 그래도 이번엔 눕기보다 한 발짝 더 나아가 보기로 했다.

이번 여행의 목적을 더위 피하기와 더불어 물 공포증 극복으로 잡은 뒤 태국의 작은 섬 '꼬따오'로 향했다. ('꼬(코)'는 태국어로 섬이라는 뜻이다. 정말이지 귀여운 태국어) 코사무이, 파타야, 푸껫 같은 유명한 휴양지를 선택하지 않은 이유는 늘 한결같다. 저렴하니까! 신혼여행지로, 관광지로 손꼽히는 섬을 제외하니 남은 곳이 바로 따오섬이었다. 방콕에서 시작해 남쪽 끝으로, 수기로 써진 종이 표를 달랑달랑 들고 야간 버스와 2층 침대가 빼곡하게 들이찬 배를 타고 작은 섬으로 들어갔다.

마침내 실패

✳

에어컨이 시원하게 나오는 호스텔에 누워서 물 공포증 극복을 위해 어떤 것을 해야 할지 고민해 보았다. 바다에 눕기는 이제 지겹고, 수영은 혼자 하기 두렵고, 서핑은 과하게 도전적이다. 대신 나는 바다 생명체를 좋아하니 나를 지켜(봐)줄 사람들과 함께할 수 있으면서 안전장치도 있는 활동! 가벼운 스노클링을 하기로 결심했다. 가격 비교를 위해 업체를 돌아다니던 내게 직원들이 의아하게 물었다.

"이 섬에 들어오는 사람들은 다 스쿠버 다이빙하려고 오는데, 너는 왜 스노클링만 찾아?"

"여기 스쿠버 다이빙이 유명해?"

"응. 아마 동남아에서 이 섬보다 저렴한 곳은 없을걸?"

"정말? 그런데 내가 수영을 못하기도 하고, 물을 무서워하는

데…."

"수영은 못해도 돼. 그럼 체험으로 먼저 해보는 건 어때?"

진즉에 스쿠버 다이빙을 후보군에서 제외했던 이유는 이전의 실패담 때문이다. 물 아래서 쓰는 수신호 중 '귀가 아파요'만을 선명하게 기억하는 나는 망설였다. 여러 기억이 파도처럼 밀려왔다. 에콰도르 갈라파고스에서 뭍 근처를 첨벙거리며 바다거북을 찾던 나는 얼핏 형체를 보인 거북에게 가까이 다가가지 못했다. 스윔 수트를 입었음에도 어두운 아래쪽까지 내려갈 자신이 없었다. 유유히 사라져가는 거북의 뒷모습을 눈으로 좇을 수밖에 없었다. 눈에 아른거리는 거북. 나는 얼마 뒤 헤엄치는 거북의 모습을 날개뼈에 그려 넣었다.

아프리카 탄자니아 선셋 투어에서 진주알같이 빛나는 망망대해를 망설임 없이 뛰어드는 명해 언니의 모습도 떠올랐다. 나는 팔을 쭉 뻗어 손만 집어넣은 후 윤슬을 조금 만져본 게 다였다. 언니가 몇 번이나 추천했던 다합. 매일 바다에서 시간을 보내는 곳, 다이버들의 성지라고 불리는 그곳도 나는 물을 무서워한다는 이유로 건너뛰었다. 매번 같은 이유로 건너뛰는 사람이 되고 싶지 않았다. 게다가 저렴한 건 또 못 참지.

"좋아, 내일 아침으로 예약해 줘!"

나와 강사 K는 이른 아침 스윔 수트를 입고 바다로 향했다. 배를 타고 가는 동안 물에 대한 두려움, 후회와 긴장을 동반한 빠른 심장 박동, 약간의 설렘, 복잡한 심경이었다. 바다에서 쓰는 수신호를 배우고, 이퀄라이징 교육을 받고, 물에 들어가 가장 처음 할 일을 들었다.

"물 아래 들어가면 가장 아래에 앉아서 호흡기를 빼고, 숨을 참은 다음에 다시 호흡기를 넣고, 공기 빼는 연습을 할 거야."

"호흡기를 빼…?"

"응, 호흡기에 공기가 들어가면 안 돼서 공기가 들어갔다고 가정하고 공기 빼는 연습을 하는 거야."

유일하게 믿고 있는 생명줄인 호흡기를 뺀다고? 그것도 물 가장 아래에서? 사색이 된 나를 보며 K는 말했다.

"어차피 내가 옆에 붙어 있을 거니까, 걱정은 안 해도 돼. 이제 들어가자!"

10kg가 넘는 공기통을 매고, 배의 끝에 서서 한쪽 발을 공중으로 뻗었다. 후, 하, 후, 하. 심호흡 후 눈을 딱 감고 바다로 뛰어들었다. 어미 고양이가 새끼 고양이를 물고 가듯 K에게 뒷덜미를 잡힌 채로 천천히 아래를 향해갔다. 긴장이 풀리지 않았는지 호흡으로 하는 이퀄라이징에 실패해 계속해서 마른침을 삼켜야 했다.

수심 12m, 아빠 다리를 하고 앉아서 K가 먼저 호흡기를 빼고 다시 무는 시범을 보였다. 이제 나의 차례였다. 호흡기를 빼는 일은, 바다에 뛰어들 때보다 훨씬 더한 결심이 필요했다. 첫 시도는 손으로 호흡기를 만지작거리기만 하다가 실패했다. 그에게 시범을 한 번 더 부탁했다. 호흡기를 떼고, 숨을 참고, 오른손으로 다리, 엉덩이, 등, 공기통을 차례로 만진 후에 다시 입을 벌려 호흡기를 착용한 후 공기 배출 버튼을 누른다.

나는 눈을 딱 감고 그를 따라 했다. 다리, 엉덩이, 등, 공기통을 만지기까지의 과정은 참을만했는데, 입을 벌려 호흡기를 넣을 때는 호흡이 모자라서 당황하는 바람에 물을 잔뜩 먹었다. 자유롭게 떠다니는 사람들과 물고기 사이에서 나는 혼자 패닉에 빠졌다. K 가 내 입에 물려있는 호흡기 공기 배출 버튼을 서둘러 눌러주었다. 잠시 눈을 감고 어젯밤을 떠올려 보았다. 의외로 너무 잘 해내서 다이빙 강사 제안을 받으면 어쩌지? 하고 생각했던 지난밤, 그럴 일은 없을 것 같아서 오히려 잘됐다고 생각하면서 호흡을 진정시켰다.

K는 손으로 수신호를 보냈다. '괜찮아?' 손을 올려 답 신호를 보냈다. '괜찮아' 다시 뒷덜미가 잡힌 채로 바다를 탐험했다. 암초에 붙은 나뭇가지 같은 산호들은 잡초보다 더 무성하게 자라 있었다. 사람이 다가가면 열려있던 구멍을 확 닫아버리는 색색의 산호, 줄무늬 열대어, 꼬리가 노란색인 흰색 물고기, 눈알 빼고 온통 까만

색인 물고기, 해를 받아 반짝이는 은빛 정어리 떼. 나는 그 물고기들 사이를 유영하면서도 계속해서 뒤를 돌아보고 눈앞에 아름다움을 온전히 즐기지 못했다. 꽉 막혀 진공상태인 귀가 답답했고, 뒤에서, 옆에서 무언가 공격해 올 것 같은 느낌에 모든 신경이 곤두섰다.

바다에 들어가기 전 긴장한 내게 K는 바닷속의 정적이 적응되면 그것이 곧 평화로 느껴질 것이라고 했는데, 30분, 40분이 흘러도 적응되지 않았다. 고요한 태풍의 눈처럼 불안하기만 했다. 몸이 뻣뻣하게 굳은 채로 K에게 끌려다녔다. 나는 공기통의 공기를 빠르게 흡입했다. 점점 더 시간이 지날수록 물고기 대신 K의 손만 쳐다보며 올라가자는 수신호를 기다렸다. 제대로 된 도전을 해보지 않고 지레 겁먹었던 이전보다 막상 해보니 무서움은 덜했지만, 여전히 물속을 즐길 수 없는 사람이라는 사실을 받아들였다. 나는 수신호를 보냈다. '올라가자'

스윔 수트를 벗는 내게 K가 말했다.
"무섭다고 했던 것치고는 잘하던데, 어땠어?"
"좋기도, 신기하기도 했는데 끝날 때까지 여전히 무섭더라. 올라가고 싶다는 생각이 더 컸어."
도전이 늘 성공적일 수는 없다. 이번 도전은 실패였다. 그래도 해보지 않고 무서워서 건너뛰는 사람의 타이틀을 떼어 낸 것만으로도 뿌듯했다. 깨끗이 샤워하고 다시 바다로 나와 발을 찰박거리면서 산책하는 중 바다에 대한 사랑이 전보다 더욱 깊어짐을 느꼈다.

뻥 뚫린 귀로 듣는 시원한 파도 소리, 해가 질 무렵 살짝 부는 소금기 가득한 바람, 발가락 사이로 들어갔다 나왔다 하는 모래 등의 감각들이 더욱 선명하게 다가왔다. 파도 안에 속해있는 사람만이 바다를 깊이 이해하는 것이 아닌가 질투했던 마음은 깊숙이 가라앉았다. 서퍼도, 다이버도, 수영하는 사람도, 그저 산책하는 사람도 제각기 바다를 즐기는 방식이 다를 뿐. 마침내 나는 보는 것만으로도, 걷는 것만으로도, 눕는 것만으로도 온전하게 바다를 누릴 수 있게 되었다.

이별

＊

따오섬을 떠나 주변 섬을 돌아다녔다. 투명한 바다를 깊숙이 숨겨 놓은 보석 같은 홍섬, 산양처럼 절벽을 타고 다니는 원숭이가 살고 있는 끄라비, 태국에서 가장 짙은 노을을 품고 있는 피피섬, 매달 풀문 파티가 열리는 코팡안. 섬마다 제각기 다른 점이 있었지만, 밤이 되어도 불이 꺼지지 않는다는 공통점이 있었다. 섬 자체가 하나의 큰 파티장으로 변했다. 부드러운 모래사장은 댄스 스테이지로, 바다는 달을 투영하는 반사판 되어 빛났다.

며칠 간격을 두고 배낭을 풀고, 다시 짐을 싸고, 가끔 파티를 즐기고, 자주 바다에 누웠다. 여행자의 관성적인 움직임이었다. 시작할 때 어느 정도 차 있던 배낭은 이제 반 정도 비워졌다. 20대 초반의 여행은 3일이건, 20일이건 언제나 가장 큰 캐리어를 가지고 출발했다. 루프탑 바에 가도 손색없을 화려한 옷과 액세서리, 흐트러짐 없는 머리를 위한 고데기, 각종 향기가 나는 샴푸, 바디 워시, 향수, 종류별로 잘 싸놓은 스킨케어 제품, 개인용 베개 커버 등 필요한 게 제때 없으면 어쩌지 싶어 캐리어를 가득 채우는 것부터 시작했다. 여행지에 도착해서는 사고 또 사고 수화물 규정이 허락하는 마지막 한도까지 끊임없이 눌러 넣었다. 여행지를 조금이라도 더 기억하고 싶은 조급한 마음에 물건을 쌓아두기만 했다.

일상도 크게 다르지 않았다. 월급 대부분을 계절마다 비싼 옷을 사는 데에, 새로 나온 화장품으로 바꾸는 데 썼다. 출근 시간보다 몇 시간 일찍 일어나 치장했다. 다 쓰지도 못할 향수를 사서 화장대에 장식하는 것이 취미였다. 그때는 늘 돈이, 시간이, 집의 공간이 모자랐다. 지금 행색과 비교하면 같은 사람이라고 보기 어려울 지경이다. 요즘은 11시 체크아웃인 숙소에서 10시 30분에 일어나 씻고 짐을 꾸려도 시간이 넉넉하다. 며칠간 이동으로 인해 씻지 못하거나 가끔 맞이하는 극한의 환경에서 식은땀을 흘리고 나면 내가 냄새나는 인간이라는 당연한 사실은 아직도 적응 중이다.

화장기라고는 찾아볼 수 없는 민낯, 민소매와 신발을 벗어도 모양 맞춰 그대로 탄 자국이 보이는 몸, 따로 노는 상하의와 앞뒤로 맨 배낭은 한국 어딘가에 떨어뜨려 놓으면 외계인 취급받을 만한 모습이다. 여행자 사이에서는 누가 누가 더 추레한가 대결을 펼치

면 입상 근처에도 못 갈 자연스러움이다. 행색쯤이야 마음껏 초라
해져도 괜찮다, 마음만 남루하지 않다면.

어느 날 욕심을 부려서 하나를 채워 넣으면 배낭에 있는 한 가
지를 버려야 한다. 그래야 여행을 오래 지속 할 수 있으니까. 배낭
이 가벼워지는 만큼 소비는 신중해진다. 오래도록 기억하는 법은
물건을 사는 것이 아니라 그 순간을 충실히 사는 것이다. 혹은 성
실히 허비하는 것도 좋다. 나는 소유해야 한다는 조급함에서 벗어
났다.

문제는 이제 그 작은 짐을 싸는 것조차 지쳐버렸다는 것이다.
매일 밤 숙소의 얇은 벽을 통해 울리는 파티 음악이 소음으로 들
릴 때쯤 나는 마지막 짐을 꾸렸다. 여행자의 관성을 벗어나 바다
가 아닌 일상으로 뛰어들 준비를 위해. 한국의 겨울 발리로 시작
해 베트남, 인도, 파키스탄, 태국까지 6개월간의 여행은 아주 변덕
스러웠다. 여행의 본질인 쉼과 새로운 경험 사이를 갈팡질팡하며
한 곳에 눌러살았다가 갑자기 떠났다가, 이별을 반복하고 또 찾아
올 다른 만남을 고대했다.

이번엔 이별의 차례다, 긴 여행과.

배낭을 풀며

조건 없는 행복이 진정한 행복이라고들 한다. 그에 비해 조건적 행복으로 가득 찬 나는 불행과 행복이 아주 한 끗 차이로 매일 공존한다. 모든 짐을 도둑맞았어도 몸 성한 게 어디냐며 안도할 나는 '지금 행복한지' 스스로 묻지 않는다. 당연히 매일 행복하고, 즐거울 수는 없다는 것을 알고 있다. 그리고 당장 우울하고, 괴로워도 곧 다시 아주 사소한 계기로 행복해질 것이라는 믿음이 있다. 내 행복은 아주 작고 사방에 있으니, 손만 내밀면 된다.

여행을 남들보다 조금 더 했다고 자신했을 때가 가장 불행했다. 여행을 더 하면 할수록 이상한 성향이 생기는지 가기 쉽고, 몸이 편한 여행은 여행이 아니라고 치부해 버렸다. 해보고 싶은 것이 모여있는 곳은 항상 장애물이 있는 길이었고, 쉬운 길은 재미가 없어 보였다. 오만하게도 나는 특별한 여행을 하길 바랐다.

쉽다고 생각했던 길 위에서 더 많은 사람을 만나고, 각자만의 싸움을 발견할 수 있었다. 그들의 매일은 치열했다. 치열함을 가까이할수록 나는 불행을 벗어나 점점 사랑에 빠졌다. 내 여행이 그들에게는 일상이다. 사람을 들여다보고 나를 돌아보는 일 자체가 여행이 되었다. 여행이라고 일상과 크게 다르지 않다는 사실을 알고 나면 눈앞의 것들이 모호해진다. 처음에 꿈꿨던 낭만적인 여행과는 다른 걱정들이 생겨난다. 오늘의 끼니, 오늘의 숙소, 오늘의 예산, 내일의 루트, 기계적인 관광 등 하루하루가 자신과의 싸움이다. 이 길이 맞아? 이거 할 수 있어? (시비 거는 사람도 나), 어휴, 그러니까 찝찝하다 했어! 이런 걸 왜 해! (비판자도 나) 그래, 이 이동만 끝나면 진짜 맛있는 한식을 먹자. (조력자도 나) 와, 이걸 해? 미쳤다. 멋있다, 정말! (열렬한 팬도 나)

어느 곳이든 삶의 전쟁터이다. 여행은 행복을 위한 도피처가 아니었다. 파라다이스는 없다. 그들 안으로 들어가 하루하루를 감상하고, 이방인으로 살다 보면 오히려 일상이 그리워진다. 다시 일상으로 돌아간다. 여행은 짧고, 일상은 길다. 당신 그리고 나는 언젠가 끝날 여행을 또 하게 된다. 일상으로 돌아갈 용기를 얻기 위해!

Collect
25

혼자 떠나는 게 뭐 어때서

1판 1쇄 인쇄 2023년 11월 10일
1판 1쇄 발행 2023년 11월 17일

지은이 이소정
발행인 김태웅
기획편집 정보영, 김유진
디자인 김지혜
마케팅 총괄 김철영
마케팅 서재욱, 오승수
온라인 마케팅 정경선
인터넷 관리 김상규
제작 현대순
총무 윤선미, 안서현, 지이슬
관리 김훈희, 이국희, 김승훈, 최국호

발행처 ㈜동양북스
등록 제2014-000055호
주소 서울시 마포구 동교로22길 14(04030)
구입 문의 전화 (02)337-1737 팩스 (02)334-6624
내용 문의 전화 (02)337-1734 이메일 dymg98@naver.com

ISBN 979-11-5768-981-1(03810)